热血与诗情

林 文 肯 / 著

中国社会科学出版社

图书在版编目(CIP)数据

热血与诗情／林文肯著．—北京：中国社会科学出版社，2018.6
ISBN 978－7－5203－2243－0

Ⅰ.①热…　Ⅱ.①林…　Ⅲ.①新诗—诗集—中国—当代
Ⅳ.①I227.1

中国版本图书馆 CIP 数据核字(2018)第 059450 号

出 版 人　赵剑英
责任编辑　喻　苗
责任校对　韩天炜
责任印制　王　超

出　　版　中国社会科学出版社
社　　址　北京鼓楼西大街甲 158 号
邮　　编　100720
网　　址　http://www.csspw.cn
发 行 部　010－84083685
门 市 部　010－84029450
经　　销　新华书店及其他书店

印刷装订　北京君升印刷有限公司
版　　次　2018 年 6 月第 1 版
印　　次　2018 年 6 月第 1 次印刷

开　　本　710×1000　1/16
印　　张　22.5
字　　数　336 千字
定　　价　96.00 元

作者简介

林文肯，男，1945年11月生，福建莆田人。1964—1970年在北京大学法律系学习，1970年1月加入中国共产党。1970—1972年任解放军某部队北大清华学生连副指导员。1972—1978年任武汉钢铁公司教育处干部。1978—1981年在中国社会科学院研究生院学习，法学硕士。1981—1988年任司法部研究室干部、处长、副主任。1988—1990年任司法部办公厅副主任（正厅级）主持全面工作。1990—1994年任中央办公厅法规室副主任、主任。1994—2001年任中央纪委研究室主任、中央纪委副秘书长。2001—2003年任中央纪委驻中国社会科学院纪检组组长、院党组成员。2003—2008年任中央纪委驻国务院侨务办公室纪检组组长、国务院侨办党组成员，中国海外交流协会副会长。2005年任中央督导组组长。2008—2013年任中国华文教育基金会理事长。2012—2015年任中国廉政法制研究会会长。中共十六大当选中央纪委委员。十一届全国政协委员。其他社会职务有：中国海外交流协会常务理事、国际刑法协会会员、中国法学会理事、中国国际贸易仲裁委员会仲裁员；曾任全国党建学会常务理事、国家哲学社会科学规划领导小组法学组成员、中国决策科学研究会常务理事、中国企业家协会顾问。发表论文百余篇，著作24本，理论代表著作《我的理论思考》和《从源头上治理腐败研究》。

玉蘭淩雪立山崖毅然一笑驚天下聖傳文藝付寰宇丹心如月耀中華

詠玉蘭

林文肯

莫问富贵何时来看
它奔流到大海尽头
千帆已竞发人今以
激浪更澎湃

谨贺

林文肯

咏梅

庭院数枝梅傲骨从不改
凌雪吐玉蕾幽香溢书斋
临窗久凝眸感悟依万籁
思潮去奔涌诗章飞案台

林文肯

雲蒙山懷古

數仞長堞何處險
詩登雲蒙烽火台
萬仞絕壁驚天下
蓋世奇觀勢秋來
遙想秦皇今何在
中國統一閃異彩
雕與天地共長存
鑄就偉業垂千載

林文肯

紅葉

遠望赤血火焰燃道旁楓葉一
色丹凝雲朱砂陽下舞竟將青
山銀霞染滿庭菊花笑報然自
愧弗如叶璀璨我擎紅叶當赤旗
浪迹天涯逐炷煬

林文肯

前　言

一次偶然机会，同志们提议我带头出一个节目，参加中央纪委机关1997年国庆演出，我在高情难辞之下，平生首次试写了一首诗，并第一次登台朗诵。出乎意料的，随着大礼堂里热烈掌声响起，我忽然惊讶地发现自己原来有点写诗的潜能，这激发了我写诗的欲望和勇气。我在畏难时，学习毛主席关于提倡写新诗为主体的教导和鲁迅先生关于诗“要有韵，但不必依旧诗韵，只要顺口就好”的忠告，增强了信心。如果没有这次偶然的机会，也许我这辈子不会去写诗，至少不会写出诗集来。偶然中的必然，让我抓机遇，迎难而上，艰辛跋涉，用心观察，认真分析，苦思冥想，勤学苦练，至今写千余首诗。我学习写诗，费尽心血，因而将本册诗集命名为《热血与诗情》。

现在摆在大家面前的《热血与诗情》一书，是《诗怀与梦想》一书的续本。这两本诗集，算是自由诗，虽有音韵不强、对仗欠缺、含蓄不够、寓意欠深的缺点，却有贴近生活、融汇民心、意境鲜明、通俗易懂的优点，并且所涉及内容广泛，又尽可能从宏观与微观的结合上，试图从辩证唯物主义的哲理高度，深刻揭示自然、社会和人类思维各自运行及其相互关系的法则，塑造诗魂，启迪心灵。因此，本诗集在写作方面力求有所突破：欲达诗情真切动人之目的，必须渗透唯物辩证法的理性思维之精髓。就是更注重观察各种事物，更注重人民群众的思想感情，更注重诗的形式与思想内容的创新、高雅与通俗的结合，强化诗歌技巧，依物寻理，理中含情，穿越历史，遨游时空，激发灵感，陶冶情操，感悟人生，从而在诗中提高理性定力，张扬想象思维，深化悠远意蕴，托起青春梦想，舒展浪漫情怀，弘扬高尚情操，砥砺革命意志，焕发进取朝气，提升人文关怀，增强诗的亲和力与感染力，力求产生催人奋进的鼓舞力量，追求真理，追求光明。

我业余练习写诗近二十年，回眸历程，对于学习写诗有些粗浅体会，愿与读者坦诚交流，渴望大家赐教。

诗言志，是诗普遍要表达的中心意向，是诗魂之所在。每一个时代的好诗，是或多或少地反映那个时代的进步潮流，与广大人民的感情和志向产生某种共鸣。时代和人民需要好诗，好诗须臾不可离开时代和人民。我们所处的时代，是中国人民在共产党的领导下建设社会主义的伟大时代。诗者要投身现实斗争中，顺乎时代之潮流，倾听大众之呼唤，使自己的脉搏与时代脉搏一起跳动，以诗篇来反映当代人民对美好未来的渴望和进行英勇的斗争。这样的诗，是诗者个人志向与人民志向相融合，凝聚人民志向的精华，与人民心心相印、志同道合、同呼吸共命运，因此能够真实地反映人民的思想感情和志向；反过来，这样的诗才能为人民所接纳，为人民所励志，鼓舞人民向往光明，追求真理，托起希望，团结起来，为社会主义事业而奋斗。这样的诗，是咏志的诗，人民的诗，进步的诗，战斗的诗，富有生命力的诗。

诗的唯一不竭的源泉是人民斗争的实践，诗在人民火热生活中诞生。诗的灵感来自实践，是诗者在实践中发挥主观能动性、创造性，自觉认识事物的结果。诗者在实践中，要经过从感性认识到理性认识，再从理性认识到感性认识这样一个循环往复的过程，才能逐步攀登诗情新境界，逐步写出好诗来。具体讲，诗要在深入观察事物的基础上，经过去粗取精、去伪存真、由此及彼、由表及里的改造制作功夫而形成的，也是经过反复思考、反复推敲、反复修改、反复提炼而形成的。既然如此，写诗过程中发生“触景生情、情景交融、琴瑟和音、灵犀互动”的这种类似天人感应的现象是必然的；写诗过程中遵循“深化感知、升华认识、意蕴深远、形神兼备”的这种追求尽善尽美的认知是必要的。这既是诗者与人民伟大斗争实践紧密结合的过程，也是诗者认识与创作的过程。诗者应该遵循毛主席的教导，像一切革命的文学家艺术家一样，“必须到群众中去，必须长期地无条件地全心全意地到工农兵群众中去，到火热的斗争中去，到唯一的最广大最丰富的源泉中去，观察、体验、研究、分析一切人，一切阶级，一切群众，一切生动的生活形式和斗争形式，一切文学和艺术的原始材料，然后才有可能进入创作过程”。社会实践的主体是人民，社会实践的中心是建设社会主义，因此，诗的创作必须坚持以人民为主体和坚持以社会主义为中心的理念。从本质上说，就是必须坚持为人民服务和坚持为社会主义服务的方向。然而，广大诗者从不同角度、不同程度对同一事物的认识和感受会千差万别，因而写出各种各样的诗是理所当然的，是提高诗的思想水平和艺术水平所不可或缺的，也是贯彻百花齐放、百家争鸣方针的使然。但必须正视，有些诗是昂扬的、积极的、进步的、革命的，而有些诗则是颓废的、落后的、消极的甚至反动的。这是诗者的立场和思想感情所使然。任何诗的优劣，都要受到人民和历史的客观评价。毛主席指出：“在现在世界上，一切文化或艺术都属于一定的阶级，属于一定的政治路线的。为艺术的艺术，超阶级的艺术，和政治并行的艺术，或相互独立的艺术，实际上是不存在的。”任何诗者都不能成为脱离社会阶级关系而存在的“超人”。想要当一个人民的诗人，就必须和人民打成一片，培养自己的人民至上的情怀，才能写出为人民所喜爱并鼓舞人民推动历史的诗。诗者在改造客观世界的同时，要努力改造主观世界，树立无产阶级世界观，加强社会主义理论学习，提高思想境界，强化艺术修养，做到知行统一，力求实效，这是写出优秀诗篇的真谛。

诗所反映的事物是漫无边际，重要的是要正确处理所创作的诗的主题思想与描写对象、艺术技巧这三者之间的内在联系。主题思想是从感悟描写对象的基础上产生的，又统领描写对象，两者有机结合构成诗的内容；艺术技巧是诗的内容借以表现的形式，又服务于诗的内容，使诗显得俊美，富有活力。三者在不同层次上完美的结合熔铸了诗的生命力。诗是一种文化形式浓缩的精华，是文化中一枝鲜艳夺目的奇葩。写诗，要力求把被诗者感受过、领略过、感悟过的万事万物，以诗的特有形式、诗的丰富想象、诗的深沉情感、诗的浪漫豪放、诗的精妙语言、诗的动听音韵、诗的辩证思维来表达出来，使诗中的人、事、物、情、理熔于一炉，凝成一体，将思想感情寓于其中，真正使诗来源于生活而高于生活，比实际生活更具强烈性、集中性、典型性和代表性。尽量使诗既蕴含着崇高信仰、真挚感情、爱憎鲜明、远大志向、憧憬未来、执着追求，又蕴含着卓然见识、独运匠心、奇思妙想、波澜起伏、激情飞扬、热血沸腾，从而使诗歌的内容和形式得以升华，使诗意诣幽远，语境优美，情感浓烈，优雅飘逸，充满美丽动感，形成感人肺腑的独特魅力，给人们一种特殊强烈的心灵冲击、陶情怡性的艺术享受、光芒四射的思想启迪、积极向上的精神激励。

诗的创作要学习、继承和发扬中国优秀诗歌的优良传统，是十分必要的。这一学习是取其精华、剔除糟粕，在学习中继承，在继承中创新，在创新中发展。中国诗学是一个博大精深的宝藏，用广阔的视野在当下人民群众中展示和开启，让精神文明的潮流激起更多绚烂的浪花。千百年来，有千千万万诗词宛若珍珠瑰宝，闪烁着熠熠光芒，如唐诗宋词，历久弥新，为人民群众所喜闻乐见，值得学习、借鉴、继承和弘扬。在当代，中国共产党领导的史无前例的波澜壮阔的艰苦卓绝的中国人民革命斗争实践中所产生的毛泽东诗词，是古往今来最伟大、最壮丽的历史诗章。著名诗人贺敬之评述毛泽东诗词时曾这样说："毛泽东诗词以前无古人的崇高优美的革命感情、遒劲伟美的创造力、超越奇美的艺术思想、豪华精美的韵调辞采，形成了中国悠久的诗史上风格绝殊的新形态的诗美，这种瑰奇的诗美熔铸了毛泽东的思想和实践、人格和个性。"毛泽东首先是一个伟大的革命家，同时也是一个杰出的诗人。我们从毛泽东诗词中可以学到许多精华，包括诗词创作中所蕴含着抱负伟大、信仰坚定、思想深邃、高瞻远瞩、魄力非凡、无私无畏、英勇斗争、力挽狂澜、情系民众、注重实践的革命精神，也蕴含着豪放奇伟、气势磅礴、意境深远、胸襟广阔、乐观主义、浪漫主义的情怀，及其多姿多彩、炉火纯青的艺术风格，以丰富诗歌的创作。

我真诚希望得到读者批评指正！

林文肯

2017 年 10 月 15 日

目　录

1

红 梅 颂

——千锤百炼铸华章

她从远古中走来，激情飞扬登舞台；
独立寒冬高昂首，热血沸腾起澎湃。

冰雹霜雪练筋骨，风雨雷电壮情怀；
疏影横斜映日月，冰肌玉骨抗天灾。

踏遍多少坎坷路，劫难砥砺增风采；
历尽沧桑炼心秀，丽质卓越超时代。

年华似玉伴青春，岁月如金长气概；
裴然深邃富才智，博古通今抒豪迈。

玉洁冰清崇高尚，身处林间拒尘埃；
专择逆境含玉蕾，适时绽放呈异彩。

嫣红娇艳若朝霞，英姿焕发映林海；
春雷未响惊大地，试看红梅花先开。

雪侵花瓣倍增妍，霙衬蕊柱更可爱；
朱颜嚯色相辉映，笑靥甜美脂满腮。

风华正茂多情感，端庄文雅又和蔼；
妩媚翩跹作细步，身姿摇曳生百态。

明眸转动水灵灵，秋波荡漾传心脉；
诗韵悠扬入肺腑，从容对歌温馨来。

倾城一舞醉魂魄，谁能孤独再徘徊？
凛冽纵然达冰点，心中自有花盛开。

梅花心花齐怒放，苦恼烦恼抛天外；
追随红梅奔天下，东风万里扫阴霾。

注释：红梅经受天地沧桑变化的千古历练，以柔、韧、忍、熬、苦、质、雅、美为特色，写下本身形体与面貌、素质与禀秉、淳朴与纯洁的自然本性。

启示录

培根："美德像珍贵的香料，被焚烧或磨碎时最芬芳，因为顺境中最容易显出恶习，逆境中最容易发现美德。"

雪梅之恋

——爱是无私的奉献

寒冬瑞雪漫天舞，红梅披上婚纱衣。
晶莹微粒汇薄纱，花冠绯红透血丝。

冰肌玉骨蕴康健，青春情怀聚素质。
娇艳洁白相映衬，色泽契合显得体。

天涯南北花万种，谁与雪梅媲高低？
独立严冬经凛冽，天生超凡动天地。

日久愈知谁高雅，令人倾倒唯有你。
清晨对视到黄昏，时光消逝愈亲密。

我想紧紧拥抱你，生怕融化出水滴。
我欲轻轻抚摸你，担心些微损绚丽。

一见钟情传心语，和颜悦色刻心里；
携手执着逐美丽，冰冻雪压志不移。

启示录

莎士比亚：“我的慷慨像海一样浩渺，我的爱情也像海一样深沉；我给你越多，我自己就越富有，因为这两者都是没有穷尽的。”“恋爱是一个偶然机会，有的人是被爱神的箭射中，有的人是自己跌进爱神所设的罗网。”

咏梅

——愿作东风第一枝

严寒风霜任卷席，冰天雪地正当时；
身临逆境增自信，磨难变成新机遇。

淡泊明志怀抱负，宁静致远出睿智；
吟咏诗篇抒情怀，愿作东风第一枝。

蓓蕾盛开映朝霞，仙女撒花舞晨曦；
英姿媚态动神州，装点江山更奇丽。

霎时万众皆凝望，宛若大地飘红旗；
唤醒百花齐开放，万紫千红迎春季。

启示录

奥斯特洛夫斯基："人的生命似洪水奔流，不遇着岛屿和暗礁，难以激起美丽的浪花。"

寒梅情感

——用奋斗书写人生

吾久难眠望明月，漫步曲径看瑞雪；
山峦层林染银色，晶莹剔透罩原野。

寒梅乘风奔万里，傲霜斗雪情感烈；
沧桑岁月炼红心，花开艳若残阳血。

顿时灵性受感召，思想升华新境界；
抑郁全然皆溶化，精神焕发去创业。

荆棘载途多危难，冲锋陷阵不怕邪；
金色人生何求得，千锤百炼来书写。

启示录

冼星海："每个人在他生活中都经历过不幸和痛苦。有些人在苦难中只想到自己，他就悲观、消极、发出绝望的哀号；有些人在苦难中还想到别人，想到集体，想到祖先和子孙，想到祖国和全人类，他就得到乐观和自信。"

寒　梅

——爱迸发无穷力量

她迎严冬发新芽，酸甜苦辣酿精华。
冰霜雪雨常历练，情窦初开复美佳。
蓓蕾含情正吐艳，白雪为她做婚纱。
万籁吟咏新诗篇，高歌寒梅爱天下。

启示录

莎士比亚：“你可以怀疑星星是火，你可以怀疑太阳是运转的，你可以怀疑真理是谎言，但永远不要怀疑我对你的爱。”

红　梅　赞

——崇高理想聚能量

冬末雪花飞，迎接有红梅。
凌寒吐玉蕾，热血呈红绯。
明眸传秋波，激情入心扉。
襟怀连广宇，皓洁凝智慧。
理想聚能量，无坚不可摧。
征途斩荆棘，何惧来风雷。
穿越冰雪山，练出大无畏。
冲出鬼门关，冰山化泉水。
呼唤百花开，情谊最珍贵。
携手共行进，前程闪光辉。

启示录

培根：“美德像珍贵的香料，被焚烧或磨碎时最芬芳，因为顺境中最容易显出恶习，只有在逆境中容易发现美德。”

红梅迎雪

——为了大地花先开

寒风萧瑟草木衰，谁用热血抒情怀？
红梅吐蕊表忠贞，喜迎飞雪天外来。
向来儿女总多情，眷恋母亲无比爱。
依偎大地传温馨，春潮未动花先开。

启示录

卡特华斯：“真理和爱是世界上两样最有威力的东西，尤其当它们联合在一起时，任何阻力都难以抗拒。”

咏梅

——她在丛中笑

漫天飞雪适时宜，红梅凌寒励忠志。
蕾铃笑靥露俏丽，含情脉脉叙心迹。

热血沸腾有心机，情愫无疆示哲理。
一花独放不是春，万花绽开春和煦。

冰雪当墨任泼洒，蓝天作纸承情诗。
公字当头泽环宇，博爱领先顺民意。

唤醒百花齐绽放，江山得意呈婉丽。
那时她在丛中笑，不图名利存浩气。

注释：读毛主席《卜算子·咏梅》的浅薄体会。

启示录

奥斯特洛夫斯基："生活赋予我们一种巨大的和无限高贵的礼品，就是青春，充满着力量，充满着期待和志愿，充满着求知和斗争志向，充满着希望和信心的青春。"

咏梅花

——梅花知我心

千岩万壑瑞雪飘，千山万岭披素缟。
千树万树挂雾凇，千纯万净无烦恼。
千欢万喜有梅花，千蕾万蕊露窈窕。
千娇万嫩沐阳光，千朵万瓣呈俊俏。
千妍万丽增春色，千红万紫添妖娆。
千妩万媚富神韵，千情万绪含微笑。
千姿万态舞东风，千枝万叶抒自豪。
千辛万苦经锤炼，千回万折志愈高。
千磨万砺塑品质，千难万险铸情操。
千刀万刃除雾霾，千呼万唤迎狂飙。
千思万想赋诗篇，千山万水著风骚。
千言万语诉衷情，千歌万曲咏明朝。
千恩万谢老百姓，千年万载立功劳。
千根万系扎大地，千情万感紧拥抱。
千丝万缕织锦绣，千幅万面红旗耀。
千变万化守初心，千秋万代光华照。

启示录

闻一多《红烛》："烧破世人底梦，烧沸世人底血——也救出他们的灵魂，也捣破他们的监狱！""请将你的脂膏，不息地流向人间，结成慰藉的花儿，结成快乐的果子。"

黑格尔："最大的天才若朝朝暮暮躺在青草上，让微风吹来，眼望着天空，温柔的灵感也始终不光顾他。"

红梅情

——钟情大地奉献爱

红梅迎雪花绽开，阙疑朝霞放光彩。
看她婉约多妩媚，月貌清纯富神态。
心随天籁抒浩气，情钟大地怀豪迈。
朔风凛冽情愈浓，无私奉献酿成爱。

启示录

梅叶：“我在人世间就找不到任何东西像宁静、善良、大公无私、正义和真理那样使人愉快、动心、可爱和合乎希望；我觉得，如果人们在自己身上珍惜地保存着如此可爱的德行，那么这些德行对于人们本身就应当是幸福和福利的无穷无尽的源泉。”

梅花争春

——梅花绽放争时差

梅枝勃发披雪纱，蓓蕾沉思非木讷。
青春妙龄惜分秒，汲取菁华争时差。
冬末抢先响一箭，花开惊天夺奇葩。
热血沸腾泛红绯，娇艳欲滴抹朝霞。
春风吹拂露酒窝，情系大地为大家。
喜伴冰雪崇高洁，忠贞挚爱传天涯。

启示录

高尔基：“世界上最长而又最短，最快而又最慢，最平凡而又最珍贵，最容易被忽视而又最令人后悔的就是时间。”

雪 梅

——唯有红梅真多情

隆冬未尽草木凋，寒风萧飒雪花飘。
千条冰河舞银蛇，万座雪峰冲云霄。
悬崖冰挂千姿态，原野苍茫静悄悄。
唯有红梅最多情，冰天雪地露窈窕。

启示录

斯特恩：“痛苦与欢乐，像黑暗与光明，互相交替，只有知道怎样使自己适应它们，并能聪敏地逢凶化吉的人，才懂得怎样生活。”

梅 花 魂

——梅花情怀爱群芳

昨夜寒风使劲吹，落英飘然富诗意。
花瓣飘扬香魂飞，美德升华形象立。
志为大地发生机，怀抱光辉新世纪。
急流勇退爱群芳，为让百花竞俏丽。

启示录

卢梭：“一个正直和富于情感的心中，一个忠实朋友的声音将压倒二十个引诱者的叫嚣。”

寒梅热血

——无私奉献才是爱

凌寒静心观花来，喜看红梅斗雪开。
乘着夕阳细凝眸，花蕊悠然好神态。
胸留无私护公心，只为大地放异彩。
渴望狂飙乍作起，刮走空中那雾霾。
山清水秀空气爽，共度岁月壮情怀。
愿将心血写春秋，汇聚人间无限爱。

启示录

里克尔：“被爱是燃烧。爱是以无尽的油照亮他人。被爱会趋于毁灭。但爱并不会毁灭。”

2

红梅情

——恰似惊雷报春来

蓓蕾乘风迎春归，暗香飘逸沁心扉。
默默无言思万千，寂寂有情来约会。
一花报春传乾坤，万里长空走惊雷。
遥望南北新天地，百花争妍尽朝辉。

启示录

无名氏：“播种一个行动，你会收获一个习惯；播种一个习惯，你会收获一个个性；播种一个个性，你会收获一个命运。”

红 梅 恋

——相识相知永相爱

有约雪天看花开，携你飞奔上瑶台。
雪压江山万点红，相识相知情满怀。
天长地久守忠心，真情挚爱续万代：
共度风霜到永远，何忍富贵来侵害！

启示录

别林斯基：“爱情是两个相似的天性在无限感觉中和谐交汇。不能否认道德品质对于爱情的影响，可是当人爱恋一个人的时候，不是把他（她）当作观念，而是把他（她）当作活的个性，爱他（她）整个。”

红梅为谁开

——红梅谦逊名飞扬

红梅尽情斗雪开，吸引老少欣赏来。
赞美诗韵传云霄，春回万物呈多彩。
人称梅花立头功，梅说东风赋常态。
德高不屑名利权，襟怀只需诚信爱。

启示录

林语堂：“人生的骗子不是二个，而是三个：名、利、权。”

普希金：“假如生活欺骗了你，不要悲伤，不要心急；阴郁的日子需要镇静，相信吧，那快乐的日子即将来临。”

观梅有感

——红梅为我赋诗章

庭院数枝梅，傲骨从不改。
雪压花盛开，幽香溢书斋。
临窗久凝视，感悟依天籁。
思潮在奔涌，诗章飞案台。

启示录

莫里亚克：“我们每个人都曾被爱我们的人塑造和再塑造过，只要他们稍微有些恒心，我们就成为他们的作品。”

红梅迎春

——婉约温柔为天下

雪花悠然静静飞，先知春意有红梅。
凌寒沥血吐玉蕾，欢迎春光溢芳菲。
柔情温馨敞襟怀，心存爱恋接春归。
任凭严寒低冰点，屹立山岗唤春雷。
东风劲吹春来到，长城内外泛翠微。
万花欢腾争绮丽，江山多娇令人醉。

启示录

无名氏：“童年是一场梦；少年是一幅画；青年是一首诗；壮年是一部小说；中年是一篇散文；老年是一套哲学。”

雪　梅

——梅以白雪塑高雅

峭壁寒梅正开花，映照白翎升云霞。
雪因红梅透胭红，梅以白雪塑高雅。
清纯妩媚世无双，心灵美好扬天下。
皎容玉貌为哪般，只想美化我中华。

启示录

契诃夫："面貌的美丽，只是爱情的一个因素，但心灵与思想的美丽，才是崇高爱情的牢固基础。"

阿德勒："我们知道甜蜜的爱情关系需要哪些特征——真实、忠诚、可靠、不保留、不自私。"

咏　水　仙

——真情为我解忧郁

我写水仙一诗篇，忧郁日子作慰勉；
芬芳弥漫时空中，莫名其妙生眷恋。
亭亭玉立就是她，黄花烂漫真耀眼；
劝我郁闷须化解，别挡前进那视线。
如此启发太抽象，希望遥远在天边？
请把秘诀告知我，何解心灵铁锁链？
她论人生新哲理，崇高理想作信念：
志向高低定前程，志在必夺重实践。
知识爆炸新时代，勤奋学习加苦练；
功成不会从天降，艰苦奋斗是关键。
悲伤时刻须镇静，沉着多思善应变；
失败挫折吸教训，化作智慧增预见。

心愿遂达得佳绩，应将掌声当警鞭；
戒骄戒躁防自满，谦虚谨慎永向前。
忠言开导暖心窝，蜜液汩汩流心田；
警示明白指方向，信心倍增受考验。
永和人民同甘苦，火热斗争受锤炼；
狂风暴雨何足惧，雷霆万钧敢闯关。
心血汗水洒全程，鲜花绽放在田间；
凌波仙子花璀璨，给我挺进新源泉。

启示录

塞涅："能忍受命运之泰否的人，才能享受真正的快乐。"

奥古斯丁："人愉快的心情不仅来自突然的、出乎意外的遭遇，也来自预定的、自寻的烦恼。"

咏玉兰

玉兰凌寒吐素蕾，粲然一笑胜朝霞。
圣洁白花付寰宇，丹心如月爱中华。

启示录

列宁："我们永远认为不仅是诗人、艺术家需要幻想，在科学、技术里应当有幻想。就在我们的日常生活中也应该有。没有幻想十月革命也是不可思议的。"

白玉兰

——花儿如灯照前程

阳春冬眠未回归，寒风萧飒猛劲吹。
面对萧瑟我茫然，玉兰关爱敞心扉。
蕾铃晶莹嫩欲滴，琼花满树尽明媚。

冰清玉洁高昂首，出类拔萃闪光辉。
一朵花儿一盏灯，照我精神增百倍。
征程万里方向明，奔波天涯追惊雷。
追惊雷，大无畏，击妖孽，除罪魁；
为祖国，献智慧，建功业，立丰碑。

注释：白玉兰是落叶乔木，其树型魁伟，花先叶开放，顶生、朵大，直径12—15厘米，花白如玉，花香似兰，远观洁白无瑕，妖娆万分。

启示录

尼尔："美德像奇丽的宝石一样，如果镶得淡雅，就显得更具风采；如若故作装饰则是背离美德的本性，反而显得渺小。"

紫玉兰

——为秀蓉栽培紫玉兰写照

妩媚多姿紫玉兰，玲蕾绽放香弥漫。
昨夜潇潇风雨声，花落满地似锦毯。
手持扫帚欲清理，凝望再三动心坎。
瞬即住手加维护，宁与烂漫相做伴。

启示录

柏拉图："语言美、乐调美以及节奏美，都表现好性情。所谓'好性情'并不是我们通常用恭维愚笨人的那个意思，而是真正尽善尽美。"

迎春花

——平凡出伟大

枝杆光秃含热忱，待到隆冬色黛熏。
恬静沉默汲精气，常在路边无人问。
东风刚刚出海角，枝蔓布满黄金云。
报春惊雷还未响，黄花汇聚震乾坤。
璀璨繁花露华浓，原野异彩呈缤纷。
小花欢欣笑粲然，春来遍地皆黄金。

注释：迎春花又称金腰带、小黄花、黄梅。狭义的迎春花为四棱枝，株较小，枝杆横七竖八，花六瓣，黄色，花先于叶，枝节黄花烂漫，而后绿叶成荫，冬季落叶。

启示录

鲁迅："愿中国青年都摆脱冷气，只是向上走，不必听自暴弃者之流的话。能做事的做事，能发声的发声。有一分热，发一分光，就令萤火虫一般，也可以在黑暗里发一点光，不必等待火炬。"

红石榴

——神州处处红灯挂

石榴戏蝶舞伞花，放飞梦想走天涯。
经风冒雨顶烈日，强身健体聚精华。
花瓣一时漫天飞，果实倒挂满枝丫。
待到秋风萧瑟时，笑容灿烂迎朝霞。
火红硕果是灯笼，神州大地处处挂。
疑似张灯又结彩，喜迎盛世甲天下。

注释：石榴是落叶乔木或灌木。花顶生或近顶生，单生或几朵簇生或组成聚伞花序，近钟形，覆瓦状排列；胚珠多数。浆果球形，顶端有宿存花萼裂片，果皮厚；种子多数，浆果近球形。外种皮肉质半透明，多汁。石榴果实营养丰富，维生素 C 含量比苹果、梨要高出一两倍。

启示录

罗素："真正使心灵满足的幸福，是使我们的各种能力尽力而为，同时，使我们生存的世界充分完成，而后才能产生。"

朱　　槿

——天生丽质在奉献

朱槿花开艳照日，慧心博大富天资。
玲珑敏捷多奉献，诗情人生永美丽。

注释：朱槿又名中国蔷薇，生长在中国岭南一带。常绿灌木，高 1—3 米。花冠漏斗形，直径 6—10 厘米，玫瑰红色或淡红、淡黄等色，花瓣倒卵形，先端圆，外面疏被柔毛。花期全年。

启示录

富兰克林："美的欣赏，是可以意会而不可言传的；这虽然随个人的心境志趣嗜好而不同。"

紫　　薇

——美化山河志高远

枝杆细长巧婀娜，满树繁星尽婆娑。
花开经久舞东风，绚烂十旬有姿色。
婉约含情吟诗篇，思绪翻腾心事多。

想法纵然千百种，唯有美化新中国。

注释：紫薇树姿优美，树干光滑洁净，花色艳丽；开花时正当夏秋，花期极长，故有“百日红”之称。

启示录

车尔尼雪夫斯基：“思想要能在现实中获得价值，只有在这种时候：在献身为崇高思想而奋斗的人的身上，具有足够的力量来充分地实现这种思想。”

红花赞

丹霞婷婷上青天，竟将白云当婚纱。
羞涩含情泛红晕，只为大地放光华。

启示录

屠格涅夫：“啊，青春，青春，你什么都不在乎，你仿佛拥有宇宙一切的宝藏，连忧愁也给你安慰，连悲哀对你也有帮助，你自信而大胆……”

3

荷花天书读不尽

——人民公仆在思索

荷花绿叶相衬托，殷红万点缀碧湖；
每逢观花心潮激，首选荷花这本书。

千遍万遍认真读，蕴藏知识太丰富；

点滴悄寂入肺腑，心中油然生爱慕。

出之淤泥而不染，洁身自好涤垢污；
濯清涟兮而不妖，丽质端庄含天赋。

中通外直襟怀宽，谦虚合群不孤独；
不蔓不枝婷婷立，自强不息踏征途。

香远益清媲群芳，飘向原野芬馥馥；
不可亵玩维自尊，高尚情操永追逐。

超凡脱俗至圣洁，卓尔不群胜珍珠。
恬淡博雅高素质，翩然自信好风度。

热爱大地情笃钟，亲民为民作风骨；
愿将一切奉人间，莲籽莲藕全献出。

秋风萧瑟荷莲归，芬芳飘扬亿万户；
来年春天再勃发，依然为民谋幸福。

荷花芳菲年复年，此书永远是新著；
少儿读到两鬓白，壮丽人生迈阔步。

注释：（宋）周敦颐《爱莲说》：“予独爱莲之出淤泥而不染，濯清涟而不妖，中通外直，不蔓不枝，香远益清，亭亭净植，可远观而不可亵玩焉。”

启示录

凯勒：“一本新书像一艘船，带领我们从狭隘的地方，驶向生活的无垠广阔的海洋。”

咏芙蓉

——神舟上天觅花魁

芙蓉出水若朝霞，绝色仿佛天上花。
姹紫嫣红够迷人，殷红血气好惊讶。

玉叶如盘托水珠，宛如钻宝放光华。
霓裳翠衣轻飘逸，吟诗咏歌出优雅。

幽香阵阵醉肺腑，情意深深纯无瑕。
游览荷塘新天地，宾至如归成一家。

仿若梦游进宫阙，竟与荷莲来对话。
瑶池要是无芙蓉，人间哪能有奇葩？

如今神舟高速度，悬天隔地不算啥。
可上九天访仙境，觅回花魁献大家。

启示录

福楼拜：“人，总有根据前人思考过的记忆来使用眼睛的习惯，因而一切东西还有未被探索到的地方。”

因斯坦：“想象力比知识更重要，因为知识是有限的，而想象力概括着世界上的一切，推动着进步，并且是知识进化的源泉。严肃地说，想象力是科学研究中的实在因素。”

芙蓉韵

——愿与庶民永相依

红烛点燃满碧池，为谁生日举礼仪？

原是芙蓉展花姿，谨给万众报惊喜。

嫣过群芳不张扬，艳倾国色无骄气；
常随百花做邻居，共襄义举表心迹。

雨后绿叶附珍珠，芳姿袅娜披翠衣；
丰韵浩博富情感，高雅风范增理智。

才华出众达卓荦，天生丽质数第一；
频向大众传心声，热情奔放抒胸臆。

愿与庶民度甘苦，今生后世永相依；
共为人间争高洁，同为环球创绚丽！

启示录

雷娜："宽宏的气度、镇静的神态，是吸引朋友爱护自己、亲近自己、仰慕自己的法宝，更是事业成功的基础。"

芙　蓉　情

——芙蓉情韵非所思

瑶池芙蓉谁来栽？青枝玉叶谁剪裁？
花朵绽放谁染红？清纯无尘谁拂埃？
幽香气味谁制作？袅娜舞姿谁彩排？
亭亭玉立谁陪伴？美丽非凡谁不爱？
诸多谜语蕴意深，任凭智慧来评猜。
原是天公巧造化，人工叫她爱常在。

启示录

别林斯基："无论在哪一种情况下，美都能从灵魂深处发出的，因为大自然景象不可能具有绝对的美，这美隐藏在创造或者观察它们的个人的心灵里。"

莎士比亚："适当的疑惑，被称为智者的火炬，同时是搜查恶汉的底蕴的探明灯。"

荷　之　魂

——莲荷香魂恋山河

清清湖水泛碧波，簇簇浪花拥莲荷。
绿叶能拒淤泥染，纳米护洁有特色。
春夏激情大绽放，花容迷人情似火。
叶子迎寒变金黄，漫天飞扬吟秋歌。
莲蓬凌霜听萧瑟，紧跟秋风舞婆娑。
莲荷归去香魂在，芬芳飘逸恋山河。

注释：科学研究表明，荷叶表面的微纳结构是赋予荷叶特殊超疏水性的原因。荷叶上存在的许多纳米孔，在水滴、油滴乃至所有液体滴在这个界面的时候，都会形成一层气膜，使水不能侵入这个表面，因此产生疏水、疏油的效果。由此可说，纳米荷叶，出淤泥而不染。

启示录

罗曼·罗兰："啊，我的朋友们，但愿什么都不会阻碍你们的欢欣！无论前途如何，你们已升华到人间生命的顶峰，并且带着你们的祖国一齐向上。你们会胜利。"

荷　之　韵

——感恩之情重泰山

花红叶绿情感深，劈波斩浪炼丹心。

不染污秽纯血脉，纳米荷叶弥足珍。
秋景萧索荷莲归，菁华蕴藏为感恩。
莲籽莲藕富营养，献给老少及全民。
沐浴阳光汲地气，寒冬默默做健身。
来年荷花再怒放，绯红醉煞爱莲人。

启示录

车尔尼雪夫斯基：“思想要在现实中获得价值，只有在这种时候：只有在献身为高尚思想而奋斗的人的身上，具有足够的力量来充分地实现这种思想。”

荷莲恋情

——把爱情献给大地

绿叶浮泛在瑶池，花冠娇艳得神奇；
彼此契合增绚丽，徜徉碧波胜珠玑。

豆蔻年华立大志，嫣然一笑叙心迹；
爱如清泉在流淌，沙漠也会变绿地。

君若有时得郁闷，睡莲明眸传神怡；
人生哲理能通彻，阴云消失九霄里。

温馨挥洒满人间，大爱无疆有希冀；
美好未来在召唤，敢上月宫摘桂枝。

颗颗心灵联一起，放飞理想擎红旗。
山盟海誓守约定，改天换地志不移。

启示录

莎士比亚：“你可以怀疑星星是火，你可以怀疑太阳是运转的，你可以怀疑真理是谎言，但永远不要怀疑我对你的爱。”

观荷悟道

——清廉劳作为人民

荷叶悠然托晨露，玉盘微风滚珍珠。
花蕾绽放争绮丽，姹紫嫣红映碧湖。
扎根泥潭长成才，拒绝污染守诚笃。
幽婉质朴富神韵，风华绝代吟诗赋。
温情善感解人意，真纯文雅满肺腑。
沉稳并非无感悟，原是冰心镇玉壶。
吾今注视欲罢难，胸中肃然生爱慕。
目光相触一刹那，心儿怦怦倾情愫。
愿随荷莲走天涯，播种圣洁举火炬。
清正廉洁勤劳作，永将人民当父母。

启示录

德谟克里特：“赞美好事是好的，但对坏事加以赞美则是一个骗子和奸诈的人的行为。”

睡浮莲

——平生唯有恋江山

偃卧泥潭红日照，一尘不染独清高。
常随东风舞翠烟，情注大地赋风骚。
花开丹红映朝霞，争奇斗艳露俊俏。

容貌动人需内秀，风波浪里练情操。
平生唯有恋江山，拒绝妖言来骚扰。
不辱使命敢担当，携同百花赴明朝。

启示录

爱尔维修：“做一个正直的人，就必须把灵魂的高尚与精神的明智结合起来。任何一个在自己身上结合了这两种不同的自然赠品的人，都是以公共利益作为行动指南的。这种利益是人类一切美德的原则，也是一切法律的基础。”

睡莲新韵

——心领意会有共识

仰卧瑶池姿百态，蕾铃蓬勃正绽开。
容貌动人真出众，温柔善感最可爱。
出之淤泥不玷污，去垢取精消浊埃。
慎独对己求恬淡，襟怀博大增风采。
今日观莲起相思，心领意会全明白。
有缘相知永珍惜，情感互动忠贞在。

启示录

塞涅卡：“所有人都一样，美德才是唯一值得尊敬的东西，不是金钱和财富使一个人有价值，人的价值是以他的品质来评判。”

睡莲情感

——池边观莲心花开

池塘睡莲生异彩，天生丽质塑英才。
君若寂寞生郁闷，约会睡莲谈心态。

相互欣赏增愉悦，明眸清澈消悲哀。
无声对视胜有声，交心知心凝大爱。
走进水榭品茗茶，馨香还从荷蕖来。
今生何时生怅惘，一旦观莲心花开。

启示录

沃特：“人与人之间的差异，主要是观察力大小的差异。大多数人都只是以填满自己的自然欲望为满足，而对自己遭遇的事物往往毫不在意，如此无精打采地度过一生。但一个善于观察与明辨的人，却有一种锐利而警觉的目光，没有一件事能够避开他的视线。”

咏睡浮莲

——共与睡莲向光明

睡莲花开火样红，绿裳翠衣映笑容。
清纯高雅绝凡俗，风韵卓荦几多情。
游人经过即止步，心儿不由怦然动。
彼此对视生磁场，相互欣赏意融融。
珍惜青春争分秒，情丝万缕织美梦。
向往光明永奋进，风波浪里立新功。

启示录

歌德：“创造一切非凡事物的那种神圣的爽朗精神总是同青年时代和创造力联系在一起的。”

无名氏：“莫把青春虚度在昨天的呻吟中；莫把希望寄托在明天的幻想里。”

荷　莲

——出身贫寒炼圣洁

什么花红映朝霞，洁身自好媲朱砂。
超凡脱俗何处寻，白洋淀里观荷花。
营养汲取淤泥中，茁壮生长成奇葩。
出身贫寒非羞耻，端庄圣洁走天下。

注释：诗友《荷》：“闻道人间遍落霞，出淤不染有奇葩。堂皇官冕齐来绘，羞死白洋淀里花。”

启示录

苏霍姆林斯基：“用劳动创造美的时候，美才能使人的情操更为高尚。”

大　丽　花

——美丽相对无绝对

今年北京新花来，美丽何等大家猜！
百花相迎有比较，如今她却受青睐？
牡丹美貌动京城，雍容华贵很富态；
芙蓉高洁拒玷污，风波浪里练情怀；
菊花真情恋金秋，奔波天涯播博爱；
梅花傲然摧冰霜，独立严冬抒豪迈。
优美集于大丽花，百花齐放更精彩；
欲寻词语来描绘，辞海浩瀚显苍白。

注释：2012 年北京中山公园从外地移植培育成功大丽花。大丽花又叫大丽菊、天竺牡丹。春夏间陆续开花，越夏后再度开花，霜降时凋谢。它的花形同牡丹，瑰丽多彩。

启示录

别林斯基：“无论在哪一种情况下，美都能从灵魂深处发出的，因为大自然景象不可能具有绝对的美，这美隐藏在创造或者观察它们的那个人的灵魂里。”

爱花点赞

你若无心去相思，名花何能成奇葩？
彼此互动识知己，花蕊激情得迸发。
爱花种花和护花，挥洒汗水迎朝霞。
花容月貌令人醉，芬芳弥漫情无价。
陶冶情操真善美，倾尽情愫争风华。

启示录

车尔尼雪夫斯基：“爱情赐予万事万物的魅力，决不应该是人生中短暂现象，这是一道绚烂的生命的光芒。”“不应该是照耀着探索和渴慕时期，这个时期其实只应该相当于一天的黎明，黎明虽然可爱、美丽，但是接踵而至的白天，那光和热比黎明时分要大得多。”

4

红玫瑰

——爱情的天才使者

啊，一朵天上飞来的红玫瑰，
为什么愈看愈是红彤彤？
那是浑身热血沸腾使然，

让我心怎能不怦然跳动？

啊，一朵温柔可爱的红玫瑰，
为什么总露着迷人笑容？
却又娇羞含涩泛出红晕，
我怎能猜不透她的真情？

啊，一朵袅娜多姿的红玫瑰，
疑似一股清泉汩汩淌涌？
又像一条溪水静静流溢，
宛若要与我在远方汇融？

啊，一朵非凡脱俗的红玫瑰，
必将约我共同拥抱彩虹？
把她与我内心秘密闪亮：
哪怕天崩地裂携手始终！

注释：玫瑰，原产地中国。属蔷薇科落叶灌木，枝杆多针刺，奇数羽状复叶，椭圆形，有边刺。花有紫色、白色，扁球形。枝条具有抗病性和耐寒性。红玫瑰被人们作为爱情的象征。

启示录

塞万提斯：“美人并不个个可爱；有些只是悦目而醉心。假如见到一个美人就痴情颠倒，这颗心就乱了，永远定不下来；因为美人多得数不尽，他的爱情就茫茫无归宿了。”

拉姆涅：“爱有如宿在花冠的露珠儿，宿在清纯心灵的深处。”

汤玛斯：“真正的爱是稀世珍品，财富买不到，权势也占不了。”

玫瑰的选择

——选择目标要崇高

雨后晨曦映碧空，玫瑰沐浴露华浓；
含情脉脉把花开，怦然激动脸绯红。
朋友约会传心语，热情翻腾满心胸；
人生幸福在何处，融入奋勇拼搏中。
生活哲理已明朗，烦恼消失于时空；
同甘共苦齐奋斗，互勉互励出激情。
青春珍贵却易逝，抓紧分秒不放松；
目标崇高志必夺，踏平危难终成功。

启示录

莎士比亚："既然爱情永远必须受折磨似乎是命运的一条定律，那么让我们学习忍耐吧，因为折磨正和意念、迷梦、叹息、希望和哭泣一样，都是可怜的爱情缺少不了的随从者。"

樱花动京城

——樱花时节动京城

春光明媚倚微风，岸边一派樱树浓。
花浪翻滚动京城，突兀空中出彩虹。
人流如潮涌玉潭，胜比节日还隆重。
欢声鼎沸说花好，闹得潭水火样红。

注释：樱花为落叶乔木，树皮紫褐色，花叶互生，边缘有芒齿，表面深绿色，有光泽。花每枝三五朵，成伞状花序，花瓣先端有缺刻，花色多为白色、红色。中国长江流域亦是樱花原产地。

启示录

达·芬奇："你如果要做一个艺术家，你要牢记：必须开拓你的胸襟，务使心如明镜，能够照见一切事物，一切色彩。"

樱花爱玉渊

——樱花美化天和地

玉渊潭畔集樱树，花开满园放光华。
争奇斗艳织锦绣，天地和谐全美化。
宛若繁星落瑶池，碧水蓝天映彩霞。
男女倾城来观赏，争先合影拥樱花。
留得玉照春常在，日月经久葆优雅。
人在花丛情飞扬，青春梦想被激发。

启示录

基度："噢，春天啊！一年生的草木，急不可待地开放脆嫩的花朵，在人的一生，春天只能一次。"

屠格涅夫："啊，青春，青春，你什么都不在乎，你仿佛拥有宇宙间的一切的宝藏，连忧愁也给你安慰，你自信而大胆！"

雪莲颂

攀登高山凌悬崖，峭壁石滩把根扎。
逆境凛冽练意志，冰冻三尺何足怕。
迎风斗雪汲灵气，经天纬地聚菁华。
白花绽放成妙药，神奇功效众人夸。
长年累月甘寂寞，含辛茹苦为大家。
雪莲情怀感天地，我愿跟她奔天涯。

心中亲人十三亿，真诚服务情无瑕。
慷慨无私作奉献，留取丹心照天下。

注释：雪莲花，为多年生草本，高 15—35 厘米。头状花序 10—20 个，在茎顶密集成球形的总花序；生于高山雪线附近的岩缝、石壁和冰碛砾石滩中，海拔 2400—4000 米；以天山所产最多，质亦最佳；可作药用。中国已将天山雪莲列为二级保护植物，已明令禁止采挖野生雪莲。

启示录

歌德：“人生重要的在于确立一个伟大的目标，并决心实现它。”

咏 雪 莲

——人民公仆在思考

高山巅峰冰雪寒，择此立身有雪莲。
蕾铃绽放媲霙花，皓白无瑕出冷艳。
公仆登山受感应，崇尚高洁沁心田。
历尽挫折当天梯，敢登高寒经锤炼。
愿学雪莲搏逆境，永葆恬淡意志坚。
崔嵬冰雪来净化，艰苦奋斗铸清廉。

启示录

西塞罗：“美德永远是友谊的辅佑。美德不能独立达到最高境界，所以要借助友谊。”

吟茉莉花

——素雅小花重千金

曾经偶然遇见她，初次相识在天涯。

小巧枝杆多支杈，翠叶茂盛迎风哗。
蕾铃小巧齐勃发，繁星万点织云霞。
白花娇嫩满枝桠，灵性动感好潇洒。

青春萌动涌脸颊，朴素大方又泼辣。
晨曦蓓蕾喜绽放，夕阳花蕊聚菁华。
身居林间拒尘埃，花朵洁净纯无瑕。
温馨和蔼情真挚，容貌端庄倍美佳。

有幸认知茉莉花，芳名早已被人夸。
花茶长久受青睐，皆因芳香最清雅。
饮茗兴致细品咂，沁入肺腑情无价。
心有灵犀全意会，不须夸耀还说啥。

问她为何喜素雅，不用七彩来美化?
心存圣洁出刚毅，媚俗诱惑拒接纳。
胸怀坦荡总谦逊，称己仅是陪茗茶。
挥洒青春情无限，无悔终生为大家。

注释：茉莉花，又称为茉莉，喜温暖湿润和阳光充足环境，其叶色翠绿，花色洁白，香气浓郁。最著名的一种是双瓣茉莉，花、叶有药用价值。

启示录

列夫·托尔斯泰：“一个人好像一个分数，他的实际才能好比分子，而他对自己的估价好比分母，分母愈大则分子的值就愈小。”

茉莉花

——真诚至上真善美

花儿小巧很玲珑，白嫩仙姿露真容。
外秀内慧富理智，温馨清香溢苍穹。
与花对话千万次，情感互动意相融。
心地唯有真善美，共将忠诚筑美梦。

启示录

马克思：“人的生活离不开友谊，但要得到真正的友谊是不容易的。友谊需要忠诚去播种，用热情去灌溉，用原则去培养，用谅解去护理。”

颂茉莉花

——贞洁为伴最幸运

茉莉花开似白云，清香悠扬满乾坤。
素雅幽雅加高雅，近民亲民为人民。
君与贞洁常为伴，青春不老日月新。
永远真诚为天下，无私奉献最幸运。

启示录

大仲马：“友谊也像花朵，好好地培养，可以开得心花怒放，可是一旦任情或者不幸从根本上破坏了友谊，这朵心上盛开的花，可以立刻委顿凋谢的。”

朱顶红

——炫彩只为山河美

并非芳名独自尊，名副其实红彤彤。
彤似喇叭不自夸，呕心沥血练奇功。
为了世界更多彩，日思夜梦增美容。
偏集枝顶把花开，别出心裁耀朱红。
炫彩动机任人说，美化大地打先锋。
敢将星星变花卉，遍及神州愈恢宏。

注释：朱顶红又名孤挺花、百枝莲和喇叭花。朱顶红枝杆亭亭玉立，在顶端生着4—6朵朱红色喇叭形花朵，朝阳开放，显得格外绚丽多彩、赏心悦目。

启示录

休谟："美并不是事物本身里的一种特质，它只存在于观赏者的心里，每一个人的心看出一种不同的美。这个人觉得丑，另一个人可能觉得美。每个人都应该默认自己的感觉，也应该不要求支配别人的感觉。"

桃花韵

——花开花落传心声

寒冬仪容更清雅，缄默会神蓄菁华。
春来万花齐绽放，花海映红满天下。
夏至花雨纷纷扬，斑斓漫天飞彩蝶。
落花成泥催结果，秋天寿桃品质佳。
硕果累累沉澄澄，美味滋滋顶呱呱。
只为万众喜开怀，适时香甜送千家。

注释：据统计全世界桃约 1000 个品种以上，中国有 800 个品种，用于生产栽培的有 30 个左右。桃花色泽艳丽，桃果汁多味美，芳香诱人，营养丰富。

启示录

杜甫《江畔独步寻花》：“黄师塔前江水东，春光懒困倚微风。桃花一簇开无主，可爱深红爱浅红。”

槐　　花

——清风清白情意深

林间小坐真闲雅，清风着意送槐花。
芳菲花瓣沾衣襟，纳凉消暑思天下。
闲情逸致饮玉液，未料幽香带酒家。
槐香酒香生灵感，槐花心花系华夏。

注释：诗友《槐花》：“小坐林间柳斜斜，天摇老扇送槐花。人间尚有清如许，缀向衣衫问酒家。”

启示录

苏霍姆林斯基：“在关于人的美的观念中，我们把精神美——忠于信念、有人性、对恶毫不妥协置于首要的地位。”

梨　　花

——天涯海角是我家

壑谷树冠蒙缟纱，一派茫茫白金甲。
炎夏哪来飞瑞雪，原是万树开梨花。

微风摇曳激波澜，皑色涟漪闪光华。
沉默静谧散芬芳，冷艳竞比百花佳。
思古幽情被激发，素绫飞扬显高雅。
梨花唐代爱舞乐，如今悠然走天涯。

注释：梨树，落叶乔木或灌木，叶子卵形，花一般为白色。据说唐玄宗曾教乐工、宫女在“梨园”学习音乐舞蹈。后来沿用梨园为戏院或戏曲界的别称：梨园界。

启示录

爱迪生：“最能直接打动心灵的还是美。美立刻在想象里渗透一种内在的欣喜和满足。”

一 品 红

——敢向嘲讽呈风流

小花何处得宠用，施展才能待时空。
平生最爱冷风来，绿叶经霜变鲜红。
休说风流老来俏，丰韵持久迎寒冬。
多维观察任自由，褒贬纷繁化春风。

注释：一品红又名老来娇，是一种开放于冬季的花卉。其花朵很小，但叶片入冬后会变成绚烂耀眼的红色。

启示录

无名氏：“一个对待任何人都不满意的人，比不能使任何人满意的人要可怜得多。”

好男人花

金黄花朵多绮丽，五瓣契合成一体。
温情脉脉可亲昵，情愫悄悄生魅力。
忽地发现一神奇，不知花芯哪里去？
日久天长知谜底，挚爱蕴藏襟胸里。

注释：张兵义伉俪旅游云南，发来一组照片，有一种花的学名称黄禅，因无花芯，民间寓意为“好男人花”。

启示录

莫泊桑：“普通的花卉必须经过相当时间的栽培才会产生芬芳，爱情的花朵更不会突然开放，所以一见钟情的爱是靠不住的。”

赏菊有感

重阳登高赏菊花，崖岭披上黄金甲。
颜值非凡金口叹，芬芳弥漫玉言夸。
古时逢秋生忧愁，如今临秋放光华。
任凭秋风多萧瑟，秋菊盎然走天下。

启示录

培根：“美德像珍贵的香料，被焚烧或磨碎时最芬芳，因为顺境中最容易显出恶习，只有在逆境中才容易发现美德。”

阿奎那：“美与善是不可分割的，因为二者都以形式为基础；因此，人们通常把善的东西也称赞为美。”

5

凤凰花

——英雄爱她当奇葩

树冠熊熊燃光华，花团锦簇惊天下；
疑是红日跃海面，宛若瑰宝映丹霞。
枝杆直指苍天去，百花丛中最泼辣；
常迎风雨去鏖战，挟持雷电可爆发。
历练何止千百载，毫无娇嫩万众夸；
迈开健步追日月，走遍五洲恋中华。
情融大地做奉献，不图任何作报答；
飒爽仙姿神韵飞，英雄爱她当奇葩。

注释：凤凰木因鲜红或橙色的花朵配合鲜绿色的羽状复叶，被誉为世界上色彩最鲜艳的树木之一；分布于中国南部及西南部、原产地马达加斯加及世界各热带地方。

启示录

爱默生：“英雄也是人，只是与一般人不同的是，他们在面对逆境时更能表现出勇敢和坚韧。”

咏红杜鹃

——情怀神州争风华

枝干遒劲腾空发，屹立山巅观天下；
荡涤尘埃保忠贞，冰清玉洁含文雅。
沧桑岁月经风霜，花蕾绽放迎朝霞；

唤起东风舞乾坤，陪伴春光照华夏。
碧血丹心吐真情，披肝沥胆为大家；
任凭征途多险恶，万钧雷霆何惧怕？
应对世界多极化，迎战妖魔斗恶霸；
不负众望久期待，奔波五洲竞风华。

注释：杜鹃花是中国十大名花之一，杜鹃花属约有900种，其中，中国约有530种。杜鹃花分落叶和常绿两大类。花的颜色有红、紫、黄、白、粉、蓝等色。

启示录

泰戈尔："有勇气在自己生活中尝试解决人生新问题的人，正是那些使社会臻于伟大的人！那些仅仅循规蹈矩过活的人，并不是在使社会进步，只是在使社会得以维持下去。"

白杜鹃赞

——时代更加需要她

二十年前上峨眉，思绪缠绵谁能猜？
万缕情丝一颗心，杜鹃令我无比爱！
爱她意志超强度，凌寒斗雪把花开；
爱她素雅溢清香，芬芳浩气除雾霾；
爱她圣洁保终身，消除污染拒尘埃；
爱她忍辱能负重，崇高志向总不改；
爱她坦诚抗诽谤，妖风袭击不徘徊；
爱她真挚恋大地，忠贞不渝好情怀；
爱她青春志高远，建功创业放异彩！
时代愈加需要她，长城内外大家栽！

注释：1995年5月初，笔者身穿棉大衣上峨眉山顶，看那洁白的杜鹃花在风雪中尽情怒放，至今已经20多年了，杜鹃花的风范和精神依然萦回在我的脑海中，难以忘怀。

启示录

歌德："有时一个人受到厄运的可怕打击，不管这厄运来自公众或者个人，倒可能是件好事。"

白牡丹

——白花冷淡志向明

白花冷艳有主张，不做朝官供欣赏。
宁与草木共生长，守护大地散芬芳。

启示录

白居易《白牡丹》："白花冷澹无人爱，亦占芳名道牡丹。应似东宫白赞善，被人还唤作朝官。"

蝴蝶兰花

——为刘喜正摄蝴蝶兰题照

蝴蝶兰花穿新衣，模样美妙太珍稀。
青春芳龄富风韵，天赐露珠添绮丽。
气质天然自不凡，并非粉妆增雅意。
凌空翱翔似飞天，情丝缠绵生奥秘。
谁人镜头摄住她，日思夜梦都相依。
纵情飞舞总多情，择时钻进君心里。
时光定格那一刻，永远不弃也不离。
仰慕艺术太高超，她仅钟情陪刘喜！

注释：蝴蝶兰有七十多个原生种。蝴蝶兰是单茎性附生兰，茎短，叶大，花茎一至数枚，拱形，花大，因花形似蝶得名。其花姿优美，颜色华丽，有“兰中皇后”之美誉。

启示录

孟德斯鸠：“因为感情真，所以美；因为感情美，所以善；因为感情善，所以写出来的东西自然要高。”

薄伽丘：“真正的爱情能够鼓舞人，唤起他内心的力量和潜藏的才能。”

垂　兰

——花开花落情更深

叶片修长飘飘然，亦有剑锋指青天。
花朵串串系珠玑，恰如少女绯红脸。
笑容灿烂尤可掬，明眸闪烁情万千。
知心话儿正想说，娇羞未语更婉娩。
送花姑娘早离去，馥郁弥漫满房间。
朝看花蕾正吐艳，夜睨花蕊含诗篇。
常在碧丛对心语，落英时刻泪涟涟。
花开花落虽有期，深情厚谊永缠绵。

注释：垂兰，是惠兰的一种，叶片修长飘逸，花如玉一般，有种冰清玉洁的感觉。垂兰品种很多，千姿百态。就拿花来说，每盆垂兰十多枝花穗结满花蕾，数十朵彩绿花苞像瀑布垂直而下，非常艳丽美观。

启示录

歌德：“真诚、活跃而富有成果的友谊表现在生活步调一致，表现在我的朋友赞成我的目标而我也赞成他的目标，因此无论我们的思想和生活方式有多大差异，都能始终不渝地共同前进。”

咏芝兰

——淡泊明志好心态

几株芝兰墙角栽，淳朴无华一边待。
风雨雷电练品格，春夏秋冬好自在。
默默图强无人知，悠悠岁月催花开。
幽香阵阵入庭院，诗情画意出书斋。

注释：芝兰是蕙芷的简称，芝草和兰草皆为香草名。芝兰极具观赏价值，其叶铁线长青，其幽香清远。

启示录

塞涅卡：“能忍受命运之否泰然的人，才能享受真正的快乐。”

咏秋菊

——爱在金秋菊花开

岁月凝霜金秋来，重阳喜迎菊花开；
遍布九州呈神奇，登上山崖作舞台。
霜染花朵愈精神，风吹枝叶愈豪迈；
风韵绰约超千姿，英容笑貌有万态。

花儿彩妆上琼台，奉献美丽展天才：
金黄色泽示华贵，气质完美耀千载；
洁白素雅昭吉祥，真情挚爱传万代；
珍品繁花多魅力，通今博古塑风采。

花儿欲说却徘徊，神情盈盈任人猜：

百花凋谢完使命，侬来传承新期待。
挥洒激情随东风，花飘五洲和四海；
芬芳洋溢遍环宇，希冀人间充满爱。

注释：菊花是经长期人工选择培育的名贵观赏花卉，公元 8 世纪前后，作为观赏的菊花由中国传至日本。17 世纪末叶荷兰商人将中国菊花引入欧洲，18 世纪传入法国，19 世纪中期引入北美。此后中国菊花遍及全球。现据不完全统计已经达 7000 个品种以上。大丽菊一株可开花 5000 朵以上，案头菊、盆景菊的发展，更提高了菊花的观赏价值。

启示录

萧伯纳："人生不是一支短短的蜡烛，而是一支由我们暂时拿着的火炬，我们一定要把它燃烧得十分光明灿烂，然后交给下一代的。"

咏金菊

——秋菊迎霜醉心扉

残阳如血无限美，秋风萧瑟枯叶飞。
四季循环不罢休，秋菊难忘轮一回。
乍看蓓蕾很娇嫩，天性却喜冷风吹。
万朵花冠金灿灿，寒侵霜打更妩媚。
观花哪怕多一秒，谁能神思不陶醉？
芳菲洋溢沁肺腑，如梦似幻入心扉。
思绪缠绵有万千，霎时顿悟方领会：
爱是无私做奉献，不求回报最珍贵。

启示录

雪莱："精明和智慧是非常不同的两件事。精明的人是精细考虑他自己利益的人；智慧的人是精细考虑他人利益的人。"

无名氏："得智慧和得聪明的人是有福的。因为得智慧胜过得银子，其利益，高于黄金。它比珍珠还可宝贵，你一切所喜爱的东西，都不足以和它相比较。"

牡　丹　颂

——荣誉与谦逊成正比

牡丹丰姿映彩霞，秀色非凡聚精华。
追随东风去洛阳，霜打雪压愈优雅。
严寒酷暑敢炼狱，青春热情得迸发。
花开时节动九州，四面八方众人夸。
沧桑岁月有今朝，感恩大地谢妈妈。
从不孤傲压群芳，总将荣誉归大家。

注释：牡丹花色泽艳丽，玉笑珠香，风流潇洒，雍容华贵，富丽端庄，芳香浓郁，素有“国色天香”和“花中之王”的美誉。牡丹品种繁多，以黄、绿、肉红、深红、银红为上品，尤其黄、绿为贵。它是中国特有的名贵花卉，有数千年的自然生长和1500多年的人工栽培历史，现已遍布世界。

启示录

贝多芬：“真正的艺术家没有骄傲，他知道艺术领域无限而闷闷不乐，他忧郁地觉得他距离目标是多远；或许他被别人羡慕，然而他悲伤自己还没有达到杰出的天才们所达到的境地。”

国　色　天　香

——尊严究竟需要啥

国色天香牡丹花，昔日皇宫霸占她。
犹如小鸟入金笼，身陷孤独似针扎。
天翻地覆有今朝，自由飞翔黎民家。
万众衷心喜相迎，尊严并非需豪华。

启示录

塔西佗："最坏的皇帝固然希望取得绝对专制的权力，但即使最好的皇帝也绝不希望他的臣民生活得十分自由。"

咏牡丹

——气质超凡献博爱

谁道她从天上来，因而熠熠放光彩？
众说她是土里长，汲取地气成英才。
雍容华贵名千古，气质超凡好心态。
人们尊她为花王，她却从来未理睬。
总与百花心连心，助人为乐最慷慨。
常和姐妹共商议，同向人间献博爱。

启示录

韦伯斯特："人们在一起可以做出一个人所不能做出的事业；智慧、双手、力量结合在一起，几乎是万能的。"

君子兰之神韵

——疯狂究竟赖谁呢

名副其实君子兰，君子风度受青睐。
剑叶排列于茎干，色泽深度绿蔼蔼。
喜欢凉爽兼湿润，氛围适宜花盛开。
花冠艳红蕊金黄，团聚顶端放异彩。
颜值极高性温顺，春风际会展神采。
英名飞速传播开，始于八十那年代。
市场造势花昂贵，我国东北先试栽。

君子兰花多疯狂，价格惊人谁敢猜？
狱中几个小姑娘，因偷盆花算变坏。
当时一株几万元，法不留情作制裁。
价格飙升仅一时，愚昧近年跌下来。
可怜天真小姑娘，小小过错受大害。
如今到处君子兰，更加绚丽尽情开。
疯狂二字别乱用，还给君子全清白。

注释：（1）君子兰原产于非洲南部的热带地区森林中，主要品种有大花君子兰、垂笑君子兰、细叶君子兰、有茎君子兰、奇异君子兰、沼泽君子兰。（2）20 世纪 80 年代中期，长春市发生了疯狂君子兰事件，得到当地政府的解决。当时君子兰市价狂升，一盆君子兰市价超 1 万元甚至 10 万元，有一盆君子兰交易价竟达 14 万元。君子兰价格之昂贵是不可思议的。当时监狱和劳教所里有因偷一盆君子兰而被法律制裁的人员。

启示录

莎士比亚：“一支小小的蜡烛，它的光照得多么远！一件善事也正像一支蜡烛，在这个罪恶的世界大放光辉。”

向日葵

——追求光明为使命

常在田野迎晨曦，紧跟红日顺朝夕。
金盘旋转如火炬，烧掉腐朽化神奇。
追逐光明最彻底，除非日殒方休止。
风雨兼程献硕果，英姿永远立大地。

注释：向日葵别名太阳花，因花序随太阳转动而得名。向日葵，向往光明之花，给人带来美好的希望之花，它全身是宝，把自己无私地奉献给人类。

启示录

史密斯：“希望像太阳，当我们向它行进，我们负担的阴影，便抛在身后去。”

白玉兰

白玉兰花非浓彩，蕾铃如霙白皑皑。
芬芳洋溢满乾坤，春风吹拂凝聚爱。
花开花落魂仍在，维系高洁传万代。
两袖清风奔天涯，风雨人生方精彩。

启示录

培根：“有些人显得很可爱。因为他们的作风优雅而美。‘美人的迟暮也是美的’。而尽管有的年轻人具有美貌，却由于缺乏优美的修养而不配得到赞美。”

6

胡杨颂

序曲

在这伟大而光荣的时代，
我们怀抱着美妙的理想；
让祖国屹立在世界高峰，
为人类解放做更大贡献；
为了远大抱负付诸实践，

我们时刻准备奔赴战场……
在那风雨如磐的逆境中，
从何处获得勇气和力量？
在泰山压顶的危难时刻，
如何顽强抗争挺起脊梁？
在糖衣炮弹袭击的时候，
怎能抵御诱惑拒腐防变？
遇到那灯红酒绿的陷阱，
如何捣毁魔窟安全脱险？
在权钱色交易的宦海中，
如何一身正气永不沦陷？
当航船遇到惊涛颠覆时，
如何力挽狂澜转危为安？
在那歌舞升平的日子里，
如何战胜冰下急流险滩？
在那风云紧急的关头中，
如何始终坚持正确指南？
这些问题的答案终于找到了，
胡杨像灯塔照亮了我们心坎。
我们的心啊，在激烈地跳动，
为理想奋斗，有了不竭源泉。

（一）寻觅

我们万里越野奔忙，
一路艰辛寻觅满怀希望；
在秋霜纷纷飞扬时，
来到遥远而神秘的边疆；
放眼那无垠的荒漠，
发现一处林木灿烂辉煌；
一派金黄色的树叶，
筑起沙漠一道绚丽风光。

我们疾步走近了她，
看她受伤肢体如此顽强：
尽管被打倒在地上，
但又挣扎起来坚定抵抗；
尽管被折断了枝杆，
但仍倔强奋起展试锋芒；
尽管浑身伤痕累累，
但仍巍然耸立举世无双；
尽管环境极端恶劣，
但仍无比乐观豪情奔放。
这树木何等不简单：
经过沧桑砥砺坚毅伟岸，
不改初心迎难而上，
正在奔向那胜利的远方……
啊，原来你就是胡杨，
宛如红日闪耀熠熠容光。
高山峻岭在为你赞美，
江河湖海在为你鼓掌，
日月星辰在为你作证，
历史长河在为你表彰：
在六千多万年历史中，
你排除万难，英勇悲壮。
你在浩瀚沙漠中，
谱写那永远不朽的华章；
你向来与众不同，
让平凡闪耀着璀璨光芒；
你从不随波逐流，
为坚持真理而不怕诽谤；
你迅猛勇往直前，
奋力披荆斩棘追逐太阳。

你面对沙暴肆虐，
坚决反击而绝不退让；
你迎战飓风袭击，
冲锋陷阵而不惜创伤；
你面临死亡威胁，
视死如归而勇敢较量；
你以超凡的气概，
逼迫对手收敛起张狂。
你穿越千难万险，
锤炼出钢铁般的臂膀；
你握住命运咽喉，
生存权利得到了延长。
你从重压下崛起，
竟挺立枝杆直指天苍。
你在战火中奋进，
奏响一曲曲千古绝唱。
你超越生命极限，
将在历史上万世流芳。
你是英雄的战斗集体，
众志成城团结如钢。
你筚路蓝缕征服沙漠，
为世界树立光辉榜样：
苍劲挺拔，傲视天国；
刚毅磅礴，气宇轩昂。

（二）认知

追寻你传奇般的跋涉，
原来你身世如此坎坷：
你在风暴中诞生，
在艰难困苦中度过；
你历尽岁月磨砺，

不屈不挠应对挫折。
你身受烈日烘烤，
竟能强忍干渴饥饿；
你叶子被冰冻僵，
战斗激情依然似火；
你枝杆遭风折断，
却再崛起铮铮铁骨；
在灭顶之灾面前，
你保持冷静与沉着；
在刀光剑影之中，
你彰显出英雄本色。
在风云激荡的岁月里，
你经历无数惊心动魄：
多少暴风骤雨的打击，
多少雷霆万钧的恐吓，
多少沙暴吞噬的威慑，
多少枪林弹雨的胁迫，
身上留下数不尽伤口，
你说这些都算得了什么？
当许多危难降临时候，
你唯有坚忍不拔的抉择。
在干旱肆虐之时，
你根系扎得愈深刻；
在严寒冰冻之时，
你历练得抗寒许多；
在酷热煎熬之中，
你锻炼出超常耐热；
在盐碱侵害之中，
你练就了抗碱骨骼；
在沙暴降临之时，

你奔赴战场去拼搏；
哪里危险去哪里，
慷慨无畏赴汤蹈火；
以献身坚守国土，
熔铸出惊天的魂魄。
你坚持实事求是，
弘扬远见卓识的品格；
愿在燃烧中辉煌，
不甘在腐烂中堕落；
为了大众利益而牺牲，
让年华在烈火中闪烁！

（三）感悟

缅怀往事难以思议，
是什么精神支撑着你？
你身处凶险逆境中，
始终发扬那浩然正气；
你信心没有被摧毁，
反而变得更无比坚毅；
你决心没有被打垮，
反而磨砺得坚如磐石；
你受到打压愈猛烈，
迸发出的精神愈强势；
你脚步没停顿下来，
前进的目标始终如一。
你意志经反复锤炼，
创造出这生命的奇迹；
你捍卫了边疆国土，
铸就平生非凡的壮丽。
而今面对风云紧急，
你担负重任史无前例；

为了祖国迅速崛起，
哪怕粉身碎骨绝不畏惧；
你犹如凤凰涅槃一样，
枯树发芽展示无限魅力；
你披着霞光神采焕发，
阔步跨进伟大的新世纪。
你预测风云时常变幻，
运筹帷幄牢牢掌控时机。
你在绝境中施展智慧，
力挽狂澜终于挽救败局。
你和大地相依在一起，
汲取不竭的睿智和勇气。
你满怀着无限的深情，
热烈亲吻着广袤的大地；
你拥抱着伟大的祖国，
追求着彻底解放的真谛。
你不愿过安逸的生活，
始终坚守边疆不弃不离；
你用可歌可泣的牺牲，
迎接着黎明到来的晨曦。
你竭力推进大漠绿化，
要使改变气候达到预期；
誓教生命之源的水流，
在这里到处能奔腾不息。
你正为江山更加多娇，
下决心战斗到彻底胜利；
你不因为挫折而衰败，
而要在陨落中奋斗升起。
这惊天的大无畏精神，
是激励事业前进的动力；

我们诚挚地肃然仰视，
向你致以最崇高的敬礼！

（四）追求

我们怀着深深敬佩，
端详你刚毅和壮美：
你是沙漠中的玫瑰，
呈现着迷人的红绯；
你是荒漠中的清泉，
流淌着深邃的智慧；
你是那灾难的克星，
在荒芜中绽放蓓蕾；
你是一面鲜红旗帜，
闪耀着战斗的光辉；
你是人类未来的希望，
植入我们年轻的心扉。
我们满腔热血在沸腾，
渴望着斗争信心百倍。
当下国际风云变幻，
祖国战鼓频频紧擂；
我们听从时代召唤，
决定加入战斗部队！
与你携手奋勇当先，
敢上九天撞击惊雷；
誓将腐朽化为神奇，
把沙漠全变成青翠！
我们要与你风雨兼程，
敢踏刀山火海何惧劳累；
我们跟着你奋斗到底，
宁可牺牲绝不半途而废！
这因为有你给我们，

无穷的信心、力量和智慧：
一种追求光明的执着，
一种探索真理的自觉；
一种拥抱大众的襟怀，
一种热恋大地的情结；
一种革故鼎新的志向，
一种世界大同的境界；
一种改天换地的雄心，
一种坚韧不拔的激烈。
我们敢为天下之先，
用我们青春的热血，
用我们战斗的豪情，
用我们才华的卓越，
用我们毅力的超凡，
用我们忠诚的圣洁，
用我们理想的崇高，
联系实际运用马列，
依靠创造历史的人民，
把毒蛇猛兽统统消灭，
将两个“彻底决裂”进行到底，
让鲜红的太阳照遍全世界！
光荣永远是属于我们——
前无古人的伟大事业！

注释：胡杨是落叶中型天然乔木，树干通直，直径可达 1.5 米，高 10—15 米，树龄可达 200 年，木质纤细柔软，树叶阔大清香。胡杨在地球上生存 6000 多万年了。现状是，世界上的胡杨绝大部分生长在中国新疆塔里木河流域的沙漠地带。胡杨生长在最恶劣、最残酷的气候环境之中，形成耐寒、耐旱、耐盐碱、抗风沙的能力，是自然界稀有的树种之一，表现出神奇的特性。因“胡杨生而千年不死，死而千年不倒，倒而千年不朽”，而有沙漠中“活化石”之称，被誉为“沙漠英雄树”。

启示录

李大钊：“我们的目的，在废除人类间的阶级，在灭绝人类的僭擅。但能达到这个目的，流血的事，非所必要，然亦非所辞。要知道牺牲永是成功的代价。”“人生的目的，在发展自己的生命，可是也为发展生命必须牺牲生命的时候，因为平凡的发展，有时不如壮烈足以延长生命的音响和光华。绝美的风景，多在奇险的山川。绝壮的音乐，多是悲凉的韵调。高尚的生活，常在壮烈的牺牲中。”

马克思、恩格斯《共产党宣言》：“共产主义革命是同传统的所有制实行最彻底的决裂；毫不奇怪，它在自己的发展过程中要同传统的观念实行最彻底的决裂。”

银杏树

——世代感恩守忠贞

若问银杏何时来，她们祖先在古代；
中生代时侏罗纪，占领地球主生态。
亚欧北美任生长，不须有人特意栽；
近期冰川大运动，几乎灭绝不存在。

唯有神州最宽容，先祖有幸存下来；
浩劫临头遇援手，渡过黑暗和悲哀。
救命恩情永铭记，真诚品德不可改；
满腔热血为感恩，拥抱中华在胸怀。

三山五岳南北中，当作谢恩大舞台；
强身健体练本领，不屈不挠长成材。
树形独特真优美，清奇苍劲有神采；
吞吐灵气生富氧，净化空气抗病害。

躯干强壮支杈茂，挺拔坚毅挡风灾；
果实蕴含多维素，枝叶提炼可治癌。
千歌万曲谢恩人，千言万语抒情怀：
银杏丹心系世界，无私奉献表大爱。

注释：银杏为著名的“活化石”，是世界珍稀树种之一。它在2.5亿年前的二叠纪时已生成，经晚三叠纪时发展，至侏罗纪和早白垩纪达到了鼎盛时期，但白垩纪后期急剧衰落。250多万年前发生第四纪冰河时期，它面临绝灭的危机，而中国南部因地理位置适合和气候温和，成为银杏的最后栖息地。

启示录

周恩来：“我们应该像牛一样努力奋斗。鲁迅、闻一多都是牛，我们要学他们的榜样，在人民面前发誓，做人民的牛，团结一致，为人民服务而死。”

银杏叶

——黄金叶子多动情

秋风萧萧吹一夜，公园遍地黄金叶。
胜似繁花织锦绣，缔造一个新世界。

奇境为何落人间，银杏慷慨献热血。
男女纵情拍照忙，留取倩影心意切。

摄像选择全方位，烘托景象多视觉。
华贵相片润心扉，人美叶黄合一绝。

银杏原本高素质，堪比黄金还纯洁。
君子油然被感动，许诺明秋再相约。

启示录

艾迪生：“最能直接打动心灵的还是美。美立刻在想象里渗透一种内在的欣喜和满足。”

普洛丁：“眼睛如果没有变得像太阳，它就看不见太阳；心灵也是如此，本身如果不美，就看不见美。”

青松颂

——献给边防战士

崇山峻岭屹青松，顶天立地傲苍穹。
严寒酷暑练筋骨，蓬勃刚毅郁葱葱。
暴风骤雨铸丹心，壮志凌云浩气宏。
常和峰峦同驰骋，时与晨曦舞彩虹。
风云变幻深莫测，明察秋毫心从容。
千辛万劫不须问，奔波时代激流中。
危难时刻见忠诚，慷慨赴死斗恶风。
献身事业重泰山，华夏响彻东方红。

启示录

列宁：“谁害怕暗礁而留在港湾中，虽然不会有什么风险，他永远不会达到我们渴望的目的地。”

哥伦布：“只要我们把希望的大陆牢牢地装在心中，风浪就一定会被我们战胜。”

青松赞

——为革命烈士礼赞

青松傲然屹巅峰，秉性热恋东方红。

历尽沧桑铸铁骨，挥洒热血筑美梦。
天地灵气通经络，精神振奋斗暴风。
千里冰封脚下踩，雷霆万钧掌控中。
穿越历史长隧道，追求光明打先锋。
纵使天崩和地裂，宗旨铭记在心胸。
抱定牺牲无遗憾，为民捐躯争大同。
崇高品格垂万代，光芒四射照长空。

启示录

毛泽东："成千上万的先烈，为着人民的利益，在我们的前头英勇地牺牲了，让我们高举起他们的旗帜，踏着他们的血迹前进吧！"

咏青松

——向反腐战士致敬

千山万壑云飞扬，青松屹立悬崖边。
任凭风暴多猛烈，根扎岩缝树干坚。
打铁更须自身硬，社稷忧患记心间。
不管征途生险象，反腐重担挑在肩。
心明眼亮拒诱惑，惩腐除恶冲在前。
个人安危置度外，为创廉政新纪元。

启示录

毛泽东："无数革命先烈为了人民的利益牺牲了他们的生命，使我们每个活着的人们想起他们就心里难过，难道我们还有什么个人利益不能牺牲，还有什么错误不能抛弃吗？"

青松之志

——颂工人阶级先锋战士

嵯峨峭壁立青松，巍然挺拔指苍穹。
贫瘠岩缝深扎根，千辛万苦志不穷。
不畏酷暑超炎热，何惧惊雷猛狂轰。
迎战严寒超低度，哪怕冰雪来速冻。
千秋万代经锤炼，融入钟灵毓秀中。
一心为公求平等，襟怀大地系民众。
荣华富贵予断绝，骄奢淫逸拒相融。
两极分化须消灭，赴汤蹈火亦从容。
不辱使命敢担当，乐在悬崖斗恶风。
献身伟业立功勋，崇高品德人称颂。

启示录

毛泽东："我们的共产党和共产党所领导的八路军、新四军，是革命的队伍，我们这个队伍完全是为着解放人民的，是彻底为人民利益工作的。"

孟子："富贵不能淫，贫贱不能移，威武不能屈，此之谓大丈夫。"

咏竹

——献给反腐英雄们

劲竹挺拔冲云霄，铁骨铿锵含俊俏；
枝叶繁茂出苍翠，亭亭玉立领风骚。
乌云压来举起头，傲然生长节节高；
飓风袭击更轩昂，宁可身断不弯腰。

秉性一向重高洁，心胸坦荡日月照；
身正不怕影子斜，妖风邪气刮不倒。
气贯长虹立天宇，廉洁奉公铸情操；
清风吹拂满乾坤，刮尽雾霾空气好。

英雄反腐崇高尚，胸怀博大可自豪；
心系民众惩腐恶，冲锋陷阵挥钢刀。
反腐战鼓震天地，老虎苍蝇往哪逃？
撒下天罗和地网，群众监督是法宝。

启示录

马克思、恩格斯：“共产党人可以把自己的理论概括为一句话：消灭私有制。”

阿瑟·米：“一个伟大人物，可能出身寒微，一生与贫困搏斗，但没有一个德性欠缺的人可以称之为伟大人物的。”

竹　　韵

斑竹苍翠冲太空，虚怀若谷守初衷。
拥抱宇宙抒浩气，坚毅挺拔斗狂风。
明知战斗会伤亡，难道投降不冲锋？
崇尚信仰求真理，粉身碎骨也从容。
危难时刻心更明，惟用行动表精忠。
高风亮节传千秋，正气凛然东方红。

启示录

方志敏：“雪压竹头低，低下欲沾泥。一轮红日起，依旧与天齐。”

刘禹锡：“昔贤多使气，忧国不谋身，目览千载事，心交上古人。”

陆游：“位卑未敢忘忧国。”“平生铁石心，忘家思报国。”

古　　柏

——中华儿女多奇志

古柏苍劲犹葱茏，主干腾空势如龙。
风雨兼程五千载，伤痕累累意从容。
昂首屹立桥山岭，天下风云掌控中。
搏击风浪占鳌头，炎黄子孙愈昌隆。

注释：在炎黄祖先的桥山岭，有一棵5000多年的古柏，历尽沧桑，伤痕累累，但仍气宇昂扬，毅然挺立，蓬勃向上。

启示录

秋瑾："金欧已缺总须补，为国牺牲敢惜身。"

波恩："不受痛苦，得不到胜利；不践荆棘，得不到王座；不饮怨毒，得不到光荣；不背负十字架，得不到冠冕。"

铁　　树

——铁树花开逢盛世

穿越风霜远古来，独立林间拒尘埃。
心藏正义知恩仇，身长利剑数十排。
疾恶如仇露锋刃，严惩妖魔除悲哀。
爱憎分明垂千秋，今逢盛世把花开。

注释：铁树，一种常绿乔木，叶聚生于茎的顶端，在温带60年才开花一次。

启示录

德谟克里特："赞美好事是好的，但对于坏事加以赞美则是一个骗子和奸诈的人的行为。"

小草颂

绿荫处处掀波澜，原是一派小青草。
大地纵有树木多，缺少小草啥美好？
防沙固土不可少，调节气候立功劳。
脉脉含情不张扬，服务地球最周到。
愿我做株小青草，披星戴月一路跑。
深知伟业靠大众，同心同德奔明朝。
阳光雨露催我长，寸心定将春晖报。
韶华光阴不虚掷，步步艰辛敢登高。
我和森林齐努力，防沙固土抗风暴。
誓将沙漠变绿洲，人人皆可立功劳。

启示录

裴斯泰洛齐："人生贵有阅历，阅历是要人能惩前毖后改过向善。能做到这样，到老了，便能平安幸福。"

枇杷

——远离故乡情相连

莆田枇杷形椭圆，出类拔萃属顶尖。
地灵氤氲造极品，多味酸甜格外鲜。
今见珍珠满枝头，金黄润泽多耀眼。
友人摘来一箩筐，共同品尝话旧年。
儿时吃果过七旬，浪迹天涯常思念。
桑梓故地心难移，岁月消逝情不变。

启示录

费希特："爱国的人，把其根深植在本能以及情操里。国家之爱，乃是亲人之爱的扩大延长。"

7

咏　　雪

——雪花化甘露

雪花本皓洁，情感倾热烈；
无声来问候，悄悄飘原野。
群山披银装，万木挂冰雪；
红梅裹婚纱，莞尔露笑靥。

净化大自然，害虫被歼灭；
大地发生机，万物趋和谐。
冰心在玉壶，温馨腾热血；
真情送关怀，花草皆感谢。

雪花乘风卷，雾霾只缴械；
蓝天浮白云，翱翔有喜鹊。
空气经过滤，清新又纯洁，
万众齐欢呼，解除心纠结。

雪花露芳容，诗情注事业；
忠诚为公益，升华新境界。
任凭风云起，悠然度岁月；
青春逐壮丽，奋斗来书写。

雪花抚原野，深情注昼夜；
默默在守护，履职不间歇。
气质趋完美，豪放兼婉约；
浩博识时务，献身成俊杰。

迎接春潮动，先知且先觉；
爱心化甘露，滋润新世界。
瑞雪兆丰年，人间有喜悦；
终身永追求，青史翻新页。

启示录

列夫·托尔斯泰："理想是指路明灯。没有理想，就没有坚定的方向；没有方向，就没有生活。"

咏雪花

——一切奉献给大地

她怀激情任飘逸，雪花穿梭织素衣。
仿若飞天乘风来，娉婷婀娜出神奇。
冨冨晶莹极纯净，茫茫一派无涯际。
纵使想象多丰富，高洁非凡难思议。

望她九霄漫飞扬，万千白翎传惊喜。
听她肺腑吐真情，宁为母亲献自己。
悄然溶化为滴水，渗入土壤融一体。
志在世界变个样，滋润广袤新大地。

泉源就是新血液，万物生长添动力。

滋润小苗茁壮长，沐浴枯树发新枝。
东风浩荡施神功，长城内外全绿碧。
百花争艳为了谁，期盼江山更俏丽。

启示录

孟德斯鸠：“能把自己的生命寄托在他的记忆中，生命仿佛就增长了一些；光荣是我们获得的新生命，其可珍贵，实不下于天赋的生命。”

雪景

——雪景生情忧天下

皆曰瑞雪兆丰年，佳时遥远非眼前？
寒风萧萧雪花飘，飞鸟悄悄躲屋檐。
行人匆匆赶回家，御寒急急进房间。
谁知工棚缺炭火，浑身发抖受熬煎。
可怜路上挑夫者，滑倒爬起咬牙关。
但愿降雪能适宜，穷人温暖有炊烟。

启示录

列夫·托尔斯泰：“为自己活着的人，低劣；为别人意愿活着的人，渺小；为别人幸福活着的人，高尚。”

梦云雪

——渴望与现实

预报前天将下雪，云朵不知哪里歇？
昨日云峰又聚集，遨游太空再离别。
今晨长空灰朦胧，一直延续至半夜。

忽地鹅毛漫天舞，装扮原野美至绝。
宛若飞天施妙手，撒下白花飘世界。
但愿瑞雪兆丰年，太平天下皆喜悦。

启示录

华兹华斯："想象力是由耐力的观察所组成的；幻想力是由改变心中情景的自愿活动所组成的。"

瑞雪含情

——奉献真情为了谁

寒冬将尽春未回，正待时光听惊雷。
忽来一夜寒风来，遮天蔽日白翎飞。
千山万壑披银装，千树万树雾凇垂。
原野浩瀚连天边，万物萌动多明媚。
漫天飞舞你是谁，奔波万里为了谁？
为了大地得丰收，为了江山更秀美。
为了民心得凝聚，为了世界得普惠。
瑞雪情深含微笑，庶民感恩噙热泪。

启示录

罗曼·罗兰："我们称赞英雄人物不是那些以思想或力量得胜的人。我所称赞的英雄人物仅仅是那些具有高尚德行的人。"

春　雪

——雪融大地清平归

昨夜雪花漫天飞，陪同春风慢徘徊。

阙疑千树梨花开，万枝玉兰托白蕾。
万籁初醒望环宇，莽莽大地已芳菲。
春雪融化清平归，泽润江山添壮美。

启示录

塞涅卡：“铸成一把宝剑，在于剑锋的锐利及硬度，而不在于它的外鞘的辉煌；同样的，并不是金钱与财产能使一个人有价值，而是他的美德。”

迎春雪

——春雪飘扬吉祥来

寒风阵阵卷云霄，飞雪吉祥漫天飘。
崇山峻岭裹白绫，林海原野披素缟。
天公造化出神奇，净化自然胜灵药。
瑞雪着意敞胸襟，迎来红梅露窈窕。
雪花梅花同心结，抚爱大地春来早。
呼唤百花竞争艳，逗乐小草齐欢笑。

启示录

列宁：“年轻的同志们，你们要在这方面更加努力地工作，用你们朝气蓬勃的青春力量来建设灿烂的新生活。”

江南春雨

——人与自然求和谐

碧绿山峦千嶂叠，雨丝翠烟罩原野。
水乡亭台邀日月，河边垂柳戏喜鹊。
人与自然求和谐，大地画卷谁书写？

劳动大军洒热血，巧干创造新世界。

启示录

马克思：“体力劳动是一切社会病毒的伟大的消毒剂。”

深秋憧憬

请勿徘徊再落泪，秋高气爽闪清辉。
风扫残叶消忧愁，今朝美酒干一杯。
曲折艰辛铸真金，原野五谷令人醉。
深秋无须作化妆，菊花霜打更妩媚。
妹妹大胆往前走，憧憬未来勇敢追。
睁大眼睛看准谁，自信热情加智慧。

启示录

莫泊桑：“普通的花卉必须经过相当时间的栽培才会产生芬芳，爱情的花朵更不会突然开放，所以一见钟情的爱是靠不住的。”

秋景

秋风萧瑟何须怨，卷走残叶有新颜。
万物顺时换秋装，五彩缤纷来人间。
五谷丰登遍田野，美化江山更耀眼。
枫叶凝霜多俏丽，乘风飞扬映蓝天。
菊花凌寒吐玉蕾，动人优美舒心田。
秋月明媚水灵灵，浪漫情怀谱经典。

启示录

罗休夫柯："感情是唯一永远有说服力的演说家；它是一种自然的艺术，它的法则是绝对无错误的；头脑最简单而面带感情的人，较诸没有感情的雄辩家更具有说服力量。"

初春柳枝

——节奏和谐彰显美

近看柳枝点点黄，远望千树绿苍苍。
春风化雨托美梦，翠烟升腾好梳妆。
鹭鸶飞翔落枝头，万点钻石闪银光。
春意盎然柳先知，长城内外换新装。

启示录

苏格拉底："美，节奏好，和谐，都由于心灵的聪慧和善良。"

8

钱塘江观潮

——真情观潮到永远

中秋钱江来大潮，猛击堤岸欲摧垮。
洪涛汹涌好气派，旋天壮阔巨无霸。
阙疑群龙冲玉宇，吞云吐雾夺天下。
千古奇景续至今，少儿观潮到白发。

注释：钱塘江是浙江省最长的河流，全长400多千米，水流经杭州湾入海，由于天体引力和地球自转的离心作用，加上杭州湾喇叭的特殊地形所造成的特大涌潮，是世界三大涌潮之一。从农历八月十六日到十八日，钱塘江潮水最为壮观。当潮水远远地从钱塘江入海口涌起的时候，像一条银白色的线；当潮水接近岸边时，愈加激越澎湃，排山倒海汹涌而来，涛声如雷霆万钧震撼天地，浪花喷射长空，遮天蔽日，气势豪壮，叹为观止。

启示录

柴可夫斯基："灵感——这是一个不喜欢拜访懒汉的客人，它只拜访那召唤它的人。"

观潮襟怀开

——钱江大潮势磅礴

惊涛奔腾覆地来，骇浪爆裂翻天盖。
浩瀚壮观旷世闻，磅礴气势冲霄外。
雪峰突兀高万丈，冲向云天赴琼台。
今年中秋潮最急，神奇令人襟怀开。

注释：潮汐，是由于月亮、太阳和地球相互作用产生的引力，使海潮位定时涨落的现象。农历八月十八日钱塘江中秋潮汐尤其猛烈，潮头可达数米之高。

启示录

亚里士多德："古往今来人们开始哲理探索，都应起源于对自然万物的惊异。"

惊涛系日月

——钱江大潮从何来

谁发奇想造惊涛，中秋特地献妖娆。

日月传情生磁力，地球自转出绝招。
寻遍天涯设舞台，选准钱江掀大潮。
巨涛托起凯旋门，欲与天公试比高。

启示录

爱因斯坦：“想象力比知识更重要，因为知识是有限的，而想象力概括世界上的一切，推动着进步，并且是知识进化的源泉。”

浪涛携梦想

——钱江观潮多浪漫

中秋十五庆团圆，十八钱江月最圆。
亲近地球绝佳处，引力迸发浪涛旋。
诺亚方舟乘风行，偕同婵娟上九天。
心有灵犀全意会，浪漫情怀续亿年。

启示录

马卡连柯：“爱情应该使人的力量和感觉丰富起来，并且爱情的确使人丰富起来。”

潮涌如战场

——钱江观潮出奇想

激浪滔滔逞威风，千军万马组阵容。
浪涛排列布好局，前冲后涌大协同。
杀声震天战鼓急，视死如归猛冲锋。
英勇无畏洒热血，驰骋疆场决战中。
聚焦防线来撞击，刀光剑影亮长空。

回潮威武雄赳赳，凯旋归来庆战功。

启示录

拉美特利：“大海越是险恶出名，我越觉得通过重重危难去寻求不朽是一件赏心乐事。”

浪涛铸英魂

——钱江大潮铸英魂

战鼓咚咚山岳震，千里波涛扑岸滨。
前仆后继奔腾急，慷慨赴死重千钧。
胜不骄傲败不馁，冲锋陷阵逞坚韧。
粉身碎骨气势昂，卷起水柱窜入云。
吞天蔽日倏忽变，繁花凌霄落缤纷。
英勇精神传万载，钱江大潮铸英魂。

启示录

萨克雷：“勇敢，世界就会让步。如果有时候你被它打败了，不断地勇敢再勇敢，它就会屈服。”

浪潮与心潮

——英雄观潮志高远

狂飙万丈呼啸来，挟持雷阵爆炸开。
翻江倒海腾巨浪，蜿蜒壮阔漫天白。
自古英雄总多情，从来豪杰满腔爱。
陶醉钱江夜继日，心潮浪潮同澎湃。
勇当时代弄潮儿，刀山火海脚下踩。

改革创新占鳌头，披荆斩棘朝前迈。

启示录

爱默生：“英雄也是人，只是与一般人不同的是，他们在面对逆境时更能表现出勇敢和韧性。”

赫胥黎：“要意志坚强，要勤奋，要探索，要发现，而且永不屈服，珍惜在我们前进道路上降临的善！忍受我们之中和周围的恶，并下决心消除它。”

观潮与联想

——豪杰观潮顺民心

极目水天连彤云，潮头激越夺海滨。
潮流奔涌无阻挡，天地翻覆山河新。
大浪淘沙千古盛，世代延续到如今。
涛声阵阵风雷急，观海听涛知民心。
劈波斩浪搞改革，为民创业重千钧。
豪杰观涛知正道，团结军民铸国魂。

启示录

列宁：“谁的后备多，谁的人力多，谁在人民群众中更能支持得住，谁就能在战争中取得胜利。”

苏轼：“古之成大事者，不惟有越世之才，亦有坚韧不拔之志。”

观潮激壮志

——贤人观潮立壮志

钱塘江潮连东海，旋天动地震瑶台。
波涛狂奔撞礁石，水柱凌霄万花开。

天公弄潮出奇招，瞬息万变新气派。
激励今贤立壮志，改造山河放异彩。
当下环球风云急，召唤群英展天才。
革故鼎新创伟业，国泰民安奋斗来。

启示录

赫胥黎：“善于思考的人，一旦从传统偏见的令人眩目的影响中解脱出来，将会在人类的低等中找到人类伟大能力的最好证据，并且从人类过去的漫长进化中，将找到人类对达到理想的未来的信心和合理根据。”

郑板桥：“咬定青山不放松，立根原在破岩中。千磨万击还坚韧，任尔东西南北风。”

激浪造奇观

——回忆与思考

钱江潮汐传奇多，往昔大都唱悲歌。
潮涌凶猛似恶魔，吞没农田和茅舍。
嫦娥俯瞰泪滂沱，八仙无法消灾祸。
众生苦难知几何，祸患千载逐逝波。

春雷一声势磅礴，诞生民主共和国。
人民力量是烈火，烧毁腐朽除险恶。
巧筑坝堤精雕琢，激浪冲天更巍峨。
壮阔空前震魂魄，人间欢乐开先河。

如今嫦娥常凝眸，辉煌巨变乐心窝。
波涛翻滚人掌握，智慧光芒频闪烁。
深情采撷花万朵，献给祖国表祝贺：
炎黄子孙作楷模，锻造伟业载史册。

启示录

克罗齐：“人类用知识的活动去了解事物，用实践活动去改变事物；用前者去掌握宇宙，用后者去创造宇宙。”

竺可桢：“提倡科学，不但要晓得科学的方法，而尤贵在乎认清近代科学的目标。近代科学的目标是什么？就是探求真理。”

9

超级月亮

超级月亮挂天上，容貌动人万众欢。
任凭人们细欣赏，各自眼前出梦幻。
怀着思念遥望她，恰似万里共婵娟。
带着深情凝视她，宛若嫦娥舞翩跹。
看她情注天安门，清光国徽相辉映。
看她热恋纪念碑，呼唤英雄上九天。
看她清辉洒原野，希冀百花更娇艳。
看她光芒照城乡，期望人间成乐园。
灵犀在胸情相通，心想事成铸鸿篇。
超级月亮太非凡，美丽永恒留心间。

注释：北京时间11月14日21时52分，夜空迎来“超级月亮”。这是21世纪至今，最接近地球的一次月满，看起来比平常大14%—30%。

启示录

列宁：“我们永远认为不仅诗人、艺术家需要幻想，在科学技术里也应当有幻想。就在我们日常生活中也应当有。没有幻想连十月革命也是不可思议的。”

超级明月

夜空静谧万籁寂，玉盘瞬间浮树梢；
幽雅文静水溶溶，青春倩影露窈窕。
无限情愫倾天地，万象更新呈妖娆；
浩瀚苍穹变深蓝，广袤大地出奥妙。
远方逶迤雪山顶，圣洁皓白胜冰雕；
竟像惊天大钻石，璀璨异常闪光耀。
近处碧湖透湛蓝，万顷波光白花飘；
犹如无数白天鹅，水上欢跃起舞蹈。
男女仰望寻希冀，明月俯瞰含微笑；
神秘秋波入眼帘，美丽伴随脉搏跳。

注释：超级月亮是指月亮距离地球近距离的状态，从地球观察，它显得更大、更圆、更明亮。21 世纪以来，它在北京夜空现身是北京时间 2016 年 11 月 14 日 21 时 52 分。

启示录

别林斯基：“美的事物在人心中所唤起的感情，是类似我们当着亲爱的人面前洋溢于我们心中的那种愉悦。”

特级明月

一轮明月悬碧空，亲近地球太难逢。
日思夜想蜜月期，欲试依偎情意浓。
未知人间更多情，早已等待喜相迎。
吟咏诗赋传云霄，婵娟受宠竟若惊。

梦想奔月意志坚，科技创新攀高峰。
乘坐神舟巡天宇，相会时刻在月宫。

启示录

瓦维洛夫：“当科学达到某一高峰的时候，它的面前会出现通向新的高峰的广阔前景，通向进一步发展的崭新道路。”

特级月亮

群星簇拥下碧空，超级月亮露芳容。
真挚博爱洒清辉，牵手地球情感浓。
万水千山齐欢腾，喜庆两球近相逢。
盛世来临精神爽，明朝又迎东方红。

启示录

恩格斯：“黑格尔第一个正确地陈述了自由和必然之间的关系。在他看来，自由是对必然的认识。自由不是在于想象中对于自然规律的独立，而在于认识这些规律，有计划地使得自然规律为着一定目的发生作用。”

观海听涛

惊涛排山显神威，撞击岸礁浪花开。
骇浪倒海志高扬，凯旋荣归真气派。
进退有序成定律，循环奔腾亿万载。
大海无穷起翻腾，汪洋浩瀚壮情怀。
涛声悠远旷古来，悦耳绝伦依万籁。
风吹浪打愈激越，天旋地转有节拍。
抑扬顿挫入肺腑，心驰神往多豪迈。

音韵汇成进行曲，砥砺前行向未来！

启示录

恩格斯：“在一切斗争中，应战的人都有被击败的危险，但这难道能作为不抽刀应战就承认战败、甘心受奴役的理由吗？”

红日沉大海

一轮红日坠大海，万道金光放异彩；
浩渺漪澜连天际，奇峰金山天际摆。
忽地周边镶黛色，璀璨超凡极可爱；
疑似火山喷烈焰，岩浆合流又徘徊。
绚丽多姿火烧云，朵朵鲜活有千态；
奇形怪状无定数，美轮美奂绝妙哉。
壮阔绚烂又婉约，金黄灿烂速变衰；
乌云生成势磅礴，竟将锦缎全覆盖。
瞬间景象速变幻，究竟由谁来主宰？
日沉海底魂犹在，惆怅惋惜含期待。
令人心潮难平静，抚摸心脏跳得快；
明晨奔跑到海边，双手托起朝阳来。

注释：2005年9月，笔者率中国国务院侨务办公室代表团访问文莱时，在海边见到夕阳落海的极其壮丽的景观，感叹不已。

启示录

米开朗琪罗：“像热不能从火分离一样，美不能离开永恒而存在。而我的思想来自永恒，燃烧着和永恒类似的东西。”

红日东升

我家幸运邻海边，后山就是观日台。
时常清晨登山岗，眺望红日升起来。
万里波涛急翻腾，浩茫金波逞气概。
海天交融为一体，大片锦带全覆盖。
千变万幻真莫测，惊艳红彤更精彩。
海天划出一道线，半个红圈朦胧态。
倏忽金光速聚集，一轮红日跳出海。
山呼海啸喜若狂，神奇壮观人人爱。
遥望千帆正起航，青春追梦寄期待。
惊涛骇浪添壮阔，万众心潮齐澎湃。
激越涛声是号角，乘风破浪豪情在。
投身激流去拼搏，开辟伟大新时代。

启示录

毛泽东：“世界是你们的，也是我们的，但是归根结底是你们的。你们青年人朝气蓬勃，正在兴旺时期，好像早晨八九点钟的太阳。希望寄托在你们身上。……世界是属于你们的。中国的前途是属于你们的。”

列宁：“谁害怕暗礁而留在港湾中，虽然不会有什么风险，但是他永远不会达到我们渴望的目的地。”

红日出海天

海疆火焰熊熊燃，波涛斑斓金光闪。
朝霞染遍千万里，无垠鎏金多变幻。
恢宏浩渺无边际，沧海苍穹闪光焰。

海天浑然融一体，两者吻合无界线。
谁知快慢一刹那，壮阔景象即展现。
霎时海天欲分离，一团火焰跃水面。
旭日情怀火样红，冉冉旋转升上天。
光芒四射照环宇，怜爱明媚送人间。
感天动地多壮哉，令人无语来赞叹：
天体引力大无穷，地球环绕太阳转！

启示录

居里：“对某种新奇的现象，给它一种解释之后，许多人便接受了，但有思想的人却不满足，他们说一定还有可研究的地方。”

莎士比亚：“一个最困苦，最微贱，最为命运所屈辱的人，只要还远抱有希望，便可无所畏惧。”

观景含情

自然人文紧连接，天人感应非幻觉。
拥抱江山同呼吸，热爱天地入新界。
倾听万籁激脑波，神怡心静增喜悦。
雷电雪雨作洗礼，襟怀坦荡更纯洁。
阳光雨露来沐浴，健康长寿又愉悦。
欲与自然共长存，人类本身须自觉。
顺应自然之法则，爱护环境同和谐。
可上苍穹览明月，锦绣前程美至绝。

启示录

库申：“美的特点并非刺激欲望把它燃烧起来，而是使它纯洁化、高尚化。”

悬天彩虹

——飞机上见彩虹

天上云海似黄絮，塑造一派新境界。
一道彩虹悬长空，七色光芒惊艳绝。
疑是玉皇设拱门，华丽辉煌托宫阙。
千年万载也难逢，奇景难道是幻觉？
精彩极致一瞬间，无影无踪即告别。
今朝目光触及她，萦回终生留情结。

启示录

列宾：“所谓灵感，不过是‘顽强劳动而获得的奖赏’。”

瞬间神美

——闪电与彩虹交汇

淡黄苍茫罩天空，一座彩虹似长弓。
数条火龙突飞窜，电掣飞驰戏彩虹。
热烈拥抱出霹雳，两者组合世难逢。
画卷惊羡壮天地，忽地变幻去无踪。
奇景震撼仅几秒，美丽永恒刻心中。

启示录

巴斯德：“在观察的领域中，机遇只偏爱那种有准备的头脑。”

晚　霞

——为周晋卿拍摄晚霞景象的题照

晚霞为什么如此美丽？因为她无限热爱你！
她奉献出了铺天锦缎，心中永远思念着你。
她说是你的天赋灵感，为她编织非凡嫁衣。
她发誓什么都不重要，一切是为使你满意！

启示录

马克·吐温："人的思维是了不起的，只要专注于某一项事业，那就一定会做出使自己都感到吃惊的成绩来。"

春　意　图

春雷阵阵送春归，春意浓浓集秀美。
泽国江山入画屏，胜似霓虹闪光辉。

春雨霏霏腾雾氤，草木勃勃泛绿微。
长城内外翻碧浪，千岩万壑蒙苍翠。

春光融融多明媚，万花济济争芳菲。
神州大地成花苑，斑斓多彩几瑰玮。

春风款款柔和吹，柳絮纷纷漫天坠。
百鸟嘤鸣穿林木，莺歌燕舞树梢飞。

春汛潺潺河潮涨，鸳鸯对对戏流水。
岸芷汀兰水清滢，锦鳞游泳聚荟萃。

春潮滚滚勤耕耘，机声突突忙施肥。
繁茂春华满田园，秋时硕果将充沛。

春色盈盈顺人意，神怡静静可陶醉。
寂寂春宵不觉晓，皎皎月光催人睡。

春景熠熠放光彩，山川处处皆妩媚。
悠扬春歌沁肺腑，悦耳音韵动心扉。

春心绵绵恋大地，含情脉脉噙热泪。
人间和谐充满爱，真心感激谢春晖。

春梦谆谆萦脑际，蓝图恢恢正描绘。
发愤图强登高处，前程锦绣立丰碑。

启示录

毛泽东：“江山如此多娇，引无数英雄竞折腰。”

别林斯基：“青春在人的一生中只有一次。青年时代要比其他任何时代更能接受高尚和美好的东西。谁能把青春保持到老年，不让自己心灵冷却、变硬、僵化，谁就是幸福的人。”

10

井冈仙女瀑布

蓝天白云愿青睐，井冈千里无尘埃；
竹林浩渺腾细浪，群山叠嶂绿蔼蔼。

千峰万壑有灵气，无数英烈忠魂在；
英雄壮举惊天地，赢得万众来崇拜。
湍流飞瀑造奇景，浪花朵朵织锦带；
宛若天仙在起舞，漩天动地下凡来。
风度幽雅超唯美，娉婷娇柔好身材；
霓裳羽衣皠灿灿，花容月貌白皑皑。
明眸秋波生磁力，丰姿悠扬有百态；
挺胸俯视含多情，面对贵宾笑口开。
青春倩影多绰约，犹抱琵琶上舞台；
吟咏诗赋动心弦，兴致凝视传博爱。
瀑落瑶池荡小舟，游客接踵合影拍；
留得玉照情谊长，江山多娇续万代。

注释：井冈山龙潭位于茨坪西北面 7 千米处，溪水冲击小井峡谷后，陡然跌落绝壁之下，形成梯状的五个气势磅礴的瀑布和深潭。其中第五潭瀑布为仙女瀑布，瀑布底下的池潭荡漾着一条船供游人与瀑布合影拍照。

启示录

柴可夫斯基：“灵感——这是一个不喜欢拜访懒汉的客人，它只拜访那召唤它的人。”

壶口瀑布

洪流穿越万座山，翻腾狂奔出壑涧；
直冲壶口跌深潭，雷霆万钧震崖岩。
巨浪突兀冲天起，水柱漩涡急盘旋；
珠玑烟雨映晚霞，氤氲变幻舞彩练。
五光十色凌深潭，霓虹现身出惊艳；
气势磅礴又绚丽，令人怎能不惊叹？
壮观天地母亲河，含辛茹苦千万千；

调节气候润大地，广袤荒漠变田园。
母亲乳汁哺孩儿，文明最早来人间；
如今我辈倍爱护，慈母青春正当年。
奔腾万里不知累，流域生机添水源；
为了九州愈昌盛，甘受艰难做奉献。

注释：壶口瀑布是黄河中游流经秦晋大峡谷时形成的一个天然瀑布。瀑布宽达50米，深约50米，最大瀑面3万平方米。

启示录

毛泽东：“河出潼关，因有太华抵抗，而水力益增其奔猛；风回三峡，因有巫山为隔，而风力益增其怒号。”

萨克雷：“勇敢，世界就会让步。如果有时候你被打败了，不断地勇敢再勇敢，它就会屈服。”

壶口瀑布（冰凌）

雨季瀑布如狂飚，天旋地转尽呼啸。
排山倒海闹壶口，雷霆千钧震云霄。
严冬瀑布竟安详，守护此地静悄悄。
冰凌静态在绽放，千奇百怪竞妖娆。
势若天河被凝固，或将冰山雕波涛？
又如锦簇展绮丽，更像花团现俊俏？
疑是温润和田玉，酷似翡翠露窈窕？
玲珑剔透放异彩，人间哪有此珍宝？
精妙绝伦太奥秘，鬼斧神工怎做到？
绝世瑰宝生磁力，美妙动人知多少？
晨曦光芒来亲吻，绚烂纷呈情愫高。
非凡壮观惊天地，冰清玉洁铸情操。
神奇景致看不尽，离别百日仍萦绕。

梦中拥抱冰瀑布，敞开心扉赋风骚。

启示录

艾迪生：“最能直接打动心灵的还是美。美立刻在想象里渗透一种内在的欣喜和满足。”

孟德斯鸠：“因为感情真，所以美；因为感情美，所以善；因为感情善，所以写出来的东西自然要高。”

亲爱的母亲河

难道混沌百万年，自始至终如今天？
考古化石已证明，远古生物有万千。
黄河流域曾葱绿，清流奔腾有源泉。
生物遗迹多样化，人类早在此繁衍。
地质气候随天意，水土流失草木减。
千疮百孔怵目惊，泥沙俱下触心寒。
可怜慈爱母亲河，哺育孩儿常忧患。
世代索取太过度，补偿整治处边缘。
自然惩罚方顿悟，保卫黄河须决战。
全民动员搞治理，国家意志比钢坚。
搞好科学大决策，分步实施排万难。
流域综合治理好，抓紧百年大巨变。
根治伟大母亲河，碧波荡漾定实现。
经天纬地大伟业，中华儿女将凯旋。

注释：中国古籍记载“黄河斗水，泥居其七”。根据近代实测分析，黄河干流的多年平均年流沙量为 16 亿吨，含沙量为 35 千克/立方米，为世界大江大河之冠。新中国成立以来，由于水土保持的进展，流沙量有减少的趋势。黄河流域大约 70% 的面积为黄土高原，土质疏松，遇水冲击极易崩解，这是黄河多泥沙的根源。

启示录

恩格斯：“人直接地是自然存在物。人作为自然存在物，而且作为有生命的自然存在物，一方面具有自然力、生命力，是能动的自然存在物；这些力量作为天赋和才能、作为欲望存在于人身上；另一方面，人作为自然的、肉体的、感性的、对象性的存在物，和动植物一样，是受动的、受制约的和受限制的存在物，也就是说，他的欲望的对象是作为不依赖于他的对象而存在于他之外的。”

三叠泉声天外来

青山崔嵬冲九霄，雾霭弥漫绕山腰。
湍流奔泻激浪花，垂帘万丈露窈窕。
倒悬天河落山巅，三叠泉流谁制造？
叠嶂急流跃龙潭，无数惊雷被引爆。
千秋万代唱不绝，吟咏瀑布迎风啸。
倾听涛声天外来，心驰神往情自高。

启示录

爱因斯坦：“思维世界的发展，在某种意义上说，就是对惊奇的不断摆脱。”

三叠泉瀑布

玉泉跳跃三级台，狂飙从天呼啸来。
万斛明珠凌霄落，绚烂飞扬飘锦带。
激流飞奔阳光照，青山垂帘万丈白。
群情沸腾成爱河，云蒸霞蔚献精彩。
瀑落深涧激浪花，化成水流新形态。
默默无闻流远方，为了丰收去灌溉。

注释：三叠泉誉为“庐山第一奇观”，由大月山、五老峰的涧水汇合，从大月山流出，曲折多变，奔泻三级盘石，形成三叠。

启示录

列夫·托尔斯泰：“幻想中有比现实更高的东西，现实中也有比幻想更高的东西，把两者结合起来是完满的。”

庐山三叠泉

群峰顶天接圣水，危崖瀑流呈妩媚。
千岩万仞白练飞，装点青山更翠美。
惊雷阵阵走三叠，激越号角战鼓擂。
天造地设山水秀，神功妙笔难描绘。
情不自禁大赞美，任何词语枉浪费。
唯有和她来合影，永生伴随常陶醉。

启示录

爱默生：“我为求美才旅行全世界，实际上，必须携带同这种美去旅行才对。不然，难以找到美。”

黄果树瀑布

仰首太空望悬崖，琉璃闪亮倾泻下。
雷霆深潭千层雾，晨光折射生彩霞。
银河珠玑缤纷落，惟妙惟肖似哈达。
飞流弹奏无弦琴，曲调悠扬传天涯。
水帘洞天奥秘多，美轮美奂出奇葩。
仙境只是天上有，呈现人间好惊讶？

注释：黄果树瀑布，高度为77.8米，宽101米。以它为核心，在它的上游和下游20千米的河段上，共形成雄、奇、险、秀风格各异的瀑布18个。

启示录

爱迪生：“想象必须是热的，才能够使它以外界的东西所收到的形象留下模印。”

青海湖之冬

千里碧湖速冻结，晶莹剔透冰砖砌；
犹如无边大明镜，竟与蓝天相连接。
皓洁冰晶达极致，夜间满湖生明月；
空旷太虚情无限，湖中隐约有宫阙。
水中鱼群深隐藏，湖面候鸟已飞绝；
远方高山银光闪，巅峰永恒恋白雪。
游客览胜迷幻境，开怀举杯饮琼液；
天人感应永互动，胸中有个新世界！

注释：青海湖地处青藏高原的东北部，四周被四座巍峨壮丽的大山所环抱。从山下到湖畔，是广袤平坦、苍茫无际的草原，而烟波浩渺、碧波连天的青海湖镶嵌在高山、草原之间。

启示录

贝弗里奇：“想象既是一切希望和灵感的源泉，而且同时也是沮丧的缘由。忘记这点就会招致悲观绝望。”

西藏月亮湖

瑶池浩渺如明镜，霞光霓彩波万顷。
白云悠闲恋碧水，珠穆雄姿映倒影。
游客悄悄岸边走，倾听涟漪诉衷情。
远古月亮出水来，此湖有幸扬英名。
轻轻呼唤月亮湖，微澜甜甜作答应。
柔情蜜语令人醉，似饮茅台入酩酊。
挥手告别刚起步，回首凝望心怦怦。
怀抱明月走天涯，心中圣洁永升腾。

注释：西藏月亮湖，位于甘孜州康定县。月亮湖的水清澈明静柔美，四周青山环绕，山坡古树参天，远处雪山耸立，构成“湖中有景，景中有湖”梦幻仙境一般。

启示录

爱因斯坦：“没有想象力的灵魂，就像没有望远镜的天文台。”

漓江魂

泛舟漓江乐悠悠，涟漪泛起碧水秀。
清流段段集奇景，胜境处处聚锦绣。
千峰潜江变青螺，形影不离竟自由？
江山因此更多娇，和合亲密永不朽。
大象伸鼻入江中，为何亿年饮不休？
源于自然造圣水，拒绝污染难得求。
钟乳石洞有灵气，谁将瑰宝此地留？

定是天工巧造化，引来万众久凝眸。
朔阳迎来刘三姐，为谁歌唱献温柔？
山水动情齐和声，游客倾听犹醉酒。
众说漓江美如画，画中漓江哪能有？
纵使顶级大画家，难绘漓江魂不朽。

注释：漓江发源于桂北越城岭猫儿山（兴安县内），流经桂林、阳朔，至平乐县恭城河口，全长170千米，酷似一条青罗带，蜿蜒于万点奇峰之间，人称“百里漓江、百里画廊”。

启示录

歌德：“幻想是诗人的翅膀，假设是科学的天梯。”
布郎尼科夫斯基：“打开想象的大门。从多问‘什么’开始，成为一个好奇和多思的人。”

千岛湖

千岛俊俏争突兀，风情万种爱屏幕；
迤逦山峦同联手，合围拥抱托碧湖。
游艇绕岛转不尽，新奇景色多无数；
山峦林木竞葱茏，碧波潋滟升薄雾。
微曦闪烁浪花中，清风甜美胜甘露；
珍惜良机深呼吸，吐故纳新深领悟。
青山绿水彩云驰，怡神静气襟怀舒；
芳游畅饮龙井茶，放歌心曲吟诗赋。
我愿变成小鱼儿，穿越波浪任沉浮；
又欲加入白鸥群，翱翔千岛嘻追逐。

注释：千岛湖，位于浙江省，是1959年建造的新安江人工湖。千岛湖景区总面积982平方千米，其中湖区面积573平方千米，因湖内拥有星罗棋布的1078个岛屿而得名。

启示录

车尔尼雪夫斯基："现实中的美，不管它的一切缺点，也不管那些缺点有多大，总是真正美而且使一个健康的人完全满意的。"

镜泊湖

火山喷裂已万年，自然造化生奇观。
千山托湖绿如蓝，镜泊映山色烂漫。
云烟缭绕出幻影，霞光交汇火焰燃。
蓝天彤云进碧湖，波光粼粼金灿灿。
虽然曾经来此地，许多诡秘今发现。
峰峦叠翠水澄碧，熔岩隧洞有惊险。
源头泉水龙洞来，洪流奔腾向平原。
陡峭石柱立水中，高耸挺拔触云端。
地下森林藏深窟，松脂阵阵送暗香。
寻觅神奥情趣浓，时间紧迫留悬念。
游艇冲锋激浪花，披着晚霞渐靠岸。
今日览胜沁心扉，钟爱山水乐无边。

注释：镜泊湖是5000年前经多次火山喷发而成的熔岩堰塞湖。湖面海拔350米；湖形南北长45千米，东西最宽处6千米，面积91.5平方千米，容水量16亿立方米。

启示录

爱迪生："思想犹如树木，要有巨大的根部，深扎在土壤中，才能巩固而繁荣。"

洞　庭　湖

洞庭涌清泉，浩渺连天边；
波光泛红霞，气象有万千。
夕阳正西下，农舍起炊烟；
凉风潜入夜，岸柳舞翩跹。
湖中万盏灯，繁星浮水面；
千舸穿梭忙，颠簸浪峰间。
呼号有节奏，协调放长线；
拉网用全力，鱼虾满船舷。
笑声激涟漪，晨曦染潋滟；
苦乐融一体，渔歌庆丰年。
心怀更遥远，理想高于天。
洞庭胜瑶池，水乡成乐园。

注释：洞庭湖位于中国湖南省北部，长江荆江河段以南，是中国第四大湖，仅次于青海湖、兴凯湖和鄱阳湖，面积2820平方千米。

启示录

塞万提斯："勤劳是幸运之母，其对立面是懒惰，则不会使人实现任何一个美好的愿望。"

西　陵　峡

千岩竞秀西陵峡，古道逶迤挂悬崖。
琼楼玉宇立路旁，天上人间是一家。

启示录

培根："美的至高部分，无法以彩笔描出来。"

爱迪生："我为求美才旅行全世界，实际上，携同这种美去旅行才对。不然，难寻找到美。"

清江泛舟

清江水流飞上天，化作瀑布奔下山。
两岸峻峰映江中，山水热恋到永远。

注释：清江是指湖北省宜昌市清江县清江水库，有清江画廊之美誉。

启示录

别林斯基："无论在哪一种情况下，美都能从灵魂深处发出的，因为大自然景象不可能具有绝对的美，这美隐藏在创造或者观察它们的那个人的灵魂里。"

清江画廊

清江画廊天上来，如梦似幻令人爱。
人流如潮乘舟游，心花怒放开不败。

启示录

库贝尔："美，像真理一样，是和人们生活于其中的时代息息相关，是与能够抓住它的个人紧紧相连。美的表现是和艺术家所能获得的思想成正比的。"

11

英名井冈山

——人民共和国从这里走来

（一）

山高林密沟壑幽，悬崖瀑布清水流。
巍峨雄峰势磅礴，昔日谁来护金瓯？
千载贫民受苦难，官吏霸道积冤仇。
仰望苍天灰茫茫，黑夜漫漫寻北斗。

（二）

井冈有幸迎伟人，旌旗高举震春秋。
峰峦托起根据地，龙腾虎跃镇赣州。
红军坚守五哨口，黄洋界上斩敌仇。
工农创建苏维埃，当家作主有舵手。

（三）

紧跟领袖毛泽东，朝着光明永追求。
军民心向共产党，横扫顽敌打走狗。
砸碎万恶旧世界，人民翻身得自由。
改天换地共和国，丰功伟业垂宇宙。

（四）

碑林诗词赋雄风，豪情壮志千古留。
巨手指引扭乾坤，人民万岁出他口。
今朝缅怀心潮激，举杯敬英奉美酒。
井冈精神指路明，踏平惊涛朝前走。

（五）

改革春风正激荡，中华崛起撼全球。
霸权结盟来围堵，欲置死地用两手。

明白面前多歧路，初心不改要坚守。
主席思想指方向，党领人民齐奋斗。

注释：（1）五大哨口即黄洋界、八面山、双石马、桐木岭、朱砂冲，是通向井冈山要塞的险关。笔者于2011年11月随旅游团去游览井冈山，收获颇丰。（2）帝国主义对中国实行武装包围和“和平演变”的反革命两手，妄图遏制中国崛起和演变中国，使中国成为帝国主义的附庸。

启示录

毛泽东：“这个军队具有一往无前的精神，它要压倒一切敌人，而绝不被敌人所屈服。不论在任何艰难困苦的场合，只要还有一个人，这个人就要继续战斗下去。”

黄山雪景

万树雾凇珠玑结，晶莹剔透满枝叶；
冰肌玉树层峦叠，白翎茫茫罩原野。
晨曦飞来群山接，流光溢彩似幻觉；
霓虹舞动飞彩蝶，松青鹤白色和谐。
夜间繁星清光洁，万籁寂静听瑞雪；
千峰万岭冰凌冽，巍峨莲花冲天界。
奇景美妙胜宫阙，定比幻想还卓绝；
银树雪山喜明月，君爱江山情感烈。
情感烈，洒热血，为事业，四化捷；
不怕邪，抗威胁，敢跨越，论豪杰。

注释：黄山位于安徽省南部黄山市境内，为三山五岳中三山之一，有“天下第一奇山”之美称。

启示录

徐特立："凡做事，必先认清是'为谁服务'，要这样，才有路数，才有目标。看定方向，向上者前进，向下者后退。"

黄山云海

（一）

渴望已久遇良机，梦想成真有惊喜。
今晨登上天都峰，云涛飞驰在脚底。
心潮翻滚情思急，魂魄漫游迷宫里。
灵动缥缈襟怀宽，天人合一生奥秘。

（二）

远眺茫茫无垠界，群山滚滚腾逶迤。
千道山梁托雾凇，万条沟壑藏琉璃。
悬崖峭壁绕雾霭，山峦险峰裹素衣。
奇松怪石时若现，琼台玉宇常隐蔽。

（三）

远山沉浮雾海间，氤氲创造新天地。
云涛宁静忽流动，温柔文雅逐飘逸。
晨光降临那一刻，海疆绚烂渐明晰。
景致变幻无穷尽，美轮美奂难思议。

（四）

万里波澜蓝变黄，彤云变幻连天际。
倏然旭日喷薄出，多彩海天施魅力。
苍穹宛若铺锦缎，金色辉煌迷太极。
纵使想象超丰富，哪能与此比旖旎？

（五）

千位画家倾心血，难将丹青绘壮丽。

万名诗人注智慧，难写诗篇赞神奇。
游客欢呼皆赞叹，这里仙境数第一。
烦恼不知何处去，嘈杂喧嚣无踪迹。

（六）

百里黄山无烟尘，令人贪婪深呼吸。
钟情妙景出浪漫，青春着意爱晨曦。
身历其境太难得，祥光普照升瑞气。
今日沉醉奥妙中，将和美丽永相依。

注释：“黄山自古云成海”，黄山因山峰峻危、溪谷幽深、林木茂密、雨水充沛、温差独特等自然条件，春夏秋冬四季均有云海出现。

启示录

莎士比亚：“没有欣赏能力的人，乌鸦的歌声也和云雀一样，要是夜莺在白天能在鹅群的噪声中歌唱，人家决不会认为它比鹧鸪唱得更美。多少事情因逢到有利的环境，才能达到尽善的境界，博得一声恰当的赞赏。”

黄山天都峰

今日登临天都峰，只见云雾连天涌。
千峰万壑何处去，若隐若现云海中。
瞬间疾风奔驰来，云涛翻滚乱长空。
一阵大雨瓢泼后，青山明媚露峥嵘。
劲松攀崖亭亭立，群峰叠嶂层层重。
放眼美景无极限，敬向自然三鞠躬。

注释：天都峰位于黄山东南，西对莲花峰，东连钵盂峰，与光明顶、莲花峰并称三大黄山主峰，为三十六大峰之一，海拔 1810 米。古称“群仙所都”，意为天上都会，故取名“天都峰”。

启示录

休谟："人的想象力当然是非凡的，充满遥远的、不寻常之物景，无拘无束地闯入时空中最漫无边际的地方，以便避开被习惯弄得太熟悉的那些物体景象。"

泰山感怀

攀越天门上巅顶，拥抱泰山我为峰；
脚踏云海知变幻，手抚蓝天观苍穹。
近看青松昂首立，遥观群山波涛涌；
万象浩渺出神思，整个宇宙装心胸。
联想大众与个人，沧海一粟理分明；
自我中心应抛弃，人民独尊应敬重。
国家兴亡为己任，自觉当好主人翁；
登高远望方向明，共同富裕江山红。

注释：泰山风景名胜区，世界自然与文化双重遗产。泰山绵亘于泰安、济南、淄博三市之间，总面积 24200 公顷。主峰玉皇顶海拔 1545 米，气势雄伟磅礴，有"五岳之首""五岳之长""天下第一山"之称。

启示录

无名氏："哲理是石，敲出星星之火；哲理是火，点燃熄灭的灯；哲理是灯，照亮夜行的路；哲理是路，引导你走向光明。"

泰山情愫

五岳独尊数泰山，夕阳西下穷登攀。
身上水珠如雨注，摘片彩云来擦汗。

雾霭形云飞掠过，翻腾奔流涌天边。
极目长江向东流，浩浩荡荡起云烟。
天地苍茫无穷尽，瞬息变幻千千万。
巅峰览胜知宇宙，壮阔永恒刻心间。
融入芸芸众生中，服务黎民无条件。
廉洁奉公当为首，反腐肃贪出重拳。
打虎灭蝇要持续，依法执政开新篇。
一旦消灭私有制，红日永远照人间。

启示录

斯大林："假如没有资本主义和阶级斗争发生，也就不会有科学社会主义。同样正确的是：少数几个人，比方说，恩格斯，假如他们没有掌握科学的知识，也就不能创立科学社会主义。"

泰山嘱咐

登上巅峰凌太空，云涛雾海立青松。
晨曦金光临海边，簇拥东方红日升。
夜间无穷蓝天幕，繁星布满亮晶晶。
放眼天际流万象，顿时遨游星云中。
心事茫茫连广宇，尊崇人民装心胸。
人心集聚泰山移，改天换地靠群众。
社会主义是大道，公仆为民铸忠诚。
大公无私高于天，舍生取义为大同。

启示录

马克思："如果人只是为自己而劳动，他也许能成为有名的学者、绝顶聪明的人、出色的诗人，但他绝不可能成为真正的完人和伟人。"

天山雪峰

天山凌霄竞崔嵬，霓裳舞动白云飞。
一轮红日照巅峰，一顶皇冠闪光辉。
倏忽雪山大崩裂，震天动地爆惊雷。
珠玑倾天奔流下，白翎飞扬纷纷坠。
雪花怒放化甘泉，汇进瑶池比金贵。
圣洁就是情和爱，融入肺腑更深邃。

注释：天山的最高峰——博格达峰海拔 5445 米，山顶终年积雪。处在博格达的山腰的天池湖泊，水源来自天山雪水，其湖面海拔 1900 多米，湖面呈半月形，长 3400 米，最宽处约 1500 米，面积 4. 9 平方千米，最深处约 105 米。

启示录

菲尔丁：“冷静的人是对自然严格的冷眼观察者，他常常清楚地认识应该拨动的纤细心弦，他制造热情，而自己不动热情。”

喜马拉雅山

巍峨顶天立大地，喜马拉雅显神秘。
稳定地球亿万年，调节气候创奇迹。
磅礴群峰怀崇拜，奔腾万里来相依。
众志成城志如钢，进化自然无穷期。
今朝使命史空前，供给雪水须合理。
保护开发靠科学，保护世界之屋脊。

启示录

马克思："共产主义是私有财产即人的自我异化的积极的扬弃，因而是通过人并且为了人而对人的本质的真正占有；因此，它是向人自身、向社会的即合乎人性的人的回归。""这种共产主义，作为完成了的自然主义 = 人道主义，而作为完成了人道主义 = 自然主义，它是人和自然之间矛盾的真正解决。"

珠穆朗玛峰

——雪峰高度的思考

珠穆朗玛旷世绝，支撑苍穹从未折。
万年亿载续至今，天造地设未倾斜。
任凭烈日当空照，高度消长难区别。
欲问诡谲在何处，源于雾气凝冰雪。
但愿气候无剧变，冰层不可降低些。
期盼地壳能稳定，冰雪强壮望日月。
雪峰作为调节器，滋润空气超优洁。
水量适宜万物长，造就绝美新世界。

注释：2005 年珠穆朗玛峰高程测量获得的最新数据：珠穆朗玛峰峰顶岩石面海拔高程 8844. 43 米。参数：珠穆朗玛峰峰顶岩石面高程测量精度 ±0. 21 米；峰顶冰雪深度 3. 50 米。

启示录

巴尔扎克："打开科学的钥匙都毫无疑义的是问号。我们大部分的伟大发现都应当归功于'如何'，而生活的智慧大概就在于逢事问个'为什么'。"

布鲁诺："科学是我心中的温暖和愉快，你使我无所畏惧，至死如归。入狱者难得重见天日，你却能把锁链和铁窗粉碎。"

鸣沙山·月牙泉

滑行下山听沙鸣，悦耳琴声催游弋。
男女千姿展风采，快慢调控凭主意。
滑沙激扬乐陶陶，悠然自得生情趣。
沙鸣音韵伴笑声，共奏和谐漫游曲。
沙山环抱月牙泉，亲密依偎无间隙。
祁连雪水沙过滤，月牙泉水清如许。
清澈水底有沙山，沙中滑翔有男女。
如入幻境饮圣泉，甘甜清爽乐心里。

注释：鸣沙山月牙泉风景名胜区，位于敦煌城南 5 千米，沙泉共处，妙造天成，古往今来以“沙漠奇观”著称于世。月牙泉因湖面如月牙形而得名，鸣沙山以沙动成响而得名。

启示录

车尔尼雪夫斯基：“美，存在于生活之中，而对于美的发现，则要靠人们的理解和认识。”

12

九华山芳游

九华山顶凝彩云，幻想佛光赐福音；
挥汗如雨穷登攀，逶迤叠翠迎嘉宾。
龙头峰上捧日亭，众人捧日胜黄金；

黄金有价情无价，蒸蒸向上富精神。
展翅待翔凤凰松，千年风雨铸坚韧；
历经沧桑傲苍穹，迎霜斗雪舞乾坤。
无数仙境展英姿，景象动人说不尽；
今日芳游劳筋骨，快乐皆因付艰辛。

注释：安徽九华山，百里群峰屹立，巍峨突兀，景点众多。九华山有龙头峰上的捧日亭；还有一棵树龄 1400 年的古松，高 7.68 米，胸径 1 米，造型奇特，如凤凰展翅多欲飞，故名凤凰松，堪称“天下第一松”。

启示录

赫尔岑：“人的回忆颇似天国的炼狱，往事在回忆之中成为已经去掉愚昧无知的清明思想而复苏过来。”

天台峰览胜

嵯峨屹立九华峰，簇拥天台更恢宏。
登上主峰凌九天，俯瞰宇宙感脉动。
流云万里皆弥漫，崔嵬千山出幻梦。
群峰迤逦腾波涛，云雾缭绕用全功。
琼楼玉宇若隐现，沉浮升降悬太空。
旭日喷薄海上来，登峰捧日迎光明。
霎时金光收雾霭，青山明媚若芙蓉。
祖国江山多妖娆，协和世界争大同。

注释：安徽九华山绵亘 100 余千米，区域总面积约 120 平方千米，主要有九十九峰，其中排列最高的有九座山峰。十王峰海拔 1342 米，天台峰海拔高度 1306 米，却因顶峰座立地藏寺（即天台寺）而被誉为主峰。

启示录

李白吟九华山诗云："昔在九江上，遥望九华峰，天河挂绿水，秀出九芙蓉。我欲一挥手，谁人可相从？君为东道主，于此卧云松。"

万寿山秋景

今日登临万寿山，秋高气爽襟怀开；
秋天美化颐和园，锦绣秋景超常态。
秋风萧瑟送凝霜，漫山树叶脂满腮；
赤橙黄绿青蓝紫，斑斓层林几多彩。
千年树木换新装，唯有松柏苍翠在；
山腰枫叶红似火，恰为宫殿添风采。
昆明湖水清如镜，烟波浩渺拒尘埃；
山色绮丽依秋波，残荷暗香阵阵来。
十七孔桥偕秋云，偃月戏水尽徘徊；
山美林美庭院美，秋情湖光来承载。
秋色满园皆怡情，秋愁消失云霄外；
林苑情深连血脉，秋思飞扬乐悠哉。
倘若园林无秋景，此地何能这样帅？
不失时机来览胜，不因时过悔无奈。
览胜人流如潮涌，秋波送君情满怀；
秋霜美化万寿山，昆明秋水更怜爱。

注释：颐和园是中国现存规模宏大又最瑰丽的古典园林，它主要由昆明湖和万寿山所组成。昆明湖的面积有3000亩，是颐和园总体面积的3/4。颐和园昆明湖南边的小岛，用十孔桥与湖的东岸连接起来。

启示录

罗曼·罗兰："啊，我的朋友们，但愿什么都不会阻碍你们的欢欣！无论前途如何，你们已经升华到人间生命的顶巅，并且带着你们的祖国一齐向上。你们会胜利。"

流连三清山

——2011年10月22日游览三清山

金秋天高白云淡，同伴畅游三清山。
巍峨壮观景致多，流连忘返尽情看。
一尊石柱顶天立，唯恐倾倒生遗憾：
办理保险主意巧，亿元维持二百年！
倘若金钱能支撑，地球也可不旋转？
百思不解其功力，未知奥妙藏心坎。
石条一排矗峰巅，远古传说出梦幻：
形如骆驼叱风云，跨越山峦奔神坛。
势若宝剑插云端，竟与苍天来宣战。
奇思异想何其多，似饮琼液醉酣然！

注释：三清山位于中国江西省上饶市地区，为怀玉山脉主峰。因玉京、玉虚、玉华"三峰峻拔，如三清列坐其巅"而得其名。

启示录

莎士比亚："适当的疑惑，被称为智者的火炬。同时是搜查恶汉的底蕴的探明灯。""强烈的想象往往具有这种本领，只要领略到一些快乐，就会想念那种快乐的背后有一个赐予的人。"

游 灵 山

——2011 年 5 月 15 日战友游灵山

战友结伴游灵山，笑声朗朗来跻攀；
汗雨挥洒石阶上，舒展筋络纵情看。
苍松翠屏拂凉风，夕阳光芒红如丹；
满目青山情无限，多少往事萦心坎。
四十年华一挥间，征途处处掀波澜；
大江南北作战场，长城内外洒血汗。
为了祖国快崛起，奋勇当先挑重担；
披肝沥胆攻难关，无数平凡出灿烂。
今朝鹤发放眼量，有幸巅峰观大川；
荣华富贵如云烟，功名利禄似泥丸。

注释：灵山，位于河南省罗山县城西南面 44 千米处，与避暑胜地鸡公山遥遥相望。2011 年 5 月 15 日，原 8231 部队北大清华学生连战友会聚在信阳市息县联谊，并游灵山。

启示录

赫尔岑：“人的回忆颇似天国的炼狱，往事在回忆之中成为已经去掉愚昧无知的清明思想而复苏过来。”

登灵山感怀

——战友欢聚游灵山

仙境秀美何处寻，灵山林木散芳芬；
山腰一口神秘井，水质奇效可畅饮。
庙宇依山显幽静，香火不旺少烟尘；

碧池红藻增春色，木桥紧连山万仞。
身临绝顶沐夕阳，感慨万千有缘分；
青春共度在农场，种田习武铸灵魂。
追赶岁月四十载，建设四化用真心；
跌宕起伏方壮阔，夺取辉煌凭坚韧。
千磨万砺意志坚，披荆斩棘立功勋；
年华易逝催人老，看破红尘成真金。
伴随青山有灵感，喜望晚霞惜光阴；
愿做一棵老劲松，永远跻身于森林。

注释：2011 年 5 月 15 日，原 8231 部队北大清华学生连战友会聚集信阳举办四十年纪念会，并游灵山。

启示录

德谟克里特："迎头搏击才能前进，勇气减轻了命运的打击。"

莎士比亚："在灰暗的日子中不要让冷酷的命运窃喜；命运既然来凌辱我们，我们就应该用处之泰然的态度予以报复。"

庐山东林寺

古寺曾经万灯明，宝瓶哪时出智慧？
眼明万里知何处，虎啸三笑辞客悲。
庙宇如今罩阴霾，黑洞无底葬纸灰。
仅有经文只缄默，谈虎色变心有鬼。

注释：传说，古寺中挑灯读经，竟能"万里眼中明"。虎溪三笑，指东林寺前的虎溪，是慧远神禅师送客出寺的界限，但一次送二客不觉出虎溪，老虎鸣吼警告，三人大笑告别。

启示录

马克思："对宗教的批判最后归结为人是人的最高本质这样一个学说，从而也归结为这样一条绝对命令：必须推翻那些使人成为受屈辱、被奴役、被遗弃和被蔑视的东西的一切关系，一个法国人对草拟中的养狗税发出的呼声，再恰当不过地刻画了这种关系，他说：'可怜的狗呵！人家要把你当人看哪！'"

丹霞山大观

群山巍巍塑丹崖，红岩熠熠放光华。
山岗盘旋夺形云，绚烂非凡映天下。
岩石艳红展特色，宛若天边生彩霞。
奔腾溪流被染色，瀑布凌空崖壁挂。
景盆集美流薄水，姹紫嫣红美如画。
若非神工精制作，自然哪能巧造化？
千回寻觅未明白，科学还难作解答？
让人奇思多妙想，逆天幻想含幽雅？

启示录

爱因斯坦："观察和理解的乐趣是自然界赐予的最美好的礼物。"

江山多娇

——诗情画意有源泉

高山嵯峨入青云，崔嵬当笔绘画魂。
流水潺潺出神韵，江河作弦奏古琴。
画卷琴声永延绵，中华自强立功勋。
壮志凌云图变革，江山多娇万年春。

启示录

但丁："此心，原是为爱得很快而创造的，见着一切使他快乐的东西，他惊醒了一般，立刻追求上去。你的感觉力从实物抽取一种印象，使你的心里转向于他。转向之后……这倾心就是爱，这是心与物之间经过喜悦而发生的新联系。"

溪山寺

寻觅幽静进溪山，刚好来到寺庙边。
芝兰芬芳漫山坡，泉水叮咚白云间。
朗朗念经跪熬煎，萧萧钟梵响万遍。
凄凄苦难无穷尽，惨惨悲歌越千年。
莫道修行心未虔，信徒谁死魂升天？
人言世道应变革，还俗归凡食人烟。
砸碎枷锁谱新篇，身心自由勤修炼。
坐井观天需摆脱，遨游宇宙择理念。

启示录

马克思："反宗教的批判的依据就是：**人创造了宗教**，而不宗教创造了人。……宗教把人的本质变成了**幻想的现实性**，因为人的本质没有真实的现实性。因此，反宗教的斗争就是反对以宗教为**精神慰藉的那个世界**的斗争。""对宗教的批判就是对**苦难世界**——宗教是它的**灵光圈**——的批判的**胚胎**。"

13

天云洞胜景

沧海桑田蚶山来，无穷浪涛起澎湃。
亿年潮汐显神威，淘尽礁石成百态。
洞穴盘亘通龙宫，未经探明留空白？
巨岩裁出一线天，巧构天井谁安排？
滴水岩上落水珠，滴穿石头经千代？
三十六碟精雕塑，众仙聚筵令人猜？
覆船坡上风动石，一指竟将它摇摆？
致雨龙池出氤氲，为何称它气象台？
狮口岩内藏瑞气，夏日吐雾白皑皑？
两峡对峙横石壁，玲珑镜湖呈多彩。
湖光粼粼映青松，清风吹拂无雾霾。
琼楼玉宇依山立，寺庙层叠到天外。
山岳有灵增姿色，草木芬芳鲜花开。
陶情怡性何处寻，人文景观添风采。
漫山胜景多诱惑，难怪神仙都青睐。
人群来往如潮涌，什么魅力开心怀？
这里圣地最奇异，梦想成真都是爱。
欲识仙境啥奥妙，请到天云洞境来！

注释：天云洞位于莆田市秀屿区埭头镇境内的大蚶山东南山巅，海拔398米，景区绵亘5平方千米，景点密集，胜迹甚多，风光旖旎。这里有无数怪岩异石，有天云洞、一线天、滴水岩、三十六碟、覆船坡、致雨龙池、狮口岩、天云湖，有很多庙宇楼阁，千古以来是人们求梦之灵地。

启示录

塞维斯："一切伟大的真理都始于亵渎神明的言辞。"

费尔巴哈："人类是宗教的起点（端），宗教的中点（中心点），同时也是宗教的终点（终了）。"

巴波卡克："商业即宗教，宗教即商业。不在宗教上涂一点商业色彩的人，他的宗教生活便没有力量；同样在商业上不涂一点宗教色彩的人，他的商业便没有德性。"

蚶山芳游

——梦中情感总缥缈

蚶山巍峻披翠微，崔岩欲坠怪石美。
一湖碧水泛涟漪，鸟语花香溢芳菲。
琼楼叠嶂攀顶峰，云霄洞天藏异瑰。
钟梵萧萧数千年，诱人做梦含智慧。
人流往复不间断，只为做梦向神跪。
梦房幽静真出奇，只想好事不想鬼。
神灵指点实高超，梦中消灾太实惠。
若是迷梦真实现，感恩灵验有权威。
倘使美梦成祸害，虔诚不够只怨悔。
几多奥秘未破解，迷惘令人想非非。
何须洞天寻前途，微风吹拂已陶醉。
我欲乘风毁枷锁，海阔天空任己飞。

启示录

马克思："废除作为人民**幻想的**幸福的宗教，也就是要求实现人民的**现实的**幸福。要求抛弃关于自己处境的幻想，也就是**要求抛弃那需要幻想的处境**。因此对宗教的批判就是对**苦难世界**——宗教是它的**灵光圈**——**的批判的胚胎**。"

登岛难兮情飞扬

——2016年7月26日登南日岛

多次回乡欲登岛，预定日期订船票。
天公总爱开玩笑，忽报近日有大潮。
卅载时空藏期待，今乘轮船迎浪涛。
眼看鸥鸟逐浪叫，真情绽放心潮高。
大海湛蓝多浩渺，海面风光无限好。
碧空白云红日照，兴高采烈上宝岛。
山岗迤逦草木茂，景致处处展俊俏。
原生海岸耸岩礁，预示未来更妖娆。

注释：笔者因与建设南日岛环岛战备公路有过联系，30年来曾多次准备去看，却因风浪和日程安排等因素而未能去，2014年7月26日终于实现这一愿望。

启示录

约翰生：“寻找快乐的人，很少能真正找到快乐；我们欢乐的光明火焰，都是由不经意的火点燃起来的。”

南日岛

夙愿如今终偿到，乘舟驰向南日岛。
晨光烟霞巧交汇，海市蜃楼屿上飘。
山峦起伏绕平地，神奇胜境恋波涛。
海堤坚挺守阵地，保护养植抗大潮。
礁石四周波涛涌，浪花层层迎风啸。
遥望千帆已竞发，疑似群星海面飘。

远航巨轮破浪行，辽阔海天任逍遥。
往昔蒋匪来反攻，军民反抗拼刺刀。
山岗到处有战壕，反蒋堡垒留枪炮。
环岛公路已开辟，日新月异换新貌。
以前荒芜飞沙石，今朝绿茵拥芳草。
山丘树木绿如蓝，林间红瓦露妖娆。
此地早于半世纪，街道超前规划好。
建设房屋作规范，偏隅海岛有街道。
渔民远洋归来时，码头翻腾尽热闹。
鲜鱼活虾运上岸，叫卖声声夹欢笑。
民风淳朴守诚信，艰苦朴实又勤劳。
军民共建立功新，昔日荒岛变瑰宝。
东海明珠正闪烁，居民胸中多自豪。
众志成城搞建设，美好愿景寄明朝。
清风吹拂精神爽，观海听涛心潮高。
告辞宝岛依依恋，泪洒海滩浪滔滔。

注释：1952 年 10 月 10 日，盘踞台湾的蒋介石反动派窜犯并一时攻占南日岛，血洗驻岛军民。

启示录

别林斯基：“无论在哪一种情况下，美都能从灵魂深处发出的，因为大自然景象不可能具有绝对的美，这美隐藏在创造或者观察它们的那个人的灵魂里。”

绶溪公园

绶溪公园依江流，两岸树林百年栽。
幽深小道沿林荫，码头临近立亭台。
朝霞飞扬染涟漪，波光织成什锦带。

小舟穿梭笑声朗，百鸟戏水多欢快。
晨曦草木含露珠，鲜嫩绿叶轻摇摆。
荔枝果实红艳艳，高挂树冠放光彩。
奇花异草郁葱葱，一年四季春常在。
鸟语花香处处是，清风送爽无尘埃。
漫步划船览胜境，富氧健体长寿来。
告辞此地生妙想，不离不弃总是爱。

注释：笔者2014年8月游览莆田城区绶溪公园。

启示录

歌德："美，其实是一种本原现象，它本身固然从来不出现，但它反映在创造者精神的无数不同的表现中，都是可以目睹的，它和自然一样丰富多彩。"

九鲤湖瀑布

我曾去过九鲤湖，远望瀑布太平凡。
今日山上见小流，下山大家说艰难。
四岁孙儿坚持下，老汉登阶凭栏杆。
终到山脚巉岩旁，仰望一派新景观。
万丈飞瀑从天落，婉丽风采非一般。
形若哈达悬绝壁，色比钻石还璀璨。
身姿丰采多袅娜，缟素翎衣飘飘然。
水啸山呼人欢笑，凝眸景致愈贪婪。
飞流为啥变精彩，珠帘灿烂极光鲜？
今识瀑布真面目，只缘观察选好点。
我举相机频拍摄，人在画中动心坎。
相见相知虽恨晚，但免终生留遗憾。

注释：（1）九鲤湖位于莆田市仙游县国家水利风景区，处在崇山峻岭、千峰竞秀、万壑争奇之中，瀑布落差不大，但从山脚下仰望那从天而落的瀑布，在阳光下璀璨异常，令人拍案叫绝。（2）笔者曾两次游览九鲤湖，因对瀑布的观览点不同，其效果截然不同，第一次看到的瀑布平庸无奇，第二次开始刚看到小瀑布，令人失望，后来4岁孙子坚持要从山顶下到山下看，我只好艰难下山，出乎意料，惊喜地看到非常壮观的瀑布。

启示录

苏霍姆林斯基："要学会并非阅读而是翻阅那些你已十分熟悉的东西，同时要防止浮光掠影地浏览那些你尚未理解的东西。"

九鲤湖

涌泉奔腾入龙潭，万壑雷霆起云烟。
欲知九鲤何面目，仰望瀑布知壮观。
若非天公造神奇，定是银河落人间。
人呼山应起欢腾，诗情画意入梦幻。

启示录

康德："想象力作为一种创造性的认识能力，是一种强大的创造力量，它从实际自然所提供的材料中，创造出第二自然。"

莱辛："好奇的目光常常可以看到他所希望的东西更多。"

东圳水库

——水情山情故乡情

东圳水库尽婆娑，玉湖清流荡碧波。
蓝天无限沉湖底，白云轻轻低飘浮。
湖区处处林木青，山水连绵同脉搏。

天马地龙两峡谷，巨坝横竖造泽国。
翡翠小岛展英姿，点缀湖面增秀色。
游客荡舟乐悠悠，光风霁月咏情歌。
慈心离别千滴泪，胸有万语何时说？
约会金秋送凉时，再来坝顶相对坐。
遥想跃进创奇迹，无限感想满心窝。

注释：（1）笔者曾于1958年去挑木炭经东圳水库工地，于2014年7月携家人回家乡参观了东圳水库。（2）该水库是1958年兴修的莆田最大的水库，拦河大坝长360米，高58米，顶宽8米，像一座巨大的屏障，横亘在天马、地龙两山峡谷之间，承接仙游九鲤湖奔流而下的溪水，形成一个面积10平方千米、库容量达4.35亿立方米的人工湖。当年劳动大军在生活极端困难条件下，在没有掘土机、运输机械等条件下，忘我劳动，建造这个大水库。这真是创造奇迹！

启示录

爱迪生：“想象必须是热的，才能够使它外界的东西所收到的形象留下模印。”

妈 祖 颂

——游莆田秀屿妈祖山感怀

秀屿宝岛聚云彩，妈祖英姿立琼台。
万众衷心来拜谒，缅怀前贤充满爱。
百舸争流遭海难，妈祖纵身跃大海。
拯救渔民勇献身，崇高精神耀世代。
英灵神游映朝霞，魂牵梦绕思华夏。
情注惠风护千帆，顺遂远航走天下。

注释：相传妈祖的真名为林默，福建省莆田市秀屿人，诞生于宋建隆元年（960年）农历三月二十三日。她是一名贫民女子，因见义勇为、救护渔民而牺牲，当时受到民众的高度颂扬。后来被宋、元、明、清几代皇帝赐封。沿海人民尊她为海神，立庙祭祀。妈祖信仰从产生至今已一千多年，形成民间信仰，影响深远。

启示录

莎士比亚：“一支小小的蜡烛，它的光照耀得多么远！一件善事也像一支蜡烛，在这罪恶的世界上大放光辉。”

龟山寺

龟山凌霄放异彩，罕有闲人来跪拜。
寺庙似与世隔绝，奇木茶树长成材。
满目翠绿若仙境，迈步飘然登亭台。
空气清新又甘润，吸入肺腑洗尘埃。
延年益寿虽可取，旧习蒂固何时改？
晨钟暮鼓年复年，凡尘世俗竟悲哀。
孩童纯真又活泼，聪明伶俐真可爱。
终生静养在庙宇，诵经万遍填脑海。
青山绿水任意走，闲云野鹤常徘徊。
神灵法力说无边，穷经娴熟进棺材。
了却一生无遗憾，苍生何必育良才？

注释：2012 年 8 月 30 日，笔者和张元坤同志游莆田龟山寺，应方丈之邀题词：“仿若天国游仙境，原在龟山览寰宇。”

启示录

马克思：“**宗教里**的苦难就是现实中的苦难的**表现**，又是对这种现实苦难的**抗议**。宗教是叹息，是无情世界的感情，正像它是没有精神制度的精神一样。宗教是人民的**鸦片**。”

塞维斯：“一切伟大的真理都始于亵渎神明的言辞。”

涌泉寺

涌泉庙宇随地势，玉宇幢楼顺山依。
层叠檐首飞天际，朴实简约显神奇。
并无香火常缭绕，但有花木争俏丽。
绿水青山生灵气，静心明志融大地。
虔诚呼吸深往复，涤尽肺尘添神力。
天赐佳地谁真识，满树龙珠逗人喜。

注释：2012年8月30日，笔者与张元坤同志同游莆田涌泉寺，应方丈之邀题词：“绿水青山生灵气，静心明志融大地”。这年山坡上龙眼丰产，价格极低，摘采出卖却得不偿失，我们饱尝了龙眼。

启示录

马克思：“宗教批判使人摆脱了幻想，使人能够作为摆脱了幻想、具有理性的人来思想，来行动，来建立自己的现实性；使能够围绕自己和自己现实的太阳旋转。”“于是对天国的批判就变成了对尘世的批判，对**宗教的批判**就变成了对**法的批判**，对**神学的批判**就变成对**政治的批判**。”

鸡公山

——人与自然的和谐

山名称鸡公，啄天一窟窿。
天怒倾盆雨，兰溪闹灾洪。
人或为鱼鳖，功过谁来评？
如今搞治理，山坡满青松。
疏流改河道，天公服人工。

水患被遏制，万物皆兴隆。
山清又水秀，民众好心情。

启示录

爱因斯坦：“科学研究能破除迷信，因为它鼓励人们根据因果关系来思考和观察事物。”“科学家必须在庞杂的经验事实中抓住某些可用精密公式表示的普遍特征，由此探索自然界的普遍原理。”

14

黄　鹤　楼

——再读崔颢《黄鹤楼》的沉思

今日再登黄鹤楼，眺望长江天际流。
怀古黄鹤哪里去，抚今巨坝三峡留。
大浪淘沙盛千年，刀光剑影写春秋。
人民巨手扭乾坤，龟蛇山峦披锦绣。
伟业辉煌要持续，须向光明永追求。
革新征程多歧途，明察秋毫朝前走。
严防两极大分化，消灭剥削平冤仇。
试看黄鹤复返日，定是和谐遍九州。

注释：崔颢：“昔人已乘黄鹤去，此地空余黄鹤楼。黄鹤一去不复返，白云千载空悠悠。晴川历历汉阳树，芳草萋萋鹦鹉洲。日暮乡关何处是？烟波江上使人愁。”

启示录

邓小平说：“社会主义有两个最主要的特征：一是公有制为主体，二是不搞两极分化。”“如果出现了两极分化，那我们就着了邪，走到邪路上去了。”

岳阳楼情怀

登上巍峨岳阳楼，范文经典记心头。
洞庭波澜千秋涌，长江澎湃万古流。
江山代代英雄出，日落日出永不休。
宇宙哲理深领会，勇立潮头去搏斗。
襟怀天下为己任，心系草根常忧愁。
千年历史已翻覆，主宰人间非王侯。
庶民当家作主人，国事民主来筹谋。
彻底废除私有制，消灭剥削填鸿沟。
平等基础公有制，按劳分配来取酬。
社会主义作过渡，共产主义相继走。
三大差别须消灭，两个决裂不可丢。
纵使乌云挟恶雷，旭日终究照神州。

注释：岳阳楼耸立在湖南省岳阳市西门城头，紧靠洞庭湖畔，与江西南昌的滕王阁、湖北武汉的黄鹤楼并称为江南三大名楼。北宋范仲淹《岳阳楼记》为千古经典范文，更使岳阳楼著称于世。

启示录

马克思："哲学把无产阶级当作自己的**物质**武器，同样，无产阶级也把哲学当作自己的**精神**武器"，"**德国人的解放**就是**人的解放**。这个解放的**头脑**是**哲学**，它的**心脏**是**无产阶级**。哲学不消灭无产阶级，就不能成为现实；无产阶级不把哲学变为现实，就不可能消灭自己"。

岳阳楼

——再读范仲淹《岳阳楼记》

登上凌霄岳阳楼，遥望洞庭忆春秋；
长江之水雪山来，奔流四海连五洲。
思绪茫然何处去，再将范文捧在手；
心事远寄上古人，情感紧系当世谋。
不以物喜防贪欲，不以己悲朝前走；
忧乐以公当坐标，先为庶民解苦愁。
试看经济全球化，残酷掠夺伸黑手；
富贫两极速积累，社会分裂结冤仇。
帝国主义行霸道，侵略战争当祸首；
两次世界大战后，血腥屠杀仍依旧。
只要剥削还存在，人民反抗永不休；
社会主义正崛起，红旗定将飘全球。
故国改革史空前，甘洒热血壮志酬；
反对剥削争平等，共同富裕须奋斗。

注释：范仲淹《岳阳楼记》：“不以物喜，不以己悲……先天下之忧而忧，后天下之乐而乐。”

启示录

马克思：“批判的武器当然不能代替武器的批判，物质的力量只能用物质的力量来摧毁；但理论一经掌握群众，也会变成物质力量。理论只要说服人，就能掌握群众；理论只要彻底，就能说服人。所谓彻底，就是抓住事物的根本。”

蓬莱阁仙境

此地像海市蜃楼，可真是蓬莱仙阁。
纵然有临海涛声，岛内仍悠然自得。
何寻得八仙遗迹，也许曾渡海遭厄？
满怀着美好愿景，想不到希望失落。
失意间心事茫茫，如何向波浪求索？
只让心追随海鸥，幻想向现实转折。
托起对理想渴望，胸襟中激情似火。
像海燕长空翱翔，俯瞰那怒涛巍峨。
突然间电闪雷鸣，迅疾沿波涛穿射。
又来了暴风骤雨，不能让机遇错过。
战斗为振兴中华，定奏响胜利凯歌。
纵使需流血牺牲，心中将无限欢乐。

启示录

马克思：“社会本质上是**实践的**。凡是把理论导致神秘主义方面去的东西，都能在人的实践中以及对这个实践的理解中得到合理的解决。”

克劳塞维茨：“刚强的人尽管内心很激动，但他们的见解和信念却像在暴风雨中颠簸的船上的罗盘指针，仍能准确地指出方向。”

园博园（厦门）感应

——出席园博园开幕式有感

游客欣来园博园，九州景致眼底收；
满园构筑超精致，胜于神工巧筹谋。

华夏东西南北中，绝世菁华集锦绣；
风格迥异能相融，珠联璧合齐歌讴。
欲知景点九十八，唯有真情细凝眸；
园区方圆数公里，水面超半巧结构。
十五桥梁连九岛，拱桥倩影伴垂柳；
湖泊如镜照蓝天，碧波清流泛小舟。
扬帆逐浪鱼儿跃，岸边芦苇轻飘柔；
几群白鹭凌波飞，银光绿水出奇秀。
文塔崔巍展恢宏，积淀历史增丰厚；
琼台楼阁飞檐首，亭廊文字记春秋。
民居独特千姿态，典雅古朴占鳌头；
琉璃巨柱耸天立，石雕精美争榜首。
江南园林呈玲珑，怪石异树竞风流；
绿茵翠竹缀鲜花，姹紫嫣红可持久。
林荫大道爱凉风，休闲散步乐悠悠；
丹青墨韵赞古今，琴声旋律颂神州。
满园景色不胜看，浓妆淡抹各千秋；
美丽叫人消魂魄，诗情画意更诱惑。
奇花异卉多情思，陪伴游人慢慢走；
博园游览精神爽，天下这里最自由。
不觉夕阳已落幕，遗憾忽然令人愁；
告别此地非志愿，花儿含情再挽留。
览胜全天似瞬间，情丝缠绵日月稠；
辞后梦游千百回，还未走出新金瓯。

注释：第六届中国国际园林花卉博览会于 2007 年 9 月 22 日至 2008 年 3 月 21 日在厦门举办，园博园区总面积 6. 76 平方千米（其中水域面积 3. 73 平方千米），是一座多岛结构、9 岛相连，拥有 15 座风格各异的桥梁的现代园林园景。笔者应邀代表国侨办出席开幕式大会。

启示录

伍德："艺术本身就是想象，一个艺术工作者不只是素描、绘画或雕刻而已，他一定要有思想。"

鼓 浪 屿

——遥望台湾心潮激

鼓浪洞天矗东海，涛声悲壮抒情怀；
日光岩顶望航船，风波传情金马台。
宝岛屡次遭厄运，两岸分裂究可哀；
成功伟业垂史册，但悲台湾未复回。
哀歌萧萧无穷恨，波涛滚滚凝聚爱；
中华儿女同根生，团结奋斗不懈怠。
反对台独抗霸权，祖国统一早日来；
试看将来之神州，雄踞世界大舞台。

注释：台湾是中国神圣领土不可分割的一部分。历史上，台湾曾被西班牙、荷兰、日本先后占领。抗日战争胜利后，日本退出中国台湾。1949年后，共产党军队大举解放全国，蒋介石军队从大陆逃往台湾并受美帝国主义支持，台湾与祖国大陆处于分离的对抗状态。

启示录

奥斯特洛夫斯基："爱国心再和对敌人的仇恨用乘法乘起来——只有这样的爱国才能导向胜利。"

敦 煌 飞 天 壁 画

壁画万幅绘灵魂，仙佛仕女真幸运。

飞天玉姿几近裸，反手琵琶传音韵。
佛祖凝眸又倾听，捧腹大笑后仰身。
眉来眼去日复日，巫山云雨有传闻。
千秋居住同石窟，朝夕相处情感深。
人间凡俗古今有，佛界借鉴有创新？

启示录

马克思：“宗教批判摘去了装饰在锁链上的那些虚幻的花朵，但并不是要人们依旧带上没有任何乐趣慰藉的锁链，而是要人们扔掉它们，伸手去摘取真实的花朵。”

西塞罗：“当我们为了获得美德所带来的快乐作为报酬而履行义务的时候，那不算是美德，那只是骗人的美德的赝品。”

内蒙大草原

莽莽原野尽芳草，滚滚绿茵掀绿涛。
骑手扬鞭天边去，万马奔腾迎风啸。
遥想天骄征战史，成吉思汗射大雕。
昔日狂飙留遗迹，今朝草原更多娇。
中华儿女团结紧，齐心合力创美好。
科学发展可持续，掀起建设新高潮。

注释：（1）内蒙古大草原，鲜碧如画，一望无际，尤其是以北部海拉尔为中心的大兴安岭西麓林缘草甸草场，是目前中国最佳的天然牧场之一。（2）孛儿只斤·铁木真，蒙古帝国可汗，汗号“成吉思汗”。1271 年元朝建立后，忽必烈追尊成吉思汗为元朝皇帝。

启示录

毛泽东：“惜秦皇汉武略输文采，唐宗宋祖稍逊风骚。一代天骄，成吉思汗，只识弯弓射大雕。俱往矣，数风流人物，还看今朝。”

呼伦贝尔草原

草原绿茵芳香飘，花繁草茂竞妖娆。
广袤原野连天边，翠绿浪波逐云霄。
晨曦微微吻大地，彩虹频频闪光耀。
白云万朵浮蓝天，牛羊千群蹦跑跳。
号声一叫如军令，牛羊分别集合好。
骑手扬鞭响长空，骏马飞奔作引导。
队伍出发迎微风，浩浩荡荡离敖包。
急驰远处大草原，牛羊欢叫啃青草。
牧歌悠扬荡时空，为教牲畜吃得饱。
今日放牧多愉快，完成任务全达标。
号角飞扬贯长空，各路队伍往家跑。
一抹夕阳染彤云，帐篷欢歌激情高。

注释：呼伦贝尔草原位于大兴安岭以西，由呼伦湖、贝尔湖而得名。地势东高西低，海拔650—700米，是世界著名的三大天然牧场之一，总面积约10平方千米。

启示录

马尔顿：“希望里蕴藏着极大的力量，使我们的志向和幻想成为事实。”

丽江古村寨

山城古韵千秋在，冰峰晶莹雪水来。
小河千条清幽幽，石桥高峻鲜花开。
庭院质朴各别致，幢幢飞檐蕴气派。

屋前装饰特秀丽，火红灯笼随风摆。
彩玉铺地任人踩，石径光滑磨千载。
街景画屏似魔幻，百看不厌倾注爱。
东巴文化出旷远，精彩纷呈传百代。
民歌悠扬伴奏乐，少女尽情舞锦带。
人杰地灵重和谐，民族团结新常态。
花枝招展情意投，八方游客常青睐。

启示录

康德：“美的艺术是一种意境，它本身虽然没有目的，但却具有内在的目的性。为了社会交流的利益，它可以推进各种精神力量的修养。”

丽江古城

晨雾缭绕丽城街，牌坊檐首巧婉约。
鳞次栉比古屋多，青砖灰瓦塑和谐。
外观淡雅皆古朴，内饰雕绘胜彩蝶。
幢幢相连似无涯，屋顶叠加生幻觉。
泽国水乡有情趣，石桥俊美流水洌。
主街傍湖巷临渠，特色景致与众别。
古老水车巨轮转，思古幽情多纯洁。
伴随地球齐盘旋，钟灵毓秀出人杰。
满城无处不飞花，古木蓬勃情感烈。
玲珑精巧出神韵，错落雅致神工绝。
走街闯巷动心弘，愈加深眸愈喜悦。
前贤智慧实践来，谋篇构章有方略。
今人赞叹善传承，尽善尽美能超越。
山城水城拥古屋，悄然闻名全世界。

启示录

无名氏：“得智慧和得聪明的人是有福的，因为智慧胜过银子，其利益高于黄金，它比珍珠还宝贵，你一切所喜爱的东西，都不足和它比较。”

山城重庆

揭开神秘之面纱，原来如此不平常。
石岩城阙耸霄汉，琼宇红云相益彰。
道路逶迤腾空中，环绕山崖触天阊。
千层楼灯频闪烁，竟与天街串连上。
古时蜀道艰险难，如今画廊在路旁。
水流低处人高攀，领略风姿登山岗。
叠嶂山壑夹春潮，两岸奇峰高昂扬。
月落江流浪花起，桥栏霓虹胜珠光。
头枕山城听波涛，心随航船激欢畅。
长江钟爱嘉陵江，交汇壮阔襟胸敞。
百舸争流逐浩瀚，思潮奔涌赋华章。
淡定从容不彷徨，美好未来更向往。

启示录

高尔基：“思维世界的发展，在某种意义说，就是对惊奇的不断摆脱。”

山城奇观

山城琼楼连天宫，巍峨壮丽甲天下。
叠层桥梁如蛛网，快速车道空中挂。
车辆穿梭大厦间，悬空上下走山崖。

奇思妙想多奥秘，巧夺天工似神话。
夜间霓虹尽怒放，城堡聚合大礼花。
江中轮船更绚烂，精彩绝伦无言夸。
岸边专注观胜境，心旷神怡诗情发。
玉皇若是下凡来，定在此地安新家。

启示录

无名氏：“最爱美的人，应当是最热爱生活的人；最热爱生活的人，应当是最能创造生活的人。”

15

圆明园

——圆明园的历史沉思

雄伟壮丽圆明园，焚毁侵略战火中。
残留殿廓在控诉，列强暴行世界惊。
站在历史伤口处，无限义愤撞心胸。
悲剧曾演百余年，沉思教训警世醒。
别梦依稀旧遗址，清朝腐败已寿终。
贪官污吏罪行多，无恶不作逞凶猛。
横征暴敛欺百姓，敲骨吸髓不放松。
官逼民反遭镇压，格杀勿论枪炮轰。
生灵涂炭到极端，尸横遍野尽悲恸。
宫廷奢华无伦比，皇帝贪官极昏庸。
骄奢淫逸成毒瘤，纸醉金迷愈朦胧。
歌舞升平饰太平，挥金如土国库空。
清末腐朽到透顶，八国联军来围攻。

庞然大物何威严，不堪一击如狗熊。
豪华显赫圆明园，瑰宝宫殿一炬熔。
不战求饶极无耻，遗臭万年于荒冢。
恭维列强签条约，割地赔款大奉送。
民不聊生起抗争，革新潮流在奔涌。
反清抗英义和团，战死失败争光荣。
辛亥革命建共和，伟业失败需反省。
封建根基仍牢固，三座大山压迫重。
革故鼎新成民意，改天换地风雷动。
中国出了共产党，开天辟地新路通。
砸碎万恶旧社会，夺取政权得成功。
百废俱兴显神奇，一日千里正兴隆。
而今迈步从头越，自强不息振雄风。
四项原则奠国基，依法治国靠工农。
反修防修防复辟，反腐反贪屠恶龙。
牢记落后挨打史，坚定反霸斩元凶。
社会主义快崛起，实现中华复兴梦。

注释：圆明园始建于1709年，面积340多公顷，建筑面积达20万平方米，150余景，是清朝帝王在150余年间创建的大型皇家宫苑。历史上侵略军火烧圆明园曾有两次。第一次火烧圆明园是1860年，英法联军入侵北京，到处烧杀抢掠、野蛮洗劫，焚毁了举世闻名的圆明园。第二次火烧圆明园是1900年，英国、法国、普鲁士（德国）、沙俄、美国、日本、意大利、奥匈帝国（今奥地利和匈牙利）八国联军入侵北京，再次放火烧圆明园，清王朝战败，赔款付出白银4.5亿两。

启示录

毛泽东："捣乱，失败，再捣乱，再失败，直到灭亡——这就是帝国主义和世界上反动派对待人民事业的逻辑，他们决不会违背这个逻辑。这是一条马克思主义的定律。我们说'帝国主义是很凶恶的'，就是说它的本性是不能改变的，帝国主义分子决不肯放下屠刀，他们也决不能立地成佛，直到他们的灭亡。斗争，失败，再斗争，再失败，再斗争，直到胜利——这就是人民的逻辑，他们也决不会违背这个逻辑。"

颐　和　园

——以史为鉴知兴亡

皇家宫苑颐和园，辉煌壮丽好气派。
万寿山峰托宝塔，凌天威风冲霄外。
宫殿玉宇依山立，错落有致几多排。
拱桥跨越昆明湖，波光涟滟放异彩。
工程浩大费用高，百姓血汗筑起来。
搜刮民膏造林园，金碎纸迷醉琼台。
竭尽屠华到极点，哪管国家正腐败。
帝王痴迷求万寿，妄想龙体永康在。
穷奢极欲喜疯狂，享乐至极生悲哀。
列强两次来烧劫，园林毁坏于人灾。
闻讯豺狼施凶险，慈禧逃窜起尘埃。
利令智昏入膏肓，丧权辱国酿祸害。
以史为鉴知兴亡，启迪大众心智开。
领导核心共产党，开辟伟大新时代。
社会主义势磅礴，强国强军震四海。
霸权胆敢来侵犯，叫它葬身无处埋。

注释：颐和园是清朝时期的皇家园林，占地 290 公顷，始建于 1750 年，历时 15 年竣工；1860 年的第二次鸦片战争中，清漪园被英法联军烧毁；1886 年，慈禧挪用海军军费重修后，改名颐和园。1900 年颐和园又遭八国联军洗劫，翌年，慈禧逃窜后从西安回京，再次动用巨款修复此园。

启示录

毛泽东：“一切反动派都是纸老虎。看起来，反动派的样子是可怕的，但实际上并没有什么了不起的力量。从长远的观点看问题，真正强大的力量不是属于反动派，而是属于人民。”“从本质上看，从长期上看，从战略上看，必须如实地把帝国主义和一切反动派，都看成是纸老虎。从这点上，建立我们的战略思想。另一方面，它又是活的铁的真的老虎，它们会吃人的。从这点上，建立我们的策略思想。”

故宫悬匾

——欲盖弥彰罪滔天

光明正大悬殿堂，昭示治国有法章。
冠冕堂皇昭天下，金玉其外败絮藏。
谋阴诡计全算尽，鼠窃狗偷胜豺狼。
残忍极端欺百姓，横征暴敛进私囊。
庶民惨祸尸遍野，宫中奢侈至疯狂。
美酒玉杯频交错，佳丽成群属帝王。
历览封建衰败史，昏君哪个不肮脏？
骄奢淫逸娱国事，乐极生悲招埋葬。
借鉴历史知兴潜，我党反腐可兴邦。
今对腐败零容忍，抵抗到底展锋芒。

注释：北京故宫，旧称为紫禁城，是明、清两代 24 位皇帝的皇宫。它是中国古代汉族宫殿建筑之精华，是世界上现存规模最大、保存最为完整的木质结构的古建筑群。它占地面积约为 72 万平方米，建筑面积约为 15 万平方米。它于 1406 年开始建设，1420 年建成。

启示录

达·芬奇："人的美德的荣誉比他财富的荣誉不知大多少倍。古今多少帝王公侯，可是没有在我们记忆中留下一丝痕迹，就是因为他们只想用庄园和财富留名后世。岂不见多少人钱财一贫如洗，但在美德上却是富豪呢？"

景山秋霜

——景山秋霜忆春秋

今登景山迎日照，放眼京城百态俏。
秋霜飞扬似脂膏，涂抹枫叶红窈窕。
层林染色增多彩，朝霞妩媚千姿耀。
宏伟壮丽天安门，主席画像领风骚。
人民会堂傲然立，五星红旗广场飘。
人民英雄纪念碑，大气磅礴冲九霄。
故宫城池虽依旧，人民作主真自豪。
触景生情忆往昔，历史演变须知晓。
近代列强犯神州，烧杀抢掠施强暴。
千万民众被蹂躏，犹如铁蹄踏小草。
烽火连天遍地燃，尸体遍野血滔滔。
皇帝惊惶丧魂魄，不披龙袍就逃跑。
朝廷腐朽国力衰，落后挨打频求饶。
百代屈辱究悲哀，长城内外怒火烧。
镰刀锤子铸红旗，风起云涌起狂飙。
自从有了共产党，任何奇迹能创造。
唤起人民闹革命，三大敌人被打倒。
天翻地覆换人间，万里江山新面貌。
社会主义指方向，全靠中共好领导。
众志成城齐努力，同心同德奔明朝。

加速建设现代化，风驰电掣追赶超。
自力更生铸国威，敢与霸权拼核刀。
伟大祖国正崛起，锦绣前程无限好。
今看秋霜牵情思，追昔抚今心潮高。
但愿秋霜报喜讯，神州江山更妖娆。

注释：景山公园是明、清两代的御苑。景山是全城的制高点。景山公园1928年建园，全园总面积23公顷，其中花卉草坪占地1100平方米。公园内有绮望楼、五方亭、寿皇殿、永思殿、牡丹园等景点。

启示录

刘禹锡《秋词》：“自古逢秋悲寂寥，我言秋日胜春朝。晴空一鹤排云上，便引诗情到碧霄。”

罗夫休柯：“感情是唯一有说服力的演说家；它是一种自然的艺术，它的法则是绝无错误的；头脑最简单然而面带感情的人，较诸没有感情的雄辩家更具有说服力量。”

什刹海情思

——古国文明今胜昔

后海魅力一线牵，引来众人赋诗篇；
诗歌万首难赞美，实景最能动心弦。
游客闻讯接踵至，观赏京都后花园；
景象神韵动心仪，读罢碑文知变迁。

王府寺院古建筑，朴素幽雅数经典；
雕梁画栋铭历史，不朽杰作有千年。
瑶池涟漪含灵气，荷莲吐蕾艳红天；
绿丛深处藏黄莺，碧波浪里飞群燕。

旭日当空射银光，造出惊天大镜面；
岸边亭阁沉池底，还有蓝天深无限。
桥栏立柱汉白玉，镌刻花纹如绣绢；
小舟穿梭过拱桥，男女欢歌笑开颜。

晚霞锦雯映水波，玉盘倩影浮玉渊；
七色霓虹频闪烁，斑斓缤纷多奇艳。
琉璃金光溢流奔，似那火龙喷彩焰；
天上地下有何别，谁说仙境超人间？

楼阁宾客品茗茶，新奇话儿聊万千；
微风吹拂添怡然，垂柳飞扬舞彩练。
遗址文物含精华，传统艺术可借鉴；
厚今薄古重创新，百花齐放聚艺苑。

古今建筑相辉映，灿烂文化谱新篇。
继往开来经锤炼，中华文明正凯旋。
今朝相见恨太晚，陶醉美景乐心田；
有缘相知手足情，形影不离到永远。

注释：什刹海是北京著名历史文化风景区，因海边有十座寺庙而得名。13世纪，蒙灭金后建立元朝之后开始修建，经明清朝代，后逐渐形成西海、后海、前海，三海水道相通，与中南海水域一脉相连。什刹海总面积302万平方米，水面33.6万平方米。

启示录

狄德罗：“想象，这是一种特质。没有它，一个人既不能成为诗人，也不能成为哲学家、有机智的人、有理性的生物，也不能成为其人。”

香山红叶

今秋红叶又相逢，秋情脉脉唤秋风；
秋风送来冰霜膏，染得枫叶火样红。
青春激情燃烧起，热血沸腾在奔涌；
哪怕危岩鬼见愁，锁定目标敢进攻。
踏平崎岖坎坷路，披荆斩棘向前冲；
高擎红叶当赤旗，浪迹天涯求大同。
休管摔打千万次，凝聚智慧用巧工；
慷慨悲歌赴征途，行程终端庆成功。

注释：香山公园位于北京西北郊，始建于金代，占地面积 160 余公顷，主峰香炉峰（俗称鬼见愁），海拔 557 米。香山四季气候分明，景观各具特色，春天山花烂漫，夏日清爽宜人，深秋红叶飘丹，冬林银装素裹；园内树木繁多，其中古树 5800 余株。香山红叶 10 万黄栌，每到深秋时节漫山红叶层林尽染。

启示录

高尔基：“我们的青年是一种不断成长、不断上升的力量，它们的使命是根据历史的逻辑来创造新的生活方式和生活条件。”

龙庆峡

神工鬼斧龙庆峡，两岸峭壁惊天下，
北国江南新水乡，风姿绰约倍有佳。
避暑胜地不虚传，百舸争流竞风华。
严寒凌厉冰肌洁，冰雕璀璨美如画。

人流如潮览胜境，赏心悦目乐开花。
告别此地真情在，魂牵梦萦龙庆峡。

注释：龙庆峡位于北京市延庆区古城村西北的古城河口，其水源于海坨山东麓，经玉渡山入古城水库。龙庆峡峰峦峭立，山清水秀，7千米长的峡谷充满秀丽与雄奇、开阔与幽深、险峻与险滩。

启示录

休谟："人的想象力当然是非凡的，充满着遥远的、不寻常之物景，无拘无束地闯入时空中最漫无边际的地方，以便开辟被习惯弄得太熟悉的那些事物的景象。"

野鸭湖

——游览延庆湿地野鸭湖

人工湿地野鸭湖，岸边柳丝尽飞舞。
湖光碧影多绮丽，万顷涟漪似锦簇。
野鸭天性喜游泳，千姿百态真太酷。
展翅鸣歌迎宾客，拉开精彩大序幕。
飞奔拍水激浪花，成群聚集觅食处。
争宠观众奖食品，穷技表演加力度。
咿呀咿呀音韵美，争不到口不服输。
欢声笑声赞叹声，流连忘返回归路。

注释：野鸭湖位于北京市延庆区西北部，属于华北平原、内蒙古草原的过渡地带。该区东部盆地，1955年建成官厅水库，为巨大的人工湖泊湿地，其面积达3939公顷，是北京最大的湿地自然保护区和鸟类保护区。

启示录

爱迪生："想象必须是热的，才能使它以外界的东西所收到的形象留下模印。"

议隆中对

赤壁之战已千秋，往事争论何时休？
刘备敬贤成佳话，三顾茅庐国事求。
统一霸业隆中对，诸葛倾心献计谋。
审时度势立三国，三分兵力得当否？
分散兵力对曹军，战争开始就失守。
来个周瑜当统帅，赤壁战局得挽救。
历史走向何处去，并非神明念符咒。
胜败原因有分歧，仍须认真作研究！

注释：东汉末，刘备三顾茅庐向诸葛亮请教兴汉室、图霸业的大计，诸葛亮对刘备治世大计的谋划，就是史称的声名赫赫的“隆中对”。

启示录

在分析诸葛亮228年春第一次北伐曹魏的失败原因时，毛泽东说：“其始误于隆中对，千里之遥而二分兵力。其终则关羽、刘备、诸葛亮三分兵力，安得不败。”毛泽东认为赤壁之战的最高功臣是周瑜，而并非诸葛亮，他说：“曹操带领大军下江南，攻打东吴。那时，周瑜是个‘青年团员’，当时东吴的统帅，程普等老将不服，后来说服了，还是由他当，结果打了胜仗。”

华清池

——游华清池怀古感今

豪华瑰丽华清池，琼楼玉宇骊山依；
本是帝王游乐处，变为用玺之圣地。
穷尽享乐醉昏沉，唐朝衰败从此起；
无底深渊一坠入，美梦变幻到窒息。

贵妃洗浴入瑶池，宫中歌舞乱痴迷；
明皇奢侈忘国事，兵临城下慌逃匿。
山盟海誓成笑柄，烽火临头凄惨辞；
什么天上比翼鸟，尘埃落地成垃圾。
历览前朝兴衰史，成由勤俭败由侈；
千年续唱长恨歌，唱到何时方停息？
追昔抚今警钟响，我党反腐长坚持；
和平演变正危险，反贪革新除时弊。
社会主义方向明，巩固基础公有制；
贫富分化须铲除，滋生腐败可制止。

注释：华清宫，是唐代封建帝王游幸的别宫，位于陕西省西安市临潼区。背山面渭，倚骊峰山势而筑，规模宏大，建筑壮丽，楼台馆殿遍布骊山上下。华清宫始建于唐初，鼎盛于唐玄宗执政以后。安史之乱后，华清宫迅速衰落。解放后人民政府自 1959 年起进行了大规模的扩建，成为人民游览的场所。

启示录

克雷洛夫：“要是我们看到了丑恶，却不用愤怒的手指把它指出来，那我们也离丑恶不远了。”

塔西佗：“最坏的皇帝固然希望取得绝对专制的权力，但即使最好的皇帝也绝不希望他的臣民生活得十分自由。”

16

玉渊潭仙境

天上仙境无人见，京城真有玉渊潭。

蓝天白云恋碧水，异木奇花竞奇艳。

银杏挺拔英姿立，绿荫浓密掩暑天。
绿叶秋冬变金黄，优美多姿金灿灿。

海棠开花茂繁华，满树灿若紫玉环。
温柔端庄又婉约，情丝触角尽缠绵。

樱花绽放惊天地，花团锦簇超璀璨。
洁白粉红胜胭脂，幽雅婉娩情万千。

荷蕖万朵恋水波，出浴欲滴红如丹。
满面春风笑赧然，喜迎游人常相伴。

拱桥腾空跨湖立，宛若霓虹出烂漫。
穿梭孔桥竞自由，欢歌动情激波澜。

水榭饮茗谈古今，芦苇白絮恬淡淡。
世间友情最珍贵，知心话语照肝胆。

人群汇聚欢歌唱，乐队演奏似神坛。
歌声悠扬出肺腑，豪迈情怀冲霄汉。

站在山岗放眼看，多少男女似飞燕。
异彩锦带起飞扬，舞姿优美太惊艳。

琼台玉宇展飞檐，喜鹊欢叫传情感。
清新空气拂面来，深深呼吸愈贪婪。

天造地设玉渊潭，堪比瑶池还稀罕。

强身健体好胜地，陶情怡性心舒坦。

一旦走进她怀抱，潇洒娱悦有千万。
烦恼不知哪里去，天高地阔襟怀宽。

注释：此公园始于金代，距今800多年前，后来多代王朝修缮作为王府公园；新中国成立后开辟为百姓公园，精心拓展修建，1960年定名玉渊潭公园。公园总面积136.69公顷，其中水域面积61公顷，绿地面积74.44公顷，绿化覆盖率达到95%以上，有各种植物约19.95万株。

启示录

狄德罗："真理和美德是艺术的两个密友……如果一个人没有深刻的感情，别人对他还有什么期望？而我们除了自然中的两项最有力的东西——真理和美德深深地感动外还能被什么感动呢？"

玉渊潭樱花

——樱花时节动京城

春风得意玉渊潭，杨青柳绿樱花开；
庞大树冠成花环，少有淡红多白皑。

繁花似锦迎朝霞，人流涌向樱花来；
凝视花景数十遍，沉醉其间仍徘徊。

各色异花争奇艳，衬托樱花绝妙哉；
风花雪月净俏丽，清新素雅有神采。

恬淡一向喜缟素，冷艳自然脂满腮；

晶莹心灵气质高，素养完美无尘埃。

幽静妩媚何媲美，内在优越在情怀；
端庄仪容非修饰，天生丽质长成材。

当她倒映碧潭中，倩影绰约格外帅；
伴随涟漪微荡漾，柔情似水亲血脉。

当她花瓣粘你身，芬芳宜人寄期待；
多情并非太渺茫，心心相印最实在。

瞧她含情露笑靥，殷切亲昵真和蔼；
情深义重高一切，高尚风格传千载。

看她迎风任飘逸，身姿袅娜生百态；
朝气蓬勃显活力，风华正茂富天才。

望她姿色可倾城，冰肌玉骨得优赉；
宛若繁星放光华，志为人间消雾霾。

听她轻轻在呼唤，娇声细语让人猜；
思春热血正沸腾，娇羞泛红不掩盖。

和盘托出无保留，心有灵犀都明白；
奥妙缠绵动心弦，青春萌动抒豪迈。

目光相触送秋波，思潮翻滚起澎湃；
千言万语欲说出，精华凝成一字爱。

男女老少急拍摄，樱花陪伴登瑶台；

人在花中花拥人，珠联璧合精心拍。

迷人景致拍不完，非凡姿势尽情摆；
珍贵合影带回家，蓬荜生辉喜满宅。

顾影自怜未必是，要令大众皆喝彩；
今日游览玉渊潭，激活情结发感慨。

知心话儿说不完，并肩奋斗排障碍；
但愿天长和地久，永与樱花共安泰。

满园鲜花倾京城，宾客聚集成人海；
欢声鼎沸激情怀，吟咏诗歌颂时代。

注释：玉渊潭每年 3 月下旬至 4 月中旬举办樱花节，这里成为花的海洋和人的海洋。这里以白色的樱花为主，淡紫色、粉红色的樱花是少数。

启示录

列宁：“年轻的同志们，你们要在这方面更加努力地工作，用你们朝气蓬勃的青春力量来建设灿烂的新生活。”

玉渊潭漫步

——悠然自得走玉潭

雅致拱桥敞胸襟，精巧栏杆富神韵。
碧波粼粼闪微光，荷莲吐艳泛红晕。
柳条飘向电视塔，同映潭水伴彤云。
千年古树冲九霄，喜鹊欢歌格外亲。

林木四季显多彩，群芳争妍呈缤纷。
湖边寻芳林荫下，魂牵梦萦觅知音。
携手并肩轻漫步，窃窃私语可欢心。
琴瑟悠扬动心弦，诗韵飞扬荡乾坤。
水榭茗茶醉人意，畅谈历史知古今。
志在必夺去奋斗，明朝必定有好运。

启示录

歌德：“人类美丽语言的价值，远远超过歌的价值。没有什么可以和它相比，它的高低抑扬，对于表现情感是不可胜数的，就是歌也得回到单纯的语言，当它要达到情节和感情的极峰的时候。这一点伟大的音乐家都知道。”

玉渊潭春恋

玉潭同样有四季，为何万众总着迷？
并无宫殿和寺庙，更无现代设特技。
只有潭水很清澈，带来富氧好空气；
奇花异木草地多，万株古木发新枝。
回归自然新理念，这里环境数第一；
陶情怡神好去处，修身养性最适宜。
且看四季春常在，风光旖旎动心仪；
每走一圈有感悟，精神焕发又健体。
春风送暖草木醒，玉潭解冻迎晨曦；
百花争艳散芬芳，千姿百态集绮丽。
炎夏百舸竞争流，笑声朗朗激涟漪；
林木茂密起凉风，营造避暑好圣地。
秋霜万木红烂漫，天光浮云飘水里；
漫步宁静玉潭边，清爽温馨入心理。
寒冬降临不寂寞，明镜潭水成冰肌；

男女奔跑冰上舞，花样划冰出新奇。
一年四季皆美好，四季融合成春季；
游客常年大合唱，心声飞扬动天地。

注释：常年每天有数以千计的人，自发地聚集玉渊潭公园，进行丰富多彩的自娱自乐活动，对于全世界各国公园来说恐怕是唯一难见的奇观。

启示录

歌德："美，其实是一种本原现象，它本身固然从来不出现，但它反映在创造精神的无数不同的表现中，都是可以目睹的，它和自然一样丰富多彩。"

玉渊潭夏情

宝塔雄姿映玉潭，凉风柔和恋波澜。
万种林木呈蓬勃，无数奇花显娇妍。
雪松苍劲势蓬勃，古木倔强冲九天。
百花倾心争俏丽，五光十色迷住眼。
荷蕖吐艳露笑靥，感应情人泪潋潋。
百鸟嬉戏绕树林，深情叫君动心弦。
男女泛舟愈起劲，穿越拱桥情婉婉。
目不暇接皆琳琅，男女欢腾舞翩跹。
万众自发聚岸边，憧憬未来齐合唱。
歌声飞扬到云天，欲将万里朝霞染。

启示录

罗丹："美是到处都有的。对于我们的眼睛，不是缺少美，而是缺少发现。"

艾迪生："最能直接打动心灵的还是美。美立刻在想象里渗透一种内在的欣喜和满足。"

金秋玉渊潭

金秋送凉玉渊潭，百花绽放仍璀璨。
宛若繁星落瑶池，风情万种酿浪漫。
黄菊悠然戏蜜蜂，荷蕖攀藤真稀罕。
莲花婀娜映倩影，情诗缠绵动心弦。

启示录

高尔基："照天性一类说，人都是艺术家。他无论在什么地方，问题希望把'美'带到他的生活中去。"

玉渊潭会友

七十年华染鬓霜，今日聚会有挚友。
乘舟击浪竞风流，欣赏鲜花看垂柳。
潭底天空比天大，白云潜入任飘游。
泛舟宇空似无际，极乐世界竟自由。
知心话儿如潮涌，天南地北说不休。
欢声笑语激浪波，探索人生织锦绣。
衰老自然之规律，勇敢面对争风流。
要让火炬燃灿烂，传给后人写春秋。

启示录

西塞罗："没有友谊，世界仿佛失去太阳。""美德永远是友谊的辅佐。美德不能独立达到最高境界，所以需要借助于友谊。"

中台禅寺

山峦顶上中台寺，庙堂壮观又新奇；
富丽堂皇现代化，宝殿普天数第一。
藏经阁楼经书多，摆放有致极整齐；
不对公众作开放，贵客观览显神秘。
尊尊菩萨多情感，人造神来人着迷；
身躯原来一抷土，金玉其外生魅力。
众多神像高耸立，信徒匍匐跪倒地；
声声祷告求保佑，生怕不周出瑕疵。
唯恐得罪于神灵，荣华富贵永别离；
祈祷千年续百载，自我安慰皆满意。
天灾人祸总不断，不知原因在哪里？
虔诚与否反复找，归结不诚是源疾。
于是继续勤修炼，天昏地暗离人世；
科技发展到今天，蒙昧仍然缠心理。
慈眉善目对信徒，仿若许诺赐福禧；
返璞归真消异化，人有尊严人做主。

注释：中台禅寺位于台湾南投县埔里一新里，由惟觉和尚住持，于1994年创建，2005年重建。中台禅寺规模庞大，外观融中西工法，寺顶高耸壮观，更是让信众赞叹。笔者2012年随中国全国政协某文化代表团访问台湾，参观台中禅寺。

启示录

裴斯泰洛齐：“迷信等于在人的头脑里杀一闷刀，使人所言所行和所判断的，无一不是疯癫，尤其厉害的是败坏了人的心思，给人种下狂傲粗俗的顽固心理。”

狄德罗：“哲学家是理性和科学的朋友，而神学是理性的敌人和无知的庇护者。如果说第一种人是行善，则第二种人就是作恶。”

鸣 春 曲

古屋风雨千百年，四季轮回多少载。
樊笼紧锁啼不尽，欲冲九霄报春来。

注释：北京有一座可称“鸣春”的古屋，露出半壁灰墙和半扇门，古朴典雅的门上贴有“和坤当春”“平安盛世”的红联，门旁墙边高处悬挂一个小巧玲珑的鸟笼，笼子里一只可爱的翠鸟，还有一个多蔓翠绿的金边吊篮，充满浓郁的生活气息。

启示录

塔西佗：“最坏的皇帝固然希望取得绝对专制的权力，但即使是最好的皇帝也绝不希望他的臣民生活得十分自由。”

红 云 依 旧

故国磨难历千秋，天地翻覆震五洲。
古屋拆掉魂犹在，红云万岁情依旧。

注释：北京有一座古院落可称“红云依旧”，围墙内有一灰砖红瓦的四合院，屋顶黄色琉璃瓦，在漫天红云的辉映下，显得蔚为壮观。院子正面修长的墙壁，其左右两头有对称的门檐；门檐高耸、门槛两旁有一对精雕狮子的石墩，两扇门上有“五云蟠吉地、三瑞映华门”的红对联，横联是一个“福”字；正面灰墙上写着“毛主席万岁”的红字横标语依然光芒。该院东边古屋门檐旁插着一面五星红旗迎风飘扬。

启示录

恩格斯：“对历史事件不应该埋怨，相反地，应努力去理解它们的原因，以及它们的还远远没有完全显示出来的后果。”

庭院清幽

庭院环绕千杆竹，雪花飘落新韵律。
院在画中人在屋，妙笔撰写万卷书。

注释：北京一座古屋庭院，高耸正门的上方悬挂一红灯笼，两扇门上贴着“小院华阴密，阶前竹韵浓”的红对联，房屋周边是翠绿婆娑的竹丛，屋顶、门前地面和竹叶上飘落着雪花，映衬着灰白色的天空，有一轮金黄色的太阳在远处显得隐隐约约。

启示录

培根：“正如有时孙子或其他后辈比儿子更像其祖先，现时发生的事情常常比早先发生的事情更接近古代的形态。”

老家和声

老家和声招鸿运，朱门飞鸽迎新春。
思古幽情兆吉昌，院落光阴重千金。

注释：北京有一座“老家和声”的古屋，两扇关闭的大红门，尽管裂痕沧桑，依旧红光溢彩，门上有一“门庭清且吉，家道泰而昌”的隶书对联依然秀丽，门前一群白鸽在尽情飞舞，姿态万千，其喜气洋洋者矣。

启示录

休谟：“尽管历史学家在评价个别人物方面可能有错误，但他们几乎都毫无例外地是真正的美德之友，他们总是对美德作出恰如其分的表述。”

红烛光华

夜半少女思绪深，情丝万缕系谁心。
红烛光华照人生，迎来鸿禧喜怀春。

注释：北京古屋“红烛”的画作里面，晚间有一位少女表情纯真、雅静、沉思，手持点燃的红烛，烛光熠熠闪耀，映照她那红润的脸庞和前视的明眸及优美的身姿，也映照那墙壁高处一串金黄色的玉米棒子，下方木框上雕刻着“鸿禧”两个大字，背景为紫檀木衬托，这里蕴含着沉默与思考共存、光明与希望同在。

启示录

莎士比亚：“爱是一颗星，一切迷途的船，虽然不懂得天文，却靠它引导。”

17

抗战胜利70周年大阅兵

——2016年9月9日阅兵观礼有感

抗战胜利七十年，举行阅兵作纪念。
巍峨壮丽天安门，国徽格外呈庄严。
主席肖像彰自信，伟大精神传永远。
人民英雄纪念碑，继往开来史空前。
五星红旗高飘扬，广场人海涌波澜。
嘹亮国歌震神州，荡气回肠激人寰。
三军队伍雄赳赳，步伐整齐意志坚。

英姿飒爽气轩昂，立地顶天势巍然。
新式战机翱长空，威风凛凛巧表演。
主战坦克竖炮膛，威严刚毅不一般。
火箭部队挺尖锋，威武强大显超凡。
多型导弹富神力，威势神速超闪电。
攻击航母杀手锏，威慑摧毁令敌寒。
空天制导网络器，叫敌聋瞎不太难。
各种方队接连过，目不暇接凝神看。
万个气球腾空起，形若巨龙冲蓝天。
欢声雷动传五洲，国威军威极震撼。
此时阅兵到终点，预示梦想将实现：
敌人有的我超越，敌人无的我尖端；
不管网络弹机舰，我须领先敌丧胆。
反思七十年之前，日寇对我逞凶残。
三光政策恶如狼，杀我同胞三千万。
倘若忘记那过去，麻痹轻敌作背叛。
霸权亡我心不死，准备围攻来侵犯。
风云紧急正警示，强大有备方无患。
军民团结如一人，保卫中国稳泰山。

注释：（1）党和国家于2015年9月9日在天安门广场举行的纪念抗日战争胜利70周年大阅兵活动，笔者应邀参加观礼活动而深有感受。（2）日本侵华期间杀害中国多少人，因统计口径不同而不同，有的统计屠杀2200万人，有的统计是伤亡3500多万人，还有流浪无家可归的有4000万人。

启示录

毛泽东："没有一个强大的人民军队，便没有人民的一切。""这个军队之所以有力量，是因为所有参加这个军队的人，都具有自觉的纪律；他们不是为着少数人的或狭隘集团的私利，而是为着广大人民群众的利益，为着全民族的利益，而结合、而战斗的。紧紧地和中国人民站在一起，全心全意地为中国人民服务，就是这个军队的唯一的宗旨。"

神舟十一号

——2016年10月17日

一团火焰冲云霄，欢送神舟太空绕。
穿梭星际奏凯歌，伟大梦想比天高。
对接天宫特精准，预定科研做得好。
安全顺利回归来，震撼环球传捷报。
人民欢声如雷动，唯有霸权极烦恼。
中国崛起经打压，无穷潜力被引爆。
史无前例创伟业，风驰电掣追赶超。
中华自有回天力，屹立东方红日照。

注释：2016年10月17日7时30分，神舟十一号载人飞船搭载着航天员景海鹏和陈冬飞向浩瀚宇宙，与等候在太空的天宫二号空间实验室进行交会对接，于11月18日13时59分顺利返回。

启示录

毛泽东："我们中华民族有同自己的敌人血战到底的气概，有在自力更生的基础上光复旧物的决心，有自立于世界民族之林的能力。""敌人有的，我们要有，敌人没有的我们也要有。原子弹要有，氢弹也要快。管他什么国，管他什么弹，原子弹、氢弹，我们都要超过。"

港珠澳大桥

横空出世特大桥，依波连绵港珠澳。
宛若巨龙腾东方，举世无双领风骚。
跨海大桥算最长，海底桥隧最高超。

工程难度史无前，举世技术列前茅。
三地交通一线牵，运输能力大提高。
车辆穿梭运输忙，建设事业掀高潮。
祖国奔走快车道，日新月异新面貌。
社会主义办大事，任何奇迹能创造。
嫦娥俯瞰此景象，动情歌舞泪滔滔。
吴刚喜捧桂花酒，恭贺故国更妖娆。

注释：港珠澳大桥是中国一座跨海大桥，连接香港大屿山、澳门半岛和广东珠海市，全长为49.968千米，主体工程“海中桥隧”长35.578千米，是世界上最长的跨海大桥，一些难题的解决在世界上是空前的。2016年9月27日，港珠澳大桥主体桥梁正式贯通。

启示录

巴尔扎克：“打开一切科学的钥匙都毫无异议的是问号，我们的大部分伟大发现应归功于‘如何’，而生活的智慧大概就在于逢事都要问个‘为什么’。”

东海大桥

一桥飞架波涛里，恢宏绵延卅千米。
银河搭起喜鹊桥，东海人工出神奇。
无数车辆忙驰骋，运来繁华跨世纪。
夜间车灯成霓虹，万顷浪花腾珠玑。
仿佛东海出蜃景，竟比仙境还壮丽。
龙王有兴来游览，自叹宫殿远不及。
工人阶级有力量，激情创造新天地。
今朝竞争全世界，中华智慧世无敌。

注释：东海大桥起于上海南汇区芦潮港，北与沪芦高速公路相连，南跨杭州湾北部海域，直达浙江嵊泗县小洋山岛。全长32.5千米的东海大桥是上海国际航运中心深水港工程的组成部分，于2005年建成通车。

启示录

恩格斯：“在一切生产工具中，最强大的一种生产力是革命阶级本身。”

三峡水库

长江远古高山来，逶迤万里起澎湃；
无数繁星随涟漪，多少崔峰触天外。

漩涡激流奔腾急，悬崖峭壁两岸摆；
千秋万代功和过，谁来评说福与灾？

人民当家作主人，大兴水利除水害；
一个梦想即诞生，试看伟业耀百代。

西江石壁巨无霸，三峡水库造平海；
统筹兼顾依科学，调控水源巧安排。

洪涝旱灾被阻挡，流域农田得灌溉；
万物湿润蓬勃长，生机盎然新生态。

湍流冲击电机鸣，强大电流受主宰；
输送动力为四化，凯歌行进新气派。

巨轮跨越闸门时，电梯飞跃真豪迈；
船舶穿梭运输忙，通往五洲和四海。

晨曦霞光常来临，黄金水道放异彩；
锦浪滚滚奔向前，长江柔情人人爱。

注释：长江三峡工程是当今世界上在建的最大水利枢纽工程。三峡大坝1993年筹建施工，2012年全部建成。三峡水库，大坝总长3035米，坝顶高程185米；正常蓄水位175米；总库容393亿立方米，其中防洪库容221.5亿立方米，形成总面积达1084平方千米的人工湖泊。这项工程由拦江大坝和水库、发电站、通航建筑物等部分组成。电站装机总量2250万千瓦；年发电量847亿千瓦时。通航设施：双线船闸1座，可通过万吨级船队；垂直升船机1座，可快速通过3000吨级轮船；年单向通航能力5000万吨。笔者从重庆乘船去三峡水库，于2017年7月21日通过三峡大坝，而后参观了三峡库区。

启示录

马克思指出，只有在共产主义社会才能实现人与自然之间的和谐一致。他说：“这种共产主义，作为完成了的自然主义，等于人道主义，而作为完成了的人道主义，等于自然主义，它是人和自然之间、人和人之间的矛盾的真正解决，是存在和本质、对象化和自我确证、自由和必然、个性和类之间的斗争的真正解决。”

三峡情怀

长江乘舟望烟波，夜空明月恋泽国。
晨曦本性爱涟漪，万道金光落湖泊。
三峡大坝踞两岸，冲天气概势磅礴。
开闸洪流喷珠玑，瀑布彩霞齐闪烁。
船闸通航出奇想，巨轮乘坐电梯过。
防汛抗旱统调度，避险防患效益多。
发电航行加灌溉，大地生机起蓬勃。
神女当惊世界殊，撷取浪花献祖国。

启示录

毛泽东："更立西江石壁，截断巫山云雨。高峡出平湖，神女应无恙，当惊世界殊。"

三　峡　行

——从重庆到三峡昼夜行

两岸猿声逝时空，巫山云雨仍钟灵。
长江激浪夜航行，游轮溢彩出幻梦。
船舷掠过万重山，越过平湖观胜境。
大坝雄踞惊天地，千秋伟业扬英名。

启示录

刘禹锡《堤上行》："江南江北望烟波，入夜行人相应歌。桃叶传情竹枝怨，水流无限明月多。"

毕莎罗："谁能在一个地方发现人家没有发现的平凡角落的美，谁就是幸福的人。"

红　旗　渠

——中华民族的历史丰碑

峰峦叠嶂太行山，一条灵渠系腰间；
愚公移山造天河，水利史上谱鸿篇。

险滩峡谷能制服，悬崖绝壁善攻坚；
遇沟搭桥筑渡槽，逢山凿洞钻巨岩。

钢钎折断千万根，磐石再硬也收敛；
漳河引水百余里，干渠逶迤达林县。

星罗棋布中小渠，灌溉网络数经典；
明渠隧道连水库，多少荒地变良田。

绿水潺潺绕峻岭，波光荡漾映蓝天；
清流漫漫浇庄稼，肥沃丘陵富平川。

改造山河英雄志，山清水秀护田园。
勤劳智慧创奇迹，双手开辟幸福泉。

红旗渠道红旗飘，丰碑耸立千万年；
社会主义无限好，激励中华永向前。

注释：红旗渠是20世纪60年代，林县人民高举社会主义旗帜，在极端艰难困苦的条件下，饥寒交迫，却意气风发，干劲冲天，忘我劳动，基本靠手工劳动，建造了从太行山腰修建的引漳入林工程。红旗渠工程共削平了1250座山头，架设151座渡槽，开凿211个隧洞，修建各种建筑物12408座，挖砌土石达2225万立方米，红旗渠总干渠全长70.6千米（山西石城镇至河南任村镇），干渠支渠分布全市乡镇，是全国重点文物保护单位，被世人称为“人工天河”。

启示录

马克思：“共产主义是私有财产即人的自我异化的积极的扬弃，因而是通过人并且为了人而对人的本质的真正的回归。”“这种共产主义，作为完成了的自然主义等于人道主义，而作为完成了的人道主义等于自然主义，它是人和自然之间矛盾的真正解决。”

黄　河

银河从天倾泻来，奔入壶口爆炸开。
石破天惊震山岳，翻江倒海升雾霭。

夕阳微光造形云，霓虹悬空绘精彩。
壮阔宏大造奇观，波涛翻滚赴渤海。
一路奔腾一路歌，浪花激扬金黄白。
万众呵护母亲河，让她青春永常在。
流域绿化固长堤，希冀碧波成常态。
无限深情注大地，行舟发电利灌溉。

注释：黄河全长5464千米，是中国境内仅次于长江的河流，它发源于青海省巴颜喀拉山脉北麓约古宗列盆地的玛，呈“几”字形，流经青海、四川、甘肃、宁夏、内蒙古、陕西、山西、河南及山东九个省，最后流入渤海。

启示录

无名氏：“生命是一首写不完的诗，我们要用血与泪来充实它的篇幅；生命是一首唱不完的歌，我们永远不能为它按下一个休止的音符。”

雅鲁藏布江

——科学幻想引水源

跃上珠峰抽宝剑，直指云霓刺九天。
打开银河千里堤，飞流滔滔落人间。
此是童话有魅力，神奇想象促科幻。
大胆提出新方案，考虑工程诸条件。
一个设想即诞生，雅鲁藏布引水源。
考虑地质选捷径，优化结构定路线。
梯级提水选风能，创新电机来发电。
科学论证可行时，工程上马排艰险。
接连黄河青海湖，浩瀚沙漠变良田。
盖世奇迹出现时，太平九州庆丰年。

注释：20 世纪 90 年代，有人提出一个设想，从雅鲁藏布江和怒江引水流进入青海湖，把青海湖作为中国的大水塔，灌溉中国大西北和大北方的土地，进而可以解决中国的耕地扩充问题和生物能源问题，形成良性循环和可持续发展。21 世纪初，又有人提出一个改进的设想：利用新型风能大功率电机发电，以梯级抽水，将水引至青海湖。

启示录

列宁："神奇的预言是神话，科学的预言却是事实。"

郭沫若："科学也需要创造，需要幻想，有幻想才能打破传统的束缚，才能发展科学。"

牛顿："简单的事情考虑得很复杂，可以发现新领域；把复杂的现象看得很简单，可以发现新定律。"

必然与自由

——略论必然与自由的辩证法

月光融融洒天地，繁星灿灿浮宇宙。
太阳炎炎悬天空，银河滔滔岁月稠。
日月星辰渺茫茫，环宇无处空悠悠。
斗转星移是永恒，千变万化不停留。
天崩星裂划长空，石雨坠落响飕飕。
山熔烈焰冲云霄，火红岩浆奔溜溜。
海啸突兀高万丈，惊涛骇浪狂怒吼。
沧海桑田续变迁，三山五岳已千秋。
万物生长多样化，江河湖海万古流。
电闪雷霆震长空，暴风骤雨猛如兽。
地转天旋无阻挡，运动绝对非所偶。
天体威力超强大，难道人类只发愁？
人与自然应和谐，回报人类幸福酬。
改天换地靠科学，前程美景勇追求。
哪种运动非物质，运动必定物质有。

运动形式为时空，时空因此常不朽。
运动原因是什么，矛盾斗争永恒久。
必然王国无穷尽，自由王国无止休。
认识必然知规律，改造世界得自由。
矛盾对立又统一，根本规律深研究。
宏观微观皆无限，探索真理不守旧。
诸种矛盾抓主要，解决问题协调够。
内因外因相联系，为主为副善筹谋。
事物发展有过程，每一阶段把火候。
量变质变应关注，择优条件排掣肘。
现象本质须弄清，莫让假象酿荒谬。
内容形式择相适，不断创新防落后。
大千世界为我用，环境保护竞优秀。
趋利避害要做到，变害为利应居首。
盲目征服大自然，必受惩罚和报仇。
当前长远论利害，准确评估选优构。
改造自然有前提，社会治理应统筹。
马列理论指方向，精髓思想学深厚。
阶级社会之动力，光辉思想岂能否？
最终消灭私有制，资本竞争到尽头。
领导核心共产党，阶级关系分析透。
坚持民主与专政，防帝反修反走狗。
人民命运之法宝，社会主义不可丢。
公有制度为基础，消灭剥削填鸿沟。
共同富裕施国度，社会分裂能挽救。
阶级一旦被消灭，大同世界开前奏。
三大差别将消除，平等和谐临神州。
人民当家作主人，民主决策防疏漏。
大众利益为标准，治理方案优选优。
统一计划和组织，精准发力有步骤。

先进典型作示范，时空条件应绸缪。
实事求是必成功，典型复制易出丑。
改造自然和社会，重在实践求丰收。
总结经验纠错误，不断创新争上游。
民主集中尊民意，意志统一挥方遒。
力量集聚泰山移，创造奇迹无敌手。
自然社会趋和谐，前进步伐雄赳赳。
抓紧建设现代化，万里河山若金瓯。
推动历史靠人民，伟大事业必成就。
革命建设循规律，美好家园似锦绣。
立足中国作基地，放眼天下为五洲。
联合世界无产者，团结一致齐奋斗。

启示录

恩格斯："一旦社会占有了生产资料，商品生产就将被消除，而产品对生产者的统治也将随之消除。社会生产内部的无政府状态将为有计划的自觉的组织所代替。个体生存斗争停止了。于是，人在一定意义上才最终地脱离了动物界，从动物的生存条件进入真正人的生存条件。人们周围的、至今统治着人们的生活条件，现在受人们的支配和控制，人们第一次成为自然界的自觉的和真正的主人，因为他们已经成为自身的社会结合的主人了。人们自己的社会行动的规律，这些一直作为异己的、支配着人们的自然规律而同人们相对立的规律，那时就将被人们熟练地运用，因而将听从人们的支配。人们自身的社会结合一直是作为自然界和历史强加于他们的东西而同他们相对立的，现在则变成他们自己的自由行动了。至今一直统治着历史的客观的异己的力量，现在处于人们自己的控制之下了。只是从这时起，人们才完全自觉地自己创造自己的历史；只是从这时起，由人们使之起作用的社会原因才大部分并且越来越多地达到他们所预期的结果。这是人类从必然王国进入自由王国的飞跃。"

蓝天白云动京城

——思念蓝天日增多

近日京城欢腾了，老少仰天频拍照。
仅是蓝天伴白云，为何感觉特妖娆？
只因久违未际会，情人眼里出风骚。
期待雾霾将消失，故国人民重环保！

注释：2015 年 6 月 12 日起，几天来，万里晴空，蓝天白云，北京人民见到久违的这样美好的天空，兴奋异常，拍摄大量极其美丽的照片挂上网络，与大家分享，呼唤人们重视环保。

启示录

马克思说：“人作为自然存在物，而且作为有生命的自然存在物，一方面具有自然力、生命力，是能动的自然存在物；这些力量作为天赋和才能、作为欲望存在于人身上；另一方面，人作为自然的、肉体的、感性的、对象性的存在物，和动植物一样，是受动的、受制约的和受限制的存在物。”

京城沸腾了

——难得蓝天白云日（2016－9－10）

近日京城沸腾了，欢声笑语尽情说。
街头万众齐仰首，目光聚焦似竞夺。
举起手机朝天空，兴致勃勃频拍摄。
快将影视传网友，尽情共享此欢乐。
什么奇观动心弦，引人入胜生诱惑？
蔚蓝天空无边际，湛蓝纯净又清澈，
天空白云飘悠悠，洁净无瑕多婆娑。

空气清新深呼吸，心神舒展享快活。
久别重逢情更迫，热情迸发未见过。
明媚日子近完结，人们依依舍不得。
故国人民有所思，环保加速不能拖。
积重难返根蒂固，雾霾可能再作恶。
科学决策快实施，全面治理须气魄。
山青水绿空气新，待时祖国奏凯歌。

启示录

马克思认为，在一个崭新的合理的社会（共产主义社会）里，“社会化的人，联合起来的生产者，将合理地调节他们和自然之间的物质变换，把它置于他们的共同控制之下，而不让它作为盲目的力量来统治自己；靠消耗最小的力量，在最无愧于和最适合于他们的人类本性的条件下来进行这种物质变换”。

诗　　狂

——人与自然的和谐

我挑泰山和华山，敬奉瑰宝上苍天。
玉皇传出斩首令：不许破坏大自然！
忽闻厉声吓破胆，抱头鼠窜丢扁担。
一场梦魇虽偶遇，违反必然实难堪！

启示录

恩格斯在总结了人向自然界索取的教训后精辟地指出：“我们不要过分陶醉于我们人类对自然界的胜利。对于每一次这样的胜利，自然界都对我们进行报复。每一次胜利，起初确实取得了我们预期的结果，但是往后和再往后却发生了完全不同的、出乎预料的影响，常常把最初的结果又消除了。”他强调指出，要“认识到自身和自然界的一体性”。

18

中南海之光

历尽沧桑中南海，曾经王朝来主宰；
宫殿琼楼超豪华，百姓血汗作承载。
勤政殿堂响当当，名不符实只空摆；
封建专横显威严，君临天下常作怪。
官僚上下结黑帮，处心积虑搞腐败；
卖官鬻爵成通行，贪官污吏集成排。
走狗奴才仗权势，欺压庶民尽作歹；
敲诈勒索施强暴，敲骨吸髓敛钱财。
金银珠宝堆成山，贪得无厌胜狼豺；
宫廷竭尽穷奢欲，饿殍遍野极悲哀。
军阀混战匪患起，瘟疫凶猛加天灾；
民不聊生起反抗，王朝相继被淘汰。
天翻地覆在四九，开辟伟大新时代；
埋葬官僚旧机器，人民掌权铸气派。
伟人志在当公仆，清风荡漾中南海；
官僚主义被扫荡，一切旧习在更改。
勤政廉政为人民，民主高效增风采；
艰苦朴素蔚成风，高级干部不例外。
办公房屋极简约，节省俭朴净情怀；
菊香书屋无龙床，陈旧木床放光彩。
廉洁奉公为民忧，呕心沥血成常态；
励精图治不停息，锐意改革志不衰。
研读千秋兴亡史，革故鼎新为安泰；

惊天动地有雄文，真理在握战不殆。
彻底埋葬旧制度，社会主义新局开；
公有经济为基础，千难万险不徘徊。
六大体系全建立，强国强军有平台；
协调持续可发展，风驰电掣朝前迈。
选贤任能靠群众，层出不穷涌英才；
普及知识崇科学，力量爆发极惊骇。
百废俱兴势磅礴，事业腾飞神奇快；
两弹一星创奇迹，摔掉一穷和二白。
继往开来搞建设，排山倒海除障碍；
国威军威猛提升，霸权围堵已无奈。
立党为公反特权，执政为民除祸害；
政通人和史空前，国泰民安超百代。
新旧社会两重天，百姓感受最实在；
人民拥戴毛泽东，一轮红日托起来。
思念潮流与日增，人民领袖人民爱；
爱心汇成大汪洋，遇到礁石更澎湃。

注释：（1）菊香书屋位于中南海丰泽园内，毛泽东从1949年入住至1968年搬走，他的大部分活动在菊香书屋。（2）六大体系是指，在社会主义公有制的基础上，到20世纪70年代，我国基本建立起比较完整的国民经济建设体系、工业建设体系、农业建设体系、国防建设体系、科学教育建设体系、医疗卫生建设体系，为后来国家全面快速建设打下了坚实的基础。

启示录

邓小平："没有毛主席，至少我们中国人民还要在黑暗中摸索更长时间。""毛泽东同志在长期革命斗争中立下的伟大功勋是永远不可磨灭的。回想在一九二七年革命失败以后，如果没有毛泽东同志的卓越领导，中国革命有极大的可能到现在还没有胜利，那样，中国各族人民就还处在帝国主义、封建主义、官僚资本主义的反动统治之下，我们党就还在黑暗中苦斗。所以说没有毛主席就没有新中国，这丝毫不是什么夸张。……没有毛泽东思想，就没有今天的中国共产党，这丝毫不是什么夸张。毛泽东思想永远是我们全党、全军、全国各族人民的最宝贵的精神财富。"

中南海感怀

——创业维艰守业难

有心漫步中南海，面对胜境仔细看。
宫阙华丽青松拥，湖光壁影起潋滟。
庭院精致静幽深，林木茂盛鲜花繁。
赏心悦目虽神怡，顿时思绪有千万。
依栏寻思又再三，一个问题闯心间。
我党执政将长期，如何抵制腐败染？
盛衰兴亡旧规律，能否彻底予打烂？
胜败取决共产党，抓好党建是关键。
思索我党成长史，宝贵经验可借鉴。
千锤百炼于战火，我党纯洁坚如磐。
依靠人民同心干，力量磅礴天地翻。
开国创业实维艰，守业漫长更困难。
长期执政易懒惰，骄奢淫逸会贪婪。
糖衣炮弹不警惕，和平演变成必然。
防微杜渐若忽视，量变质变丧政权。
一些意志薄弱者，备受腐蚀陷泥潭。
惊心动魄一幕现，老虎竟敢来作乱。

腐败形势够严峻，认识不足丢江山。
堡垒内部若攻破，党和国家就完蛋。
骇人听闻并非是，且看史实多悲惨。
苏共崩溃作教训，前车之鉴记心坎。
我党初心不改变，坚持马列作指南。
适时召开十八大，高瞻远瞩闯险滩。
居安思危长筹谋，霹雳反腐须从严。
苍蝇老虎重力打，阶级斗争战火燃。
斗私批修整好党，严防内部出背叛。
立党为公严纪律，打好反腐持久战。
四项原则紧把握，依法治国能安邦。
人民掌权作主人，管理国家大于天。
精兵简政勤务实，雷厉风行垂风范。
群策群力搞监督，防止公仆变贪官。
公有经济奠国基，各项事业大发展。
社会主义放光芒，祖国前景愈灿烂。
党群团结如一人，建设美好新乐园。

启示录

毛泽东说：“因为胜利，党内的骄傲情绪、以功臣自居的情绪、停顿起来不求进步的情绪、贪图享乐不愿再过艰苦生活的情绪，可能生长。因为胜利，人民感谢我们，资产阶级也会出来捧场。敌人的武力是不能征服我们的，这点已经得到证明了。资产阶级的捧场则可能征服我们队伍中的意志薄弱者。可能有这样一些共产党人，他们是不曾被拿枪的敌人征服过，他们在这些敌人面前不愧英雄的称号；但是经不起人们用糖衣裹着的炮弹的攻击，他们在糖弹面前要打败仗。我们必须预防这种情况。”

中南海情怀

宫殿高耸林宛深，奇花异草溢芳芬。
景致明媚中南海，波光清澈荡灵魂。
置身其境莫忘本，永不变质属平民。
未敢洞天寻安逸，居安思危系国运。
人民至上为宗旨，当好公仆守诚信。
两袖清风拒腐蚀，廉洁勤政永忠贞。
勤勤恳恳埋头干，兢兢业业持谨慎。
光明磊落敢担当，岂容名利缠此身！

启示录

毛泽东："共产党员应是实事求是的模范，又是具有远见卓识的模范。因为只有实事求是，才能完成确定的任务；只有远见卓识，才能不失前进的方向。""我们一定要警惕，不要滋长官僚主义作风，不要形成一个人民的贵族阶层。谁犯了官僚主义，不去解决群众问题，骂群众，压群众，群众就有理由把他革掉。我说革得好，应当革掉。"

中南海之情

骑车上班中南海，喜欢百花尽情开；
波光涟漪映岸景，观鱼胜过钓鱼台。
琼楼玉宇展英姿，金碧辉煌拒尘埃；
青松参天势蓬勃，簇拥宫殿更可爱。
仿若洞天览胜境，心情却是不自在；
肩上担子重千钧，如履薄冰不懈怠。
日复一日不放松，加班加点经常来；
校核文件求极致，反复推敲精心改。

常提异议敢争论，碰撞火花更精彩；
觅得真理最欢乐，任何恩怨化空白。
深情依恋中南海，握手言欢即离开；
那年秋风送爽时，惜别红墙朝前迈。

启示录

毛主席：“判断认识或理论是否真理，不依主观上觉得如何而定，而是依客观上社会实践结果如何而定。真理的标准只能是社会的实践。实践的观点是辩证唯物论的认识论之第一的和基本的观点。”

中南海之爱

我曾工作中南海，心中充满无限爱；
人民利益高一切，履职力求百分百。
谁说高处不胜寒，可将此地当舞台；
为了信仰求真理，光明正大壮襟怀。
遇到原则不含糊，定把建议说出来；
面对有人乱指谪，只当误会不责怪。
不单仅是少计较，还应感激其指摘；
犹如燧石受打击，迸发火星闪光彩。
一次责难太激烈，十点意见受青睐；
身心交瘁虽弱微，融入文件多豪迈。
领导立法共产党，不容谬误酿危害；
各项政策关国运，何忍差错生微败。
建议采纳寻常事，并非自矜显能耐；
争论只为负责任，问心无愧得清白。
个人得失有何言，是非辩明最实在；
宠辱不惊应躬行，从容淡定作常态。
获得真知乐无穷，生活有了新期待；

秋风萧瑟红叶飞，伴我离开中南海。

注释：有一次，中共中央关于党领导国家立法的文件已经印好待发，笔者发现其十处重要错误，立即向领导提出改正意见，引起重视，也有人激烈反对，后来由当时全国人大常委会秘书长主持各有关部门负责人参加的讨论会，最终十点意见被中央文件采纳。

启示录

毛主席：“真理只有一个，而究竟是谁发现了真理，不依靠主观的夸张，而依客观的实践。”“我们必须坚持真理，而真理必须旗帜鲜明。我们共产党人从来认为隐瞒自己的观点是可耻的。我们党所办的报纸，我们党所进行的一切宣传工作，都应当是生动的、鲜明的、尖锐的，毫不吞吞吐吐。”

马克思：“最好把真理比作燧石——它受到的敲打越厉害，发出的光辉就越灿烂。”

中南海之恩

我曾工作中南海，常见岸边百花开。
波光跃金映美景，青松翠柏拥瀛台。
然则无心细欣赏，一年过去又一载。
直到离开圣地时，没照一张留影来。
回首此事有遗憾，眷恋事业心灵在。
那时一心埋头干，忧国忧民酿成爱。
校核文件把好关，丝毫不敢有懈怠。
认真研读细琢磨，有根有据作修改。
异议争论要坦诚，辨出真理喜开怀。
修改意见得通过，光荣属于中南海。

启示录

毛泽东："我们的责任，是向人民负责。每句话、每个行动、每项政策，都要适合人民的利益，如果有了错误，定要改正，这就叫向人民负责。""我等唯有主义之争，无个人之争，个人之争，大体是可以相让的。"

玉泉山之恋

曾经日夜与山贴，起草文件生情结。
梦中萦回千万次，心潮奔腾热血烈。
今冬有事再来访，山峦斑斓层林叠。
瑞雪茫茫爱山崖，雾凇装扮新世界。
林间琴音风萧瑟，青松雪压不凋谢。
玉峰晶莹集琉璃，宝塔冲天聚瑞雪。
朝阳丹霞映琼楼，夕阳彤云衬台榭。
玉泉垂虹早隐去，瑶池澄碧更真切。
崖壁万丈渗泉水，满湖冰肌多明洁。
洞穴幽深留遗址，乾隆刻石未磨灭。
锦绣胜景有创意，神工鬼斧出卓绝。
沧桑历史云烟过，琼花处处可采撷。
并非此山胜皇宫，差点仙境被超越？
莫道帝王爱此地，骄奢淫逸着了邪。
改革东风正浩荡，民众来游添喜悦？
以史为鉴知兴亡，我党永远葆廉洁。

注释：2001 年 2—10 月，笔者和中央全会文件组同志在玉泉山共同工作。笔者提出"立党为公，执政为民"，"建立结构合理、配置科学、程序严密、制约有效的权力运行机制"和"把反腐败寓于决策之中"的三个观点被中央全会的报告所采纳。

启示录

毛泽东："共产党员应该作到最有远见，最富于牺牲精神，最坚定，而又最能虚心体会情况，依靠群众的多数，得到群众的拥护。"

李世民："夫以铜为鉴，可以正衣冠；以古为镜，可以知兴替；以人为镜，可以知得失。我常保此三镜，以防己过。今魏征殂逝，遂亡一镜。"

中央党校感悟

——实事求是放光芒

实事求是座右铭，迎来干部进校园。
荟茗湖光映天空，名副其实何其艰？
实事求是犹高山，唯有勇士敢登攀；
人民利益高一切，舍生取义不畏难。
懦夫望尔即畏葸，双腿发软直打颤；
为私必然怕危险，唯唯诺诺保平安。
贪生怕死必背叛，明哲保身当混蛋；
求索真理迎风险，方为革命英雄汉。
随波逐流应抛弃，破私立公心如丹；
读书明理付实践，征程曲折也灿烂。

注释：一进中央党校大门，就看见一块巨石上刻"实事求是"四个大字，震撼人心。笔者于2006年参加省部级干部班学习，听有人说"迎着实事求是进校门，背着实是求是离校园"的话，有感而作此诗。

启示录

毛泽东："马克思主义的哲学辩证唯物论有两个最显著的特点：一个是它的阶级性，公然申明辩证唯物论是为无产阶级服务的；再一个是它的实践性，强调理论对于实践的依赖关系，又转过来为实践服务。"

政务公开

——起草政务公开文件有感

春回万物始复苏，农民勤耕为致富。
感激上司行善举，减轻负担落农户。
总盼清官能常驻，为民作主保减负。
然则清官一疏忽，沉重负担又恢复。
群众幡然大觉悟，方知民主民作主。
组织起来搞约束，专对权力施监督。
政务公开制度化，阳光普照可防腐。
民众主政是根本，廉政反贪有出路。

注释：1997 年 9 月，笔者到农村做村务公开调研，对群众创造的村务公开的好处概括为一句话：“给群众一个明白，还干部一个清白”，以激励干部群众坚持政务公开。

启示录

毛泽东：“以中国最广大人民的最大利益为出发的中国共产党人，相信自己的事业是完全符合正义的，不惜牺牲自己的一切，随时准备拿出自己的生命去殉我们的事业，难道还有什么不符合人民需要的思想、观点、意见、办法，舍不得丢掉吗？难道我们还欢迎任何政治的灰尘、政治的微生物来玷污我们的清洁的面貌和侵蚀我们的健全的肌体吗？”

议从政

——从政感受真深刻

政坛风云时变幻，勇立潮头冲向前。
明哲保身应抛弃，坚持原则提异见。
有的上司大恼怒，不分黑白就排贬。

忍辱负重明是非，符合党章乐心间。
荆棘载途练坚韧，牢记入党发誓言。
追求光明为使命，崇尚真理高于天。

启示录

毛泽东：“天下者，我们的天下；国家者，我们的国家，社会者，我们的社会。我们不说谁说?！我们不干谁干?！”

爱因斯坦：“提出一个问题往往比解决一个问题更重要，因为解决问题也许仅仅是一个数学上或实验上的技能而已。而提出新的问题、新的可能性，从新的角度去看旧的问题，都需要有创造性的想象力，而且标志着科学的真正进步。”

何为议政

——参政议政出疑问

话说议政很离奇，不提异议维统一。
明哲保身唱赞歌，欲博上司心欢喜。
宣读代写发言稿，大摆单位有政绩。
随行记者作录像，踌躇满志乐心里。
天南海北话滔滔，慷慨陈词离主题。
倘若此风常蔓延，代表委员何履职?
大公无私说真话，全心全意把政议。
抓住问题来讨论，认真议政敢存疑。
反映社情和民意，科学论证得确立。
追求真理向光明，丰碑矗立于大地。

启示录

莱辛："如果上帝在他的右手握着全部真理，在他的左手握着无与伦比的永远活跃的追求真理的动力（附带的条件是我将总是和永远出错），而对我说挑选吧！——我就会谦恭地握住他的左手……"

《战国策》：（齐威王）乃下令："君臣吏民能，面刺寡人之过者，受上赏；上书谏寡人者，受中赏；能谤讥于市朝，闻寡人之耳者，受下赏。"令初下，群臣进谏，门庭若市；……燕、赵、韩、魏闻之，皆朝于齐，此所谓战胜于朝廷。

历史的教诲

——重读马列毛

原始社会多万年，不知国家何内涵；
氏族内部讲和谐，族长大伙来推选。
极其低下生产力，共同生活无私产；
随着生产渐发展，社会转折大震撼。
产品开始有剩余，公产私占生贪婪；
社会分裂为阶级，争夺财产战犹酣。
穿越历史路漫漫，闯关夺隘血斑斑；
私有制度生剥削，阶级压迫渐凶残。
奴隶农民搞起义，千秋百代烽火燃；
推倒贪官和帝王，剥削根基仍依然。
且说十月大革命，沙皇专制被推翻；
社会主义始出现，开创历史新纪元。
再讲中国解放前，人民头上三座山；
水深火热悲惨多，民不聊生日难安。
中国诞生共产党，马列主义作指南；
唤起工农千百万，武装起义反黑暗。
反帝反封反官僚，五星红旗鲜血染；
人民掌权做主人，消灭剥削除苦难。

社会主义明方向，深刻革命史空前；
私有制度被废除，公有制度刚扬帆。
改天换地一甲子，创造奇迹胜千年；
阶级斗争仍延绵，全胜须靠持久战。
坚冰之下潜急流，面临复辟有隐患；
和平演变毁苏共，亡党亡国极遗憾。
我党时刻怀警惕，继续革命志如磐；
反修反腐反复辟，全党率先站前线。
共产主义路漫漫，国家消亡还遥远；
万里长征刚开始，不可一步就登天。
四化建设为中心，党的领导须领先；
公有经济得巩固，民主专政如钢坚。
两个决裂付实践，三大差别日缩减；
待到阶级消灭时，共产主义即实现。

启示录

列宁："为了完全消灭阶级，不仅要推翻剥削者即地主和资本家，不仅要废除他们的所有制，而且要废除任何生产资料私有制，要消灭城乡之间、体力劳动者和脑力劳动者之间的差别。这是很长时间才能实现的事业。要完成这一事业，必须大发展生产力，必须克服无数小生产残余的反抗（往往是特别顽强特别难于克服的消极反抗），必须克服与这些残余相联系的巨大的习惯势力和保守势力。""但这个任务比第一个任务更重要，因为归根到底，只有新的更高的社会生产方式，只有用社会主义大生产代替资本主义生产和小生产阶级生产，才能战胜资产阶级所必需的力量的最大泉源，才能是这种胜利牢不可破的唯一保证。"

《中国共产党章程》："坚持社会主义道路、坚持人民民主专政、坚持中国共产党的领导、坚持马克思列宁主义毛泽东思想这四项基本原则，是我们的立国之本。在社会主义现代化建设的整个过程中，必须坚持四项基本原则，反对资产阶级自由化。"

19

主席英名垂千秋

——在毛主席纪念堂的沉思

青松簇拥纪念堂，晨曦朝霞染树梢。
万众肃穆步履重，瞻仰遗容来得早。
心潮起伏思领袖，英明盖世品德高。
阅尽千秋英雄史，更为主席而自豪：
无私无畏出公心，俭朴廉洁全做到。
全心全意为人民，浩然正气冲九霄。
雄才大略盖古今，武略文治实高超。
建党建军和建国，创新马列来指导。
力挽狂浪于败局，化险为夷掀狂飙。
依靠军民扫顽敌，三座大山全摧倒。
高瞻远瞩定方向，社会主义抉择好。
民主公有改天地，四化建设掀高潮。
一日千里创奇迹，日新月异换新貌。
创业维艰守业难，呕心沥血尽操劳。
领导核心共产党，艰苦奋斗防骄傲。
和平演变临危险，反修反腐筑战壕。
领土主权最神圣，不容敌寇动毫毛。
军队建设现代化，全民皆兵把国保。
应对霸权核讹诈，神速制造核尖刀。
统一战线联国际，善于游刃施高招。
反对霸权争和平，中国威望举世高。
主席英名垂千秋，光芒四射照明朝。
历史丰碑高耸立，毛选永远是法宝。

继往开来铸鸿篇，引领改革数风骚。

启示录

习近平："在为中国人民不懈奋斗的光辉一生中，毛泽东同志表现出一个伟大革命领袖高瞻远瞩的政治远见、坚定不移的革命信念、勇于开拓的非凡魄力、炉火纯青的斗争艺术、杰出高超的领导才能。他思想博大深邃、胸怀坦荡宽广，文韬武略兼备、领导艺术高超，心系人民群众、终生艰苦奋斗，为中华民族和中国人民建立了不朽功勋。毛泽东同志属于中国，也属于世界。他不仅赢得了全党全国各族人民爱戴和敬仰，而且赢得了世界上一切向往进步的人们敬佩。毛泽东同志的革命实践和光辉业绩已经载入中华民族史册。他的名字、他的思想、他的风范，将永远鼓舞我们继续前进。"

毛泽东

——人民利益代名词

人民利益高一切，代表就是毛泽东。
开创伟业史无前，忠心耿耿才英明。
宛若江河行大地，恰是日月经太空。
任凭乌云多猖獗，何能遮挡东方红！
国际共运遭挫折，神州大地闹邪风。
修正主义一猖獗，妖魔鬼怪大出笼。
妄图复辟旧社会，最大障碍毛泽东。
霸权内奸紧勾结，集中火力来进攻。
用尽阴谋和诡计，毒箭射向毛泽东。
罗列累累滔天罪，造谣抹黑超水平。
人民义愤终爆发，奋起保卫毛泽东。
铲除腐败维正义，誓斩妖魔和元凶。
战斗漫长未终期，穷追猛打不放松。
我党胜利成必然，推进历史靠工农。

启示录

习近平："毛泽东同志是伟大的马克思主义者，伟大的无产阶级革命家、战略家、理论家，是马克思主义中国化的伟大开拓者，是近代以来中国伟大的爱国者和民族英雄，是党的第一代中央领导集体的核心，是领导中国人民彻底改变自己命运和国家面貌的一代伟人。"

大公无私如日月

——在中南海毛主席故居的沉思

非凡抱负高于天，寻觅真理擎马列。
扭转乾坤开新路，雄才大略惊世界。
经天纬地著雄文，开天辟地创伟业。
指引人民争解放，反对压迫和剥削。
崇高气节泣鬼神，七位亲人成豪杰。
勇上刀山抛头颅，敢闯火海洒热血。
公者浩气盖古今，满门忠诚皆英烈。
建党建军建新国，英明无比树气节。
功高盖世愈谦虚，彻底与私作决裂。
克己奉公了一生，艰苦奋斗最廉洁。
屋内一张大木床，一半放书为研学。
另半堆放补丁衣，困倦睡觉歇一歇。
平时茶水和饭菜，皆属贫民同序列。
那年灾荒得浮肿，是因营养少又缺。
二级工资开支紧，住房设备交租竭。
自己动手著雄文，稿酬交公不留截。
身后遗稿都归公，财产继承全灭绝。
为了子女融民众，费尽神思解心结。
帝王首相作比较，真是天差及地别。
心系民众总忧思，严防特权毁伟业。

伟人情怀宇宙宽，崇拜人民新境界。
大公无私垂风范，主席思想如日月。

启示录

习近平：“毛泽东同志最突出最伟大的贡献，就是领导我们党和人民找到了新民主主义革命的正确道路，完成了反帝反封建的任务，建立了中华人民共和国，确立了社会主义基本制度，取得了社会主义建设的基础性成就，并为我们探索建设中国特色社会主义的道路积累了经验和提供了条件，为我们党和人民事业胜利发展、为中华民族阔步赶上时代发展潮流创造了根本前提，奠定了坚实的理论和实践基础。”

功与过

——毛主席崇拜人民

伟大领袖毛主席，人民万岁出他口。
深知领袖来复去，唯有人民永不朽。
勇立时代潮流前，运筹帷幄他为首。
改天换地指方向，领导人民去奋斗。
建党建军建新国，丰功伟业震五洲。
大公无私严律己，勇于纠错和解剖。
群众由衷热爱他，高呼万岁出心头。
然则有人狂诬蔑，颠倒是非加诅咒。
嗤声嗡嗡如蚊叫，施展伎俩报私仇。
小丑表演越无耻，身败名裂越恶臭。
主席英明抹不黑，雄才大略耀神州。
太阳虽然有黑子，光辉永远照宇宙。

启示录

邓小平："毛泽东思想过去是中国革命的旗帜，今后永远是中国社会主义事业和反霸事业的旗帜，我们将永远高举毛泽东思想的旗帜前进。"

郁达夫："一个没有伟大的人物出现的民族，是世界上最可怜的生物之群；有了伟大人物而不知拥护、爱戴、崇仰的国家，是没有希望的奴隶之邦。"

韶山情思

——瞻仰毛主席韶山故居

青山松林绕云霞，韶山土房住农家。
门前池塘映绿茵，并非仙境却幽雅。
晨曦光芒照山冲，奇峰山崖披彩霞。
钟灵毓秀未必是，地凡人杰万众夸。
耳听山泉知国事，眼观五洲思华厦。
少年走出山寨关，雄才大略志远大。
改造中国和世界，只用行动作回答。
腥风血雨反潮流，任何危险都不怕。
国难当头揭竿起，创建红军灭凶邪。
马列指导掌乾坤，三大法宝威力大。
红旗高举聚民众，南北征战把敌杀。
摧毁万恶旧社会，创建伟大新中华。
人民做主党领导，民主平等建四化。
社会主义存国度，强国富民泽天下。

启示录

习仲勋同志晚年瞻仰毛主席故居时题词写道："坚持毛主席亲自诠释的毛泽东思想。"

马克思："哲学家们只是用不同的方式解释世界，而问题在于改变世界。"

车尔尼雪夫斯基："每一个伟大人物的历史意义，是以他对祖国的功勋来衡量的，他的人品是以他的爱国行为来衡量的。"

开慧精神贯长虹

——读杨开慧一封书信

风雨如磐黑暗中，恐怖席卷鲜血红；
丈夫生死久未卜，女中豪杰心忧忡。
万劫难逃何所惧，一颗丹心在跳动；
油灯暗淡写长信，倾泻心声情感浓。
字字情丝紧缠绵，句句如雷震宇空；
纵使死去千百回，生死跟定毛泽东。
面对死神不畏惧，惜别孩儿伤心重；
三个幼儿何处去，梦魇萦回脑海中。
牺牲我小为革命，成功我大志向宏；
舍生取义无反顾，慨然赴死只为公。
书信无法传出去，只好塞进砖墙缝；
日月传情半世纪，夫妻先后见马翁。
房屋修缮方发现，瑰宝顿时放光明；
读罢书信再重读，感天动地震心灵。
视死如归重泰山，崇高品格人称颂；
巾帼英豪旷世闻，伟大精神贯长虹。

注释：（1）2011 年 5 月笔者和中国华文教育基金会全体同志拜谒杨开慧纪念馆，读杨开慧书信，心灵深受震撼。（2）杨开慧 1930 年 10 月被反动派逮捕，11 月 14 日，于浏阳门外识字岭英勇就义，年仅 29 岁。杨开慧被捕之前，写给毛泽东的长篇书信，此信共 4200 余字，塞进板仓杨家住房墙壁砖缝里，时过半个世纪多的 1982 年 3 月 10 日，老屋修缮时才被发现，这封信所表达的崇高而伟大的献身精神永远大放异彩。

启示录

毛泽东：“人总是要死的，但死的意义有不同。中国古时候有个文学家叫司马迁的说过：‘人固有一死，或重于泰山，或轻于鸿毛。’为人民利益而死，就比泰山还重；替法西斯卖力，替剥削人民和压迫人民的人而死，就比鸿毛还轻。”

缅怀周总理

——拜谒中南海西花厅

西花厅院幽静安，年复一年不平凡；
海棠常思做美梦，英魂乘鹤回故园。
风度翩翩神炯炯，步伐匆匆来上班；
伏案疾书大半天，为给大会提方案。
搁下神笔伸伸腰，深情环视全庭院；
忙忙碌碌闲不住，出院就往机场赶。
内政外交多少事，争分夺秒尽快干；
邢台地震酿灾害，身临前线去督办。
文革期间乱事多，亲自处理排万难；
身患绝症苦挣扎，鞠躬尽瘁心如丹。
英风犹在史空前，卓然千古重泰山；
人民思念将永恒，爱心汇聚成无限。
海棠思绪缠绵绵，悲恸难抑动情感；
繁花绽放白茫茫，簇拥总理笑粲然。

启示录

毛泽东：“为有牺牲多壮志，敢教日月换新天。”“对革命无限忠诚，为人民鞠躬尽瘁。”

烈士家书浩气宏

——参观南京雨花台烈士纪念馆有感

烈士家书浩气宏，胜于天书贯苍穹；
献身伟业志不移，临死挥毫表精忠。
心迹跃然在纸上，誓言铿锵震长空：
短暂人生历艰险，为了真理向前冲。
枪林弹雨勇穿越，踏上刀山立战功；
叛徒出卖被逮捕，受尽酷刑数十种。
身陷囹圄不低头，面对死神无慌恐；
严刑拷打全徒劳，威胁利诱心不动。
革命理想高于天，造反有理守初衷；
数日即将赴刑场，真情融于书信中：
孩儿铭记父母恩，参加革命为民众；
忠心跟着共产党，南征北战得光荣；
杀身成仁为正义，为民捐躯心从容；
父母不要太悲伤，千万节哀多保重；
只要二老身体好，儿在异域做美梦：
待到全国解放时，同唱凯歌东方红！
读罢书信泪淋淋，肃然敬仰和尊崇；
感动天地英雄志，继承遗愿到始终。
五星红旗高举起，不忘烈士血染红；
革命到底是天职，永冲前线打先锋。

注释：1927年蒋介石发动了“四·一二”反革命政变后，雨花台成为国民党反动派杀害革命人民的刑场。数万名共产党人和爱国志士为了人民的解放事业，在此献出了宝贵的生命，谱写了中国革命史上悲壮的史篇。为缅怀先烈、教育人民，党和政府于1950年在雨花台兴建了烈士陵园，于1984年4月至1987年1月5日兴建雨花台烈士纪念馆，共陈列了127位革命烈士的英勇斗争事迹。

启示录

列宁："暴力是整个资本主义彻底崩溃和社会主义社会诞生的必然伴侣。暴力将是一个世界性的历史时期，是充满着各式各样战争的整个时代。"

方志敏："敌人只能砍下我们的头颅，决不能动摇我们的信仰！因为我们信仰的主义，乃是宇宙的真理！为着共产主义牺牲，为着苏维埃流血，那是我们十分情愿的啊！"

祭革命先烈

清明节时雨纷纷，神州大地祭英魂。
朵朵白花牵思念，声声心语恸人心。
先烈功勋垂万古，冲锋陷阵扭乾坤。
开天辟地建伟业，捐躯洒血为人民。
品崇德高感天地，气壮山河重千钧。
继承遗志化宏图，社会主义万年春。

启示录

马克思："历史把那些为共同目标工作而自己变得高尚的人称为最伟大的人物；经验证明那些为大多数人带来幸福的人是最幸福的人。"

毛泽东："无数革命先烈为了人民的利益牺牲了他们的生命，使我们每个活着的人想起他们就心里难过。难道我们还有什么个人利益不能牺牲，还有什么错误不能抛弃吗？"

狼牙山五壮士

狼牙交错塑险峰，抗日战争立奇功。
五位壮士勇献身，慷慨悲歌天地惊。

注释：笔者于1966年10月和同学步行去狼牙山拜谒英雄纪念碑，

并聆听幸存战士葛振林讲述五壮士在狼牙山开展抗日战争的事情。时隔50年余，笔者于2017年5月和几位七八十岁老人一起去瞻仰五壮士纪念碑并参观革命展览馆。

启示录

毛泽东："成千成万的先烈，为着人民的利益在我们的前头英勇的牺牲了。让我们高举起他们的旗帜，踏着他们的血迹前进吧！"

群星璀璨

——略览中华历史篇章

（一）

百多万年长积累，社会速变几千年；
石器过渡到金属，历史跳跃舞翩跹。
六千年前造铜器，促进生产大发展；
四千年前用铁器，引发历史突巨变。
机械电力作牵引，加速发展更明显；
社会分裂为阶级，斗争弥漫烽火烟。
对立对抗长延续，社会前进似螺旋；
当代社会正转折，消灭阶级路漫漫。
回眸历史数千年，众人皆可成圣贤；
如何阐述此谜底，应请谁人作指点？
泰山无私来见证，综观历史作判断；
深思熟虑发信息，巅峰云霄传闪电。
古今圣贤非凡处，皆为社会大贡献；
符合时代大潮流，业绩成就很拔尖。
中华文明数千年，孕育圣贤千百万；
犹如浩瀚大太空，繁星灿烂多耀眼。
自古英雄多磨难，从来圣贤重实践；

贡献社会相对大，以其事实做检验。

（二）

翻开中华灿烂史，人才辈出不一般；
创造历史大事件，太多可点又可圈。
部落首领尧舜禹，克己奉公又勤勉；
组织筹谋善运作，社会进展较稳健。
孔子名高实难至，拒传宗教不简单；
造纸印刷蔡毕氏，开启智慧超平凡；
发明火药指南针，改造世界新手段；
李冰治水名天下，巧造奇特都江堰；
黄婆发明织布机，纺织技术大改善；
数学奇才祖冲之，圆周率上创概念；
药学名医李时珍，本草纲目可灵验。
孙武论战耀史册，孙子兵法数经典；
屈子爱国遭贬黜，愤书离骚留诗卷；
先秦法家韩非子，革新思想曾领先；
辨释千秋写典籍，史记来自司马迁；
佳作天说封建论，出自法家柳宗元；
严谨研史司马光，资治通鉴有创见；
四大名著放光华，文学史上受点赞。

（三）

少数君臣志向高，朝代兴亡作借鉴；
自强不息有作为，治国功成可震撼。
秦皇图强创伟业，统一六国显威严；
汉武雄才罪己诏，鼎盛之世早创建；
提倡汉化孝文帝，中华文明继相传；
唐宗选贤兼听谏，贞观之治较全面；
宋祖集权治分裂，安邦盛世可赞叹；
成吉思汗重武功，横扫千军拓疆边；
监察明律朱元璋，洪武之治渐安全；

朱棣固边重生产，永乐盛世实可观。
商鞅变法身殉职，为秦励精却蒙冤；
改革大家王安石，变法强宋较明显；
岳飞抗金八千里，遭受残害极遗憾；
民族英杰文天祥，留取丹心耀千年；
苟利国家林则徐，抗英虎门烧鸦片；
戊戌变法救清衰，蒙受追杀梁康谭。

（四）

剥削压迫和屠杀，反抗斗争成必然；
官逼民反威力大，翻天覆地有源泉。
江山代代英雄出，挥舞旌旗遍城乡；
造反有理聚民心，揭竿起义震河山。
打击官僚和恶霸，奴隶农民稍松绑；
推动社会有进步，革命精神永无疆。
奴隶起义柳下跖，推动封建早出现；
陈胜吴广大起义，秦朝灭亡无悬念；
张角揭竿黄巾立，重创汉朝苟残喘；
李密率领瓦岗军，打击隋朝成瘫痪；
黄巢冲天举义旗，猛攻唐朝败得惨；
起义连绵数百次，逼使宋朝终沦陷；
红巾起义风云涌，元朝气尽全腐烂；
起兵闯王李自成，攻打明朝彻底残；
太平天国洪秀全，反清斗争战火燃；
辛亥革命孙中山，伟业未竟却长眠。

（五）

天昏地暗旧中国，外侵内乱大混战；
民不聊生到极点，谁来拯救于深渊？
且看中国共产党，革命理想高于天；
领导人民闹革命，三座大山被推翻。
社会主义指方向，革命到底不迷帆；

立党为公大发扬，执政为民掌好权。
廉政勤政做得到，知行统一为誓言；
全心全意为人民，国强民富保平安。
伟大旗手李大钊，高举马列亮利剑；
人民领袖毛泽东，扭转乾坤史空前。
崇高伟人周恩来，鞠躬尽瘁英名传；
朱德胆略实高超，功勋卓著巍如山。
革命斗士方志敏，坚贞不屈英雄汉；
文化旗手是鲁迅，冲锋陷阵反黑暗。
国际战士白求恩，热爱中国真肝胆；
巾帼豪杰刘胡兰，面对铡刀心如丹。
革命战士张思德，勤奋烧炭为前线；
炸毁敌堡董存瑞，视死如归出志愿。
大庆工人王进喜，豁出性命开油田；
县委书记焦俗禄，为民脱贫作典范。
科研人员搞创新，呕心沥血攀尖端；
埋头苦干屠呦呦，菁蒿素药创新篇。
科技代表钱学森，回国吃苦搞科研；
两弹一星创奇迹，青春奉献沙漠间。
航天先锋杨利伟，遨游太空敢冒险；
航母蛟龙游海洋，战天斗地勇克难。
保卫领土重千钧，对准敌寇出重拳；
国歌悲壮震长空，英勇无畏抗霸权。
大寨集体新农村，大道光明无穷限；
共同富裕聚民心，星星之火可燎原。
到处都有活雷锋，无私奉献受崇善；
四化战线涌群英，祖国栋梁比钢坚。
终生为民做好事，人人皆可成圣贤；
英才辈出事业兴，群星璀璨到永远。
冲锋号声动天地，继续长征战犹酣；

各族群众团结紧，高兴红旗永向前。

注释：（1）中国古代四大发明，史籍记载为据，造纸术是东汉时代蔡伦发明的；活字印刷术是北宋时代毕昇发明的；火药是9世纪后期唐末问世的，由唐初孙思邈在古代炼丹家发明的基础上配方制作的；指南针是北宋后期航海开始使用，后由北宋杰出科学家沈括制作和使用。（2）织布机是宋代黄道婆发明的，现在考古发现更早期的极至精美的丝织品。（3）北魏是由鲜卑族拓跋氏建立的封建王朝，孝文帝执政九年间明确推行汉文化。历史证明：少数民族征服和统治大民族，总体来说，在文化方面，被大民族所同化是必然的规律。只不过，北魏孝文帝能审时度势，比较自觉提出鲜卑族融入汉族文化的措施，以利于巩固其统治地位。（4）宋祖赵匡胤的“文治盛世”为史籍记载，本诗用“安邦盛世”，着重指他在北宋之初，平定四分五裂，统一国家。（5）宋朝农民起义数百次，不是大规模的带有全国性的，其中规模较大的有：993年，王小波、李顺在四川青城起义；1119年，以山东梁山泊为据点的宋江农民起义，后被招安；1120年，方腊在浙江睦州起义；1130年，钟相、杨幺在洞庭湖一带起义；等等。（6）红巾起义是指1351—1366年韩山童、刘福通、徐寿辉等领导的起义。（7）梁康谭，是指戊戌变法的主要人物梁启超、康有为、谭嗣同。（8）一批经过大风大浪保留下来的以公有制为基础的农村是中国社会主义新农村发展的方向。

启示录

毛泽东：“阶级斗争，一些阶级胜利了，一些阶级消灭了。这就是历史，这就是几千年的文明史。拿这个观点解释历史的就叫做历史的唯物主义，站在这个观点的反面的是历史的唯心主义。”

恩格斯在《共产党宣言》德文版序言中写道：“《宣言》中始终贯彻的基本思想，即每一个时代的经济生产以及由此必然产生的社会结构，是该时代政治的和精神的历史的基础；因此（从原始公有制解体以来）全部历史都是阶级斗争的历史，即社会发展的各个阶段上被剥削阶级和剥削阶级之间、被统治阶级和统治阶级斗争的历史；而这个斗争已经达到这样一个阶段，即被剥削被压迫的阶级（无产阶级），如果不同时使整个社会永远摆脱剥削、压迫和阶级斗争，就不能使自己从剥削它压迫它的那个阶级（资产阶级）下解放出来——这个基本思想完全是属于马克思一个人的。”

20

古田会议放光芒

我军建立经风雨，古田会议定大局。
枪杆里面出政权，党来领导擎战旗。
支部建在连队上，组织健全为前提。
政治工作树旗帜，源自实践新创举。
胜利之本是民众，军民整合成一体。
为民扛枪去打仗，爱憎分明不迷离。
纠正错误挖根源，全军思想求统一。
生活民主大发扬，生动活泼有生机。
官兵平等互关怀，上下一致团结力。
一切行动听指挥，严明严格执纪律。
南征北战得验证，彰扬决议是真理。
正确路线显神威，所向披靡势无敌。
埋葬万恶旧社会，开创伟大新世纪。
铭记古田会议史，红色基因传到底。
转变思想铸军魂，继续砥砺夺胜利。
当下风云常变幻，现代战争藏诡秘。
与时俱进能应变，军事变革争朝夕。
瞄准全球搞创新，决议原则不可离。
海陆空天成立体，兵种协调须得力。
打造神奇杀手锏，借助宇空网络系。
战略战术合实际，选择打击应霹雳。
打起仗来显神威，居高临下夺胜利。

注释：《关于纠正党内的错误思想》是毛泽东同志 1929 年 12 月为中国共产党红军第四军第九次代表大会写的决议的第一部分。这个决议，使红军肃清旧式军队的影响，完全建立在马克思列宁主义基础上。

启示录

习近平：“在古田会议召开 85 周年之际，我们再次来到这里，目的是寻根溯源，深入思考当初是从哪里出发的、为什么出发的。”“历史，往往在经过时间沉淀后可以看得更加清晰。回过头来看，古田会议奠基的政治工作对我军生存发展起到了决定性作用。”

遵义会议扭乾坤

井冈雄风卷战戟，红军所向正披靡。
“左”倾断送根据地，被迫战略大转移。
长征开局大失利，八万只剩两万几；
乌云滚滚内外急，全军想念毛主席。
千钧一发临生死，遵义会议作决议；
全党拥护毛泽东，正确路线重确立。
力挽狂浪扭乾坤，转危为安惊天地；
长征胜利达延安，中国革命开新局。
民心向往党中央，马列创新山沟里；
巍巍宝塔放光芒，狂飙席卷风雷激。
抗日消灭法西斯，三大战役扫蒋敌；
开天辟地建新国，神州飘扬五星旗。
缅怀历史心潮激，我党通晓大道理：
遵义会议放光芒，路线正确必胜利。

注释：中央主力红军 1934 年 10 月 10 日出征时，有 86000 人，到遵义时只剩近 3 万人。遵义会议是指 1935 年 1 月 15—17 日，中共中央政治局在贵州遵义召开的一次极其重要的扩大会议。举世闻名的遵义会议，是中国共产党历史上一个生死攸关的转折点。这次会议，确立了毛泽东同志在党和红军中的领导地位，结束了王明“左”倾教条主义在党内的统治，从而使党领导的民主革命和革命战争转危为安，转败为胜，从此中国革命不断从胜利走向胜利。

启示录

习近平：“长征途中，党中央召开的遵义会议，是我们党历史上一个生死攸关的转折点。这次会议确立了毛泽东同志在红军和党中央的领导地位，开始确立了以毛泽东同志为主要代表的马克思主义正确路线在党中央的领导地位，开始形成以毛泽东同志为核心的党的第一代中央领导集体，这是我们党和革命事业转危为安、不断打开新局面最重要的保证。”

七届二中奠国基

全国解放临前夕，二中全会奠国基。
高瞻远瞩有预见，根本战略作决议。
军事胜利建新国，工作重点在哪里？
农村转移到城市，军事转移到经济。
坚持建设为中心，巩牢政权筑根基。
围绕建设搞政治，稳定社会严治理。
民主革命得胜利，社会主义即开始。
节制资本须坚持，公私纷争将长期。
两条道路常冲突，阶级斗争不放弃。
坚决镇压反动派，粉碎敌特施诡计。
糖衣炮弹要严防，两个务必应牢记。
六十余载沧桑变，举世瞩目创伟绩。
坚冰之下藏险恶，全会预见显神奇。
今朝认真再研读，报告通篇是真理。
社会主义要继续，反帝反修反复辟。

加快四个现代化，中国磅礴速崛起。

注释：中国共产党第七届中央委员会第二次全体会议，1949 年 3 月 5—13 日举行于河北省平山县西柏坡村。毛泽东在这次会议上所作的报告，提出在全国胜利的局面下，党的工作重心和中心的转移，以及在政治、经济、外交方面应当采取的基本政策；指出了中国由农业国转变为工业国、由新民主主义社会转变为社会主义社会的发展方向；指出限制和反限制，将是新民主主义国家内部阶级斗争的主要形式；提出了警惕资产阶级“糖衣炮弹”腐蚀和坚持“两个务必”的要求。

启示录

习近平：“当年党中央离开西柏坡时，毛泽东同志说是‘进京赶考’。60 多年过去了，我们取得了巨大进步，中国人民站起来了，富起来了，但我们面临的挑战和问题依然严峻复杂，应该说，党面临的‘赶考’远未结束。”

列宁：“无产阶级专政是新阶级对更强大的敌人、对资产阶级进行的最英勇和最无情的战争，资产阶级的反抗，因为自己被推翻（是在一个国家内）而凶猛十倍。它的强大不仅在于国际资本的力量，不仅在于它的国际关系牢固有力，而且在于习惯的力量，小生产的力量。因为，可惜现在世界上还有很多很多小生产，而小生产是经常地、每日每时地、自发地和大批地产生着资本主义和资产阶级的。由于这一切原因，无产阶级专政是必要的，不进行长期的、顽强的、拼命的、殊死的战争，不进行需要坚持不懈、纪律严明、坚韧不拔和意志统一的战争，便不能战胜资产阶级。”

晨曦的激情

——中国共产党人的理想

一轮红日正初升，晨曦光芒摧阴影；
云霞飞扬漫天际，万籁俱寂被唤醒。
宛如闪电划长空，国际悲歌响苍穹；
故国沉睡几百年，终在烈火中重生。
凤凰涅槃再翱翔，神州风雷滚滚动；
磨难积蓄愈长久，反抗力量愈震惊。

亿万人民齐奋起，翻天覆地怀激情；
枪林弹雨洒热血，横扫黑暗迎光明。
砸碎万恶旧社会，人民做主国振兴；
领导核心共产党，一心为民来执政。
三大改造奠国基，消灭剥削得公平；
社会主义无限好，马列主义指前程。
宏图伟业定实现，战士冲锋怀愿景；
穿越多少曲折路，甘为理想抛生命。
不管征途多险恶，刀枪丛中觅前行；
彻底消灭私有制，披荆斩棘勇驰骋。

启示录

毛泽东："我们共产党人从来不隐瞒自己的政治主张。我们的将来纲领或最高纲领，是要将中国推进到社会主义社会和共产主义社会去的，这是确定的和毫无疑义的。我们的党的名称和我们的马克思主义的宇宙观，明确地指明了这个将来的、无限光明的、无限美妙的最高理想。每个共产党员入党的时候，心目中就悬着为现在的新民主主义革命而奋斗和为将来的社会主义和共产主义而奋斗这样两个明确的目标，而不顾那些共产主义敌人的无知的和卑劣的敌视、污蔑、谩骂或讥笑；对于这些，我们必须给出以坚决的排击。对于那些善意的怀疑者，则不是给以排击而是给以善意的和耐心的解释。所有这些，都是异常清楚、异常确定和毫不含糊的。"

习近平："中国共产党之所以叫共产党，就是因为从成立之日起我们党就把共产主义确立为远大理想。"

南街村集体化

东风浩荡百花开，南街村庄真精彩。
蓝天白云映田园，流水潺潺来灌溉。
农民集体耕耘忙，广阔大地当舞台。
精耕细作机械化，高产丰收成常态。
工业生产大发展，城乡差别面貌改。

文化教育大繁荣，觉悟标志新时代。
按劳分配加福利，平等空前充满爱。
安居乐业勤劳动，讨薪苦恼不存在。
没有贫穷和富翁，认知共同富裕好。
男女老少都欢喜，丰衣足食感自豪。
整个社区多和谐，腐败犯罪很难找。
干群团结为集体，社会主义作领跑。
道路自信得验证，坚定拥护党领导。
改革巩固公有制，三农建设有法宝。
广场庄严有特色，不来此地想不到。
主席塑像高耸立，犹如红日中天照。

注释：(1) 1997 年，中央纪委调研组到河南省调研，参观南街村的街道、农田、工厂、学校、托儿所、幼儿园、民居、宾馆，并与村干群座谈，听取村党支部书记王宏斌作村情况介绍。(2) 张爱萍同志对南街村实行集体化事业蓬勃发展感慨万千，题词写道："山穷水尽疑无路，柳暗花明南街村。"

启示录

邓小平："中国根据自己的经验，不可能走资本主义道路。……如果走资本主义道路，可能在某些局部地区少数人更快地富起来，形成一个新的资产阶级，产生一批百万富翁，但顶多也不会到人口的百分之一，而大量的人仍然摆脱不了贫穷，甚至连温饱问题都不能解决。只有社会主义制度才能从根本上解决摆脱贫穷的问题。所以我们不会容忍有的人反对社会主义。"

塘约道路

是非成败酿觉悟，塘约道路燃火炬。
民心向往党领导，凯歌猛进开新宇。

注释：2014年，贫困村塘约被一场洪水洗劫更加贫困，他们成立了“村社合一”组织，全村重新组织起来，抱团发展，开始在社会主义集体化道路前进，用两年多时间奇迹般地改变了贫穷落后的面貌。

启示录

毛泽东：“只有社会主义才能救中国。”

列宁：“为了取得胜利，为了建立和巩固社会主义，无产阶级应当解决双重的或二位一体的任务：第一，用反对资本的革命斗争的无限英勇精神吸引全体被剥削群众，吸引他们、组织他们、领导他们去推翻资产阶级和完全粉碎资产阶级的一切反抗；第二，把全体被剥削劳动群众及所有小生产者阶层引上新的经济建设的道路，引上建立新的社会关系、新的劳动纪律、新的劳动组织的道路，这种劳动组织把科学和资本主义技术的最新成果同创造社会主义大生产的自觉工作者大规模的联合结合起来。”“但这个任务比第一个任务更重要，因为归根到底，只有新的更高的社会生产方式，只有用社会主义大生产代替资本主义生产和小资产阶级生产，才是战胜资产阶级所必须的力量的最大泉源，才能是这种胜利牢不可破的唯一保证。”

党和人民有所思

闻道人间多变时，眼前世事不胜畸。
富豪权贵施淫威，平民百姓竟可欺。
公有财产被掠夺，贫富分化成两极。
天怒地怒人愤怒，党和人民有所思。
开创新局十八大，迎来变革沐晨曦。
我党威信逐高涨，民心所向势无敌。
反贪惩腐反特权，消灭剥削维正义。
众志成城齐奋斗，社会主义必胜利。

启示录

列宁："托洛斯基和布哈林把事情说成这样：我们所关心的是提高生产，而你们所关心的是形式上的民主。这样说是不对的。因为全部问题就在于（从马克思主义的观点来看，也只能在于）：一个阶级如果不从政治上正确处理问题，就不能维护它的统治，因而也就不能解决它的生产任务。"

邓小平："社会主义的目的就是要全国人民共同富裕，不是两极分化。如果我们的政策导致两极分化我们就失败了；如果产生了什么新的资产阶级，那我们就真是走了邪路了。"

依宪共富

先富带后富，共同皆富裕。
梦想要实现，如何落实处。
两极已分化，无视愚如猪。
迷津已破解，中央指出路。
依宪来治国，公有为基础。
按劳来分配，所得有尺度。
实现此平等，应当识时务。
人民来做主，公有促共富。

启示录

中华人民共和国宪法规定："中华人民共和国的社会主义经济制度的基础是生产资料的社会主义公有制，即全民所有制和劳动群众集体所有制。社会主义公有制消灭人剥削人的制度，实行各尽所能、按劳分配的原则。国家在社会主义初级阶段，坚持公有制为主体、多种所有制经济共同发展的基本经济制度，坚持按劳分配为主体、多种分配方式并存的分配制度。""国有经济，即社会主义全民所有制经济，是国民经济中的主导力量。国家保障国有经济的巩固和发展。"

劳工解放

——读《共产党宣言》

历史长河数千年，代代沙场烽火烟。
阶级斗争夺政权，私有制度是根源。
千古世道要改变，劳工解放依《宣言》。
彻底废除私有制，利益一体成乐园。

启示录

马克思、恩格斯《共产党宣言》：“共产党人可以把自己的理论概括为一句话：消灭私有制。”

登高望远

——再读《共产党宣言》感想

莫在山沟长居住，局限视线偏一隅。
攀登高山立巅峰，望远星空观环宇。
资本主义几百年，贫富两极民受苦。
竞争垄断常火拼，两次大战有纪录。
尸体遍野数千万，无辜群众断头颅。
两战之后新气象，社会主义昭前途。
风起云涌烽火起，人民革命迈阔步。
前进道路总曲折，妖魔鬼怪造迷雾。
国际风云急变幻，苏联蜕变走邪路。
霸权主义更猖獗，环球掠夺常动武。
两极分化愈厉害，悲惨世界还如故。
马列思潮再掀起，无产阶级正觉悟。
锤炼忠诚一颗心，解放思想砸桎梏。

平等如何能实现？消灭剥削除腐恶。
辉煌胜利新中国，全球民众受鼓舞。
联合世界无产者，共同奋斗辟新路。
铲除根源私有制，消灭剥削同共富。
鲜红太阳照全球，共产主义全民福。

启示录

马克思恩格斯在《共产党宣言》中指出：“思想的历史除了证明精神生产随着物质生产的改造而改造；还证明了什么呢？任何一个时代的统治思想始终都不过是统治阶级的思想。”“共产党一分钟也不忽略教育工人尽可能明确地意识到资产阶级和无产阶级的敌对的对立。”

列宁：“政治与经济相比不能不占首位，不肯定这一点，就忘记了马克思主义的最起码常识。”“可是，如果说（或者只是表达了这种思想）从政治上看问题和‘从经济上’看问题有同样的价值，‘二者’都可以采用，这就是忘记了马克思主义的最起码常识。”“因为全部问题就在于（从马克思主义的观点看来，也只能在于）：一个阶级如果不从政治上正确地处理问题，就不能维持它的统治，因而也就不能解决它的生产任务。”

邓小平：“社会主义的本质，是解放生产力，发展生产力，消灭剥削，消除两极分化，最终达到共同富裕。”

历史的借鉴

——苏联改革的反思

戈氏当上总书记，登上政治大舞台。
创新思维搞改革，摇旗呐喊动地来。
阴谋搞垮共产党，抛弃马列怀鬼胎。
许诺废除公有制，量化个人发大财。
许多民众听朦胧，憧憬未来尽喝彩。
议会大厦起反对，叶氏炮打予击败。
如同山洪大爆发，休克疗法大作怪。
权贵寡头夺公产，天堂地狱两分开。

政变残忍太绝情，有人悲伤有人爱。
诺贝尔奖授戈氏，西方如此施慷慨。
改革福音变灾难，民众遭殃受祸害。
梦魇醒来揉眼睛，受骗后悔已无奈。
贫民仰望天茫然，愤怒积聚在忍耐。
于无声处听惊雷，权贵末日正等待。

注释：戈尔巴乔夫 1991 年 8 月 24 日声明辞去苏共总书记职务，并要求苏共中央“自行解散”。他因替帝国主义效劳有功，在苏联实现了和平演变，而被西方国家授予诺贝尔和平奖。叶利钦因推行“休克疗法”的大规模私有化遭到议会反对，1993 年 10 月 4 日命令武装部队炮打议会大厦，造成重大伤亡。

启示录

列宁：“只有承认阶级斗争，同时也承认无产阶级专政的人，才是马克思主义者。马克思主义者同庸俗小生产者（以及大资产者）之间的最大区别就在这里。必须用这块试金石来测验是否真正了解和承认马克思主义。”

恩格斯：“竞争最充分地反映了流行在市民社会中的一切人反对一切人的战争。……工人彼此竞争，资本家也彼此竞争。”其中，“工人彼此间的这种竞争对于工人来说是现代各种关系中最坏的一面；这是资产阶级对付无产阶级的最有力的武器。因此，工人竭力利用工会来消灭这种竞争，而资产阶级则疯狂地向这些工会进攻，工会每受到一次打击，他们都拍手称快。”

台湾岛之情

登高遥望台湾岛，骨肉分离恨眉梢。
岁月消逝愈思念，潸然泪下付波涛。
无数夜间仰长空，希冀婵娟慰台胞。
台独分裂千古罪，历史严惩绝不饶。
两岸同胞齐奋斗，为国统一立功劳。

金瓯一体创盛世，中华辉煌五洲耀。

启示录

毛泽东："我们中华民族有同自己的敌人血战到底的气概，有在自力更生的基础上光复旧物的决心，有自立于世界民族之林的能力。"

访问台湾

越过海峡波涛啸，来到梦中台湾岛。
同胞初见不相识，内心想法不知道。
会议座谈十多次，热情温度渐升高。
争先恐后作发言，声声入耳叙友好。
中华文化是同根，皆为共识而自豪。
同族同根同语言，血浓于水著风骚。
为了祖国早统一，两岸人民在操劳。
共斥台独搞分裂，同为两岸争合好。
上述观点非主流，因有两党在阻挠。
不统不独与台独，皆将美国作依靠。
美国操纵台两党，玩弄民主实高超。
维持分裂无限期，和平统一被冷嘲。
反对分裂有法律，武统和统皆法宝。
两手准备须充分，促进统一早来到。

注释：2012 年 9 月，中国全国政协有关文化交流代表团应台湾中华侨联总会的邀请，到台湾参加中华文化研讨会。

启示录

毛泽东："台、澎、金、马是中国的领土，这一点你们是同意的，见之于你们领导人的文告，确实不是美国人的领土。台、澎、金、马是中国的一部分，不是另一个国家。世界上只有一个中国，没有两个中国。这一点也是你们同意的，见之于你们领导人的文告。你们领导人与美国人订立军事协定，是片面的，我们不承认，应予废除。美国从总有一天肯定要抛弃你们的。你们不信吗？历史巨人会作出证明的。"（毛主席 1958 年 10 月 6 日晨起草完毕中华人民共和国国防部长彭德怀《告台湾同胞书》）

反独促统必胜利

——访问台湾有感

正是秋风来临时，我团飞越临宝岛；
日思夜想总牵挂，同胞会面心潮高。
台方认真搞接待，活动安排有成效；
中华文化为主题，多次会议作研讨。
两岸血脉同根生，追根溯源认同胞；
同宗同族同文化，中华民族值骄傲。
华文传统有优劣，弘优去劣作主导；
存劣去优灭根本，是非功过都颠倒。
台湾有个小故宫，皆与大陆同符号；
民居街道和寺庙，两岸基本同风貌。
民俗民风和礼仪，多与大陆无异道；
尽管百年殖民史，华文存续还不少。
值得一提镇南宫，翡翠妈祖闪光耀；
信徒最早赴大陆，寻宗祭祖受阻挠。
一支船队破浪行，到达秀屿妈祖庙；
祈求妈祖保平安，两岸统一法光照。
回台被诉违法令，首领骨干进监牢；

破冰之旅开先河，他们如今很自豪。
铸造民族之特性，作为华教好材料；
共知共识共愿景，祖国统一早来到。
台湾两党虽不同，隐独显独交替闹；
反独促统任务重，文武运作结合好。
和统竭力去争取，华文教育作一招；
倘若和统遭破坏，武统被逼挥钢刀。
反独促统为中心，华文教育认真搞；
抓紧教育下一代，思想基础要打牢。
我团到处受欢迎，时有鸣放长鞭炮；
热情洋溢到始终，对酒引歌激高潮。
日月阿里美如画，为给祖国添妖娆；
泰山黄河耀神州，两岸同胞共拥抱。

注释：（1）2012 年 9 月，中国全国政协有关文化交流代表团应台湾中华侨联总会的邀请而访问台湾。（2）台湾镇南宫寺庙信徒中，有一批渔民 20 世纪 80 年代初，以镇南宫妈祖的名义组织船队，冲破各种阻挠，到大陆莆田秀屿岛妈祖庙（祖庙）礼拜妈祖，返回台湾后，其组织诬为通敌被镇压，主谋者坐牢。

启示录

毛泽东：“国家的统一，人民的团结，国内各民族的团结，这是我们的事业必定要胜利的基本保证。”

21

反腐战歌

——民心凝聚十八大

购物天堂谁青睐，只为权贵筑舞台；
奢华物品标天价，挥金如土大竞赛。
世界名车大展览，富豪看准一绝牌；
掷下金钞千万元，连同名模一起买。
豪宅名车不算啥，别墅宫殿显气概；
各种佣人有成群，保安保镖一大排。
装饰奢华无须说，皇帝龙袍宫中摆；
公子公主设专房，模仿王室很不赖。
奢华程度似宫廷，可与帝王作比赛；
王朝烙印很深刻，什么动机让人猜。
有人暴富已疯狂，神经全然已变态；
组织武装来训练，装甲车辆施祸害。
新贵为何胆包天，因有党内走资派；
狼狈为奸夺公产，公有资产零贱卖。
两极分化鸿沟深，违宪事实已明摆；
义愤积怨藏民心，前景是福还是灾？
希望聚焦十八大，开创新局正到来；
从严治党落实处，全党争当促进派。
老虎苍蝇一起打，重拳出击成常态；
分析原因挖根源，定能有效反腐败。
社会主义道路好，坚持到底绝不改；
民主政权显神威，命运人民来主宰。
国家管理和监督，依法治理国安泰；

公有经济为主体，按劳分配大覆盖。
公平公正与平等，公有经济来承载；
执政英明共产党，亿万人民都拥戴。
民心党心一条心，磅礴力量扫障碍；
英勇奋斗朝前走，高歌行进新时代。

启示录

习近平："国有企业是中国特色社会主义的重要物质基础和政治基础，是我们党执政兴国的重要支柱和依靠力量。新中国成立以来特别是改革开放以来，国有企业发展取得巨大成就。我国国有企业为我国经济社会发展、科技进步、国防建设、民生改善做出了历史性贡献，功勋卓著，功不可没。""坚持党的领导、加强党的建设，是我国国有企业的光荣传统，是国有企业的'根'和'魂'，是我国国有企业的独特优势。"

论真理战胜谎言

——振纲整纪十八大

（一）

曾经骗子何其多，成千上万结团伙。
撒谎欺骗最可恶，误国殃民酿大祸。
政客擅长两面派，阴谋诡计毒箭射。
翻手为云覆为雨，搅乱是非弄混浊。
胡言乱语受褒扬，鼓励欺诈和教唆。
冠冕堂皇搞背叛，华丽桂冠掩罪错。
一朝权力捞到手，不管民众死与活。
好话说尽骗党群，坏事做绝有罪过。

（二）

权威人士说谎话，巧舌如簧胜巫婆。
经政文社领域中，欺骗谬论有庇所。

谎言泛滥获名利，瘟疫爆发速传播。
数尽所有各领域，弄虚作假有举措。
坑蒙拐骗出奇招，假冒伪劣金玉裹。
千方百计搞诈骗，花言巧语充神佛。
权钱交易大滋长，权色交换不示弱。
拜金主义成时尚，滔天罪恶竟敢做。

（三）

贪得无厌生磁力，谎言流传增诱惑。
改制许诺共同富，公有资产被掠夺。
砸烂铁碗民遭殃，暴富只是一小撮。
焚尸灭迹在矿难，瞒天过海胜蝎蛇。
毒米毒肉地沟油，金融诈骗更红火。
拐卖妇女和儿童，丧尽天良超鬼魔。
文坛乱象生怪胎，崇旧复辟售奸货。
文凭造假可升官，论文代写授硕博。

（四）

为何骗局成常态，屡禁不力太软弱。
深层原因更严重，吏治不严必堕落。
官商结合成权贵，明火执仗搞压迫。
治标惩罚不严厉，坏人荼毒胜倭寇。
利剑高悬先治标，更须治本来斟酌。
治标倘若不治本，根源必然生恶果。
犯罪根源在何处？公有经济大萎缩。
私有竞争战火起，金钱至上造龌龊。

（五）

振纲整纪十八大，势如破竹势磅礴。
高瞻远瞩明方向，运筹帷幄掌好舵。
领导核心作表率，党员干部当楷模。
中央号令一传出，党群团结除腐恶。

爱憎分明高弘扬，骗子毒蛇无处躲。
霹雳一声震乾坤，老虎污吏遭重挫。
反腐防修旗帜明，和平演变化泡沫。
廉政勤政开新风，扭转危局开先河。

（六）

革命理想高于天，共产主义是圣火。
高扬红旗震长空，马列思想铸魂魄。
改天换地史空前，社会主义为国策。
立党为公永发扬，执政为民记心窝。
整党整风不停顿，坚持真理勇改错。
治党治国先治吏，廉洁勤政须确凿。
党靠人民来监督，先锋作用应闪烁。
民心凝聚党中央，众志成城齐拼搏。

（七）

领导方略大改进，依宪治国施国度。
贯彻民主集中制，议政决策群众说。
公有经济为主体，宏观调控紧把握。
贫富两极应铲除，公平正义方合格。
先进文化大繁荣，汲取精华剔糟粕。
军民共建固国防，粉碎霸权封锁我。
春风化雨满神州，前程似锦奏凯歌。
社会主义共同富，平等花开亿万朵。

（八）

各行各业搞创新，全民智慧被激活。
加速建设现代化，尖端科技续突破。
富国强军争鳌头，钢铁长城愈出色。
全球目光大聚焦，希望寄托于中国。
分清敌友是首要，内政外交善运作。
我们朋友遍天下，敢给霸权套绳索。

前进道路虽曲折，前程灿烂正蓬勃。
社会主义渐高潮，试看霸权必没落。

启示录

毛泽东：“阶级斗争、生产斗争和科学试验，是建设社会主义强大国家的三大伟大革命运动，是使共产党人避免官僚主义、避免修正主义和教条主义，永远立于不败之地的确实保证，是使无产阶级能够和广大劳动群众联合起来，实行民主专政的可靠保证。不然的话……那就不要很长的时间，少则几年、十几年，多则几十年，就不可避免地要出现全国性的反革命复辟，马列主义的党就一定会变成修正主义的党，变成法西斯的党，整个中国就要改变颜色了。请同志们想一想，这是一种多么危险的情景啊！”

习近平：“衡量一名共产党员、一名领导干部是否具有共产主义远大理想，是有客观标准的，那就要看他能否坚持全心全意为人民服务的根本宗旨，能否吃苦在前、享受在后，能否勤奋工作、廉洁奉公，能否为理想而奋不顾身去拼搏、去奋斗、去献出自己的全部精力乃至生命。”

反腐风雷激

——横空出世十八大

池塘几只小青蛙，鼓起腮帮叫呱呱。
呱呱呱，哇哇哇，吹吹打打出浪花。
只要学会呱和哇，清晨叫起顶呱呱。
声震四周一片哗，引得蟾蜍高度夸。
既为自己来欺诈，也替上司作美化。
赐上一件新黄褂，骗官鬻爵好办法。
骗官卖官一到手，为非作歹当恶霸。
超额利润势必夺，竭尽勒索和敲诈。
我党出现大转机，横空出世十八大。
反腐斗争风雷激，老虎苍蝇一起抓。
上梁不正下梁歪，反贪从上反到下。
卖官鬻爵罪之首，一律从严来惩罚。

官商勾结要斩绝，腐败根源须深挖。
公有经济遍全国，人民政权打不垮。
红日中天驱妖雾，清风正气拂华厦。
廉洁执政为人民，再造辉煌甲天下。

启示录

习近平：“让好干部受尊重、受重用，让那些阿谀逢迎、弄虚作假、不干实事、会跑会要的干部没市场、受惩戒。对违反组织人事纪律的坚决不放过，对跑官要官、买官卖官的绝不姑息，发现一起，查处一起。”

秋风萧飒

——光明正大亮利剑

秋风萧瑟黄叶飞，卷走心头只是悲。
漫山遍野万点金，诗情画意令人醉。
江山多娇全民福，社会主义愈壮美。
人民政权稳泰山，常在安居重思危！

和平演变须警惕，严防腐败江山废。
党内因有走资派，堡垒易从内部毁。
为了社稷永昌盛，人民江山谁保卫？
民众觉悟是根本，重在纯洁先锋队。

力挽狂澜十八大，党建史上立丰碑。
理论实际紧结合，发展马列魂回归。
整党整风正思想，严格组织求纯粹。
党建不留空白点，中央领导作表率。

烽火硝烟长弥漫，反腐一寸不后退。

擒贼必须先擒王，矛头先对那罪魁。
任凭逆境多险恶，置身地雷何所畏。
高举利剑闯天下，杀尽妖魔凯旋归。

启示录

习近平："党对国有企业的领导是政治领导、思想领导、组织领导的有机统一。国有企业党组织发挥领导核心和政治核心作用，归结到一点，就是把方向、管大局、保落实。要明确党组织在决策、执行、监督各环节的权责和工作方式，使党组织发挥作用组织化、制度化、具体化。要处理好党组织和其他治理主体的关系，明确权责边界，做到无缝衔接，形成各司其职、各负其责、协调运转、有效制衡的公司治理机制。"

大树倒地

——共产党人受启迪

一棵大树长大地，绿叶成荫枝杆繁。
挺拔屹立美如画，仿佛牢固无比坚。
谁想狂风大发作，轰然倾倒一瞬间。
只缘根系随浮土，不愿根扎至深远。
遥想苏共曾强大，脱离群众终质变。
貌似庞大终灭亡，历史教训应借鉴。
再思我党小变大，根扎基层千千万。
全心全意为人民，改天换地创纪元。
阶级斗争被忽视，和平演变正隐潜。
特权阶层在滋长，若不铲除极危险。
危言耸听未必是，粉饰太平将自殓。
转危为安十八大，开创伟大新局面。
堡垒内部大清扫，打虎灭蝇除汉奸。
坚持马列不动摇，依靠人民固政权。
党心民心一条心，战无不胜勇向前。

启示录

毛泽东："彻底的唯物主义是无所畏惧的，我们希望一切同我们共同奋斗的人能够勇敢地负起责任，克服困难，不要怕挫折，不要怕有人议论讥笑，也不要怕向我们共产党人提批评建议。'舍得一身剐，敢把皇帝拉下马'，我们在为社会主义共产主义而斗争的时候，必须有这种大无畏精神。"

昏官无道

——读信息有感

文山会海搞接力，假大虚空夸政绩。
滔滔不绝说昏话，远离主题有万里。
懒惰骄娇志气衰，饱食终日寻安逸。
学位桂冠多少顶，金玉其外太离奇。
马列理论不通晓，建言如何联实际？
以为创新可炫耀，正负好坏啥统一？
新旧事物常混淆，何知什么称复辟？
调研过程做演说，讲稿事先人代笔。
昏官伎俩似魔法，必须揭穿其谜底。
治国治党严治吏，人民监督是动力。

启示录

列宁指出："我们应当说真话，因为这是我们的力量所在。而'吹牛撒谎是道义上的灭亡，也势必引向政治上的灭亡'。"

诸葛亮用人之道：一是"问之以是非而观其志"；二是"穷之以辞辩而观其变"；三是"咨之以计而观其识"；四是"告之以难而观其勇"；五是"醉之以酒而观其性"；六是"临之以利而观其廉"；七是"期之以事而观其信"。

捐款与谋私

——读某些官商勾结案件有感

捐赠谋私不兼容，竟然有时却相通？
打着慈善大旗号，谋取私利假为公。
官商勾结有贿赂，掠夺公产当蠹虫。
金玉其外好作恶，诡谲操作掩行踪。
捐点赃款大炒作，欺世盗名攫光荣。
桂冠项项头上戴，声名鹊起倍受宠。
承包项目要土地，胡作非为恃无恐。
掠夺公产杀气腾，穷凶极恶常横行。
乐极生悲总有时，逃避法网妄得逞。
一声惊雷动天地，民众愤怒起抗争。
纪检政法当尖兵，侦查取证手段硬。
且看身败已名裂，老虎奸商进樊笼。

注释：二十多年来一些案件证明，一些腐败分子和不法私营企业主搞捐款和社会公益活动，大加宣传炒作，获取种种桂冠，作为护身符，施放烟幕弹，掩人耳目，以便冠冕堂皇地利用荣誉进行巧取豪夺，疯狂地掠夺国家和人民的财产。有人登上“2014 年胡润慈善榜”。2017 年揭发出，有一姓卢的私营企业主简历全部造假，步步高升的全过程是以金钱铺路，职务升至司法部政治部主任。

启示录

列宁：“公开承认错误，揭露错误的原因，分析产生错误的产生的环境，讨论改正错误的方法，是一个郑重的党的标志。”

莎士比亚：“哪一件卑鄙邪恶的罪行，在法律下不用最动听的言辞掩饰它的真面目？哪一桩罪过深重的错误，在宗教下不引经据典，证明它符合上帝的意旨？”

问天

宦海浊流急上升，公私不分啥廉政？
公有经济在萎缩，腐败何时能肃清？
先富若能带后富，天方夜谭谁知情？
贫富两极速积累，世道何时能公平？
平等正义从何来，是非必须辨分明：
彻底消灭私有制，马恩宣言是真经。
名副其实共产党，定将实践中躬行。
人民衷心跟党走，不朽伟业永昌盛。

启示录

毛泽东：“中国如果不建立社会主义经济，无产阶级专政就会变为资产阶级专政。”“帝国主义者把和平演变的希望寄托在我们党的第三代、第四代人的身上，我们一定要让帝国主义者的阴谋彻底破产。”

邓小平：“马克思主义的思想理论工作者是不能离开现实政治的。我这里说的政治，是国内外阶级斗争的大局，是中国和世界人民在现实斗争中的根本利害。不能设想，离开政治的大局，不研究政治的大局，不估计革命斗争的实际发展，能成为一个马克思主义的思想家、理论家。”

雾山行思

千崖万壑入烟波，瑶台隐约传情歌。
权钱勾结有特色，深山别墅无寂寞。
神思往事越千年，醒来憧憬已夭折。
此事不必向天说，万众出拳反腐恶。
坚信红日中天时，妖魔鬼怪无处躲。

贫富鸿沟须铲除，人间平等幸福多。

启示录

毛泽东："社会主义制度终究要代替资本主义制度，这是一个不以人们自己意志为转移的客观规律。不管反动派怎样企图阻止历史车轮的前进，革命或迟或早总会发生，并且将必然取得胜利。"

街景一角

款爷大厦去购物，各种极品任选入。
霓虹闪烁饮美酒，小姐陪伴纵歌舞。
街头坐着打工族，手持模型表功夫。
还展技艺说明书，目光呆滞寻雇主。
初级阶段多样化，公有为主勿贻误。
做大做强公有制，我党开创新格局。

启示录

列宁指出："阶级关系——这是一种根本的主要的东西，没有它，也就没有马克思主义。"

菲尔丁："没有富人的地方，也就没有穷人；没有人占有很多财富的地方，也就没有人过着贫困的生活。"

歌德："我憎恨政治上的失策。因为，这会使几百万人民陷入不幸的灾害，并使之受苦。"

与"虎"合影可警醒

几张合影大照片，中央领导有接见。
我和同事在其间，大家觉得很体面。
日月旋转风云变，权钱交易愈明显。
反腐战场起硝烟，诸多老虎已中箭。

列数多人被收监，竟与相片有关联。
猛然一看感汗颜，老虎近在我身边。
天知地知我无言，并非当时闭了眼。
阶级斗争太隐蔽，火眼金睛防演变。
倘若政治不敏感，何能识奸除风险？
我党英明意志坚，治党治国更从严。
众望所归十八大，天罗地网布前沿。
苍蝇老虎要全歼，更需治本除根源。
民主监督用好权，廉洁从政开新篇。
社会主义重实践，高歌猛进永向前。

启示录

毛泽东：“敌人的武力是不能征服我们的，这一点已经得到证明了。资产阶级的捧场则可能征服我们队伍中的意志薄弱者。可能有这样一些共产党人，他们是不曾被拿枪的敌人征服过的，他们在这些敌人面前不愧英雄的称号；但是，经不起人们用糖衣裹着的炮弹的攻击，他们在糖弹面前要打败仗。我们必须预防这种情况。”

无　题

诸犬生活极度好，烘托富豪地位高。
穷人挣扎发怒号，闹得雇主生懊恼。

注释：尚某某观感：“在不少人不能实现病有所医、衣有所穿、居有住所的情况下，一些为狗和为其他类似宠物看病、护理、按摩、各种衣饰的店铺遍布街头。有人嘲弄：‘狗已全配套，人有饥寒者。宁做富贵犬，不当穷苦人？’”

启示录

爱迪生：“朋友的爱，使人类达到全美的境界；淫秽的爱，则使人类败坏堕落。”

22

依宪治国

——民心向往十八大

先富暴富乱中华，贫富两极大分化。
权贵奸商相勾结，争权夺利施魔法。
掠夺公产名改制，公有经济被扼杀。
公有主体若丧失，宪法尊严成空话。
莫谓邪路不要怕，无数先烈血白洒。
宣言消灭私有制，我党理想最伟大。
全心全意为人民，依宪治国来保驾。
英明伟大十八大，领导人民除恶霸。
社会主义正振兴，四化伟业蓬勃发。
民心向着党中央，众志成城兴中华。

启示录

毛泽东：“社会主义制度终究要代替资本主义制度，这是一个不以人们自己意志为转移的客观规律。不管反动派怎样企图阻止历史车轮的前进，革命或迟或早总会发生，并且将必然取得胜利。”

邓小平：“我们允许个体经济发展，还允许中外合资经营和外资独营的企业发展，但是始终以社会主义公有制为主体。社会主义的目的就是要全国人民共同富裕，不是两极分化。如果我们的政策导致两极分化，我们就失败了；如果产生了什么新的资产阶级，那我们就真是走了邪路了。”

执法公平

法字傍水显水平，铁面无私重执行。
千年封建旧法制，光明正大仅外形。
偶尔出个大清官，海瑞据法不徇情。
办理几桩大案件，传颂青天留美名。
新旧社会两重天，如今人民来执政。
法律制定唯民意，因而本质是平等。
欲将一碗水端平，依据法制作决定。
依法治国显威严，普天之下方安宁。

注释：法律是有鲜明的强烈的阶级性。法律是统治阶级意志的集中体现，并以国家强制力保证全社会一体遵行的行为规范。

启示录

培根《论司法》：“一次不公正裁判的罪恶甚于十次犯罪。因为犯罪污染的只是水流，而枉法裁判污染的却是水源。”

赏罚应分明

——读信息有感

正义邪恶争斗开，明枪暗箭杀过来。
郭某多次遭陷害，不屈不挠志不改。
如今虽然得胜利，仍受蒙冤可悲哀。
恶人虽然遭失败，金钱足买酒万杯。
人间公道应常在，赏罚分明惜人才。
创新法制维民主，开辟平等新时代。

注释：一名工程师郭永光因举报原河北省省委书记程维高以权谋私而被判劳动教养。程维高被撤职处分后，而郭永光被迫害的问题被拖延解决。

启示录

（西晋）陈寿《三国志·蜀志·李严传》，裴松之注引习凿齿语：“夫水至平而邪者取法，镜至明丑者无怒，水镜之所以能穷物而无怒者，以其无私也。”

寿福与富贵

——读有关廉洁与腐败报道有感

寿比南山当神仙，福如东海攫权钱。
曾让世人笑千年，如今暴烈发疯癫？
生死循环怎能变，死后灵魂哪升天？
贪婪富贵已无厌，乐极生悲入狱间。
一心为公作理念，改造世界写新篇。
彻底抛弃名利权，一生奋斗乐无边。

启示录

马克思：“如果我们选择了最能为人类福利而劳动的职业，我们就不会为它的重负所压倒，因为这是为全人类所做的牺牲；那时我们感到的将不是一点点自私而可怜的欢乐，我们的幸福将属于万人，我们的事业并不显赫一时，但将永远存在；而面对我们的骨灰，高尚的人们将洒下潸潸热泪。”

扫尽雾霾出明媚

——建言献策治雾霾

从前阳光多明媚，如今时而出雾霾。

阴阴沉沉灰蒙蒙，忧忧郁郁昏暧暧。
路上行人忧忡忡，戴着口罩防尘埃。
危及呼吸扰民心，人人皆可致病癌。
治理雾霾极重要，须知病根从何来？
竭泽而渔看眼前，急功近利损后代。
只抓产值GDP，不问污染造祸害。
竞争硝烟高万丈，私利争夺极惊骇。
你死我活求生存，哪管环境遭破坏。
脏水排放进江河，水质恶劣酿悲哀。
废气跑冒入天空，有毒微尘弥漫开。
废物任意乱丢弃，大地哀叹难承载。
竞争掠夺谋私利，各种资源乱开采。
官商勾结图暴富，贿赂横行敢腐败。
多种原因致结果，诸多污染酿雾霾。
综合治理有思路，统筹兼顾巧安排。
社会主义是大道，不走邪路窄又歪。
发挥制度优越性，环保不能有例外。
治标严惩要坚持，治本预防不徘徊。
各级领导要重视，一抓到底打擂台。
宣传工作要深入，思想统一扫障碍。
组织制度作保障，上下联动行动快。
动员全民都参与，形成环保新常态。
政绩工程危害大，考核干部要更改。
环保事业全面抓，不留死角和空白。
实行环保责任制，落实责任要实在。
奖励惩戒成机制，兑现奖惩防懈怠。
源头把关若不紧，恶性循环定失败。
建设项目严审核，不符环保必淘汰。
科技支撑搞创新，节能减排亮绝牌。
废气废水和废物，循环利用非深埋。

产业建设集约化，特殊行业园区带。
治污绿化齐并进，环境治理全覆盖。
网络管理智能化，控制监管设平台。
依法治理重执行，全程监督百分百。
违反法律损环保，务必严惩不可贷。
扫尽雾霾出明媚，开辟环保新时代。
山清水秀空气净，美好生活有期待。

启示录

毛泽东："人类的历史，就是一个不断地从必然王国向自由王国发展的历史。这个历史永远不会完结。在有阶级存在的社会内，阶级斗争不会完结。在无阶级存在的社会内，新与旧、正确与错误之间的斗争永远不会完结。在生产斗争和科学实验范围内，人类总是不断发展的，自然界也总是不断发展的，永远不会停止在一个水平上。因此，人类总得不断地总结经验，有所发现，有所发明，有所创造，有所前进。停止的论点，悲观的论点，无所作为和骄傲自满的论点都是错误的。"

毛泽东："政策和策略是党的生命，各级领导同志务必充分注意，万万不可粗心大意。"

议禁烟

中国烟民三四亿，烟雾弥漫成灾祸。
致癌人群逐递增，戒烟可谓极紧迫。
缘何禁烟成蹉跎？税收巨额成诱惑。
金钱至上有魔力，驱使烟业越红火。
如此谋财又害命，利益关联是同伙。
为了民族能兴旺，务使烟业快没落。
政府决心应下定，机会不能再错过。
立法禁烟来推进，举国健康结硕果。

启示录

内村鉴三："竞争的进步，是人类的一般损害，而非利益，看似进步实为退步。"

禁止酒驾

几个君子有嗜好，百杯烈酒还嫌少。
划拳行令狂呼叫，谁是狗熊自动倒！
天旋地转不由己，口若悬河浪滔滔。
好汉并非第一回，沉醉如泥一团糟。
酒醉昏沉竟驾车，晕头转向失目标。
不识前方亮红灯，横冲直撞抢车道。
一场灾难死多人，测试酒精已超高。
欲达车祸大减少，禁止酒驾是法宝。

启示录

雨果：“享乐，那是一种多么可怜的目的，一种多么低微的愿望！糊涂虫才享乐。思想，那才是心灵的真正胜利。”

亚里士多德：“放纵自己的欲望是最大的祸害……不知道自己的过失是最大的病痛。”

股灾梦魇

——一场股灾从何来

股民争利冲上来，暴富美梦成常态。
只见股指频闪烁，眼花缭乱快出牌。
谁知有人怀鬼胎，阵势神速即摆开。
空头疯狂直猛砸，掌控大局有能耐。
可怜千万小股民，一派倒地任人踩。
股市本是大赌场，救市何能消病害？
放纵股市任自由，股灾无穷生怪胎。
股场陷阱迷茫多，地雷常有人偷埋。

扫雷一遍又一遍，终靠政权来安排。
宏观调控应加强，微观细规防邪歪。
依法严惩不留情，严防魔鬼来作怪。
趋利避害管股市，限制负面酿大灾。

启示录

萧伯纳：“明白事理的人，使自己去适应这个世界。不明白事理的人，却在设法使世界适应自己。因此，所有的进步，都要归功于不明明事理的人。”

尊孔读经何时休

孔儒体系有核心，苟延残存到如今。
三纲五常成桎梏，何能造福于人民？
尊孔读经两千年，禁锢思想为国君。
君临天下踩草根，社会黑暗终沉沦。
起义抗争从不绝，推动历史向前进。
五四运动风雷激，思想解放得民心。
砸碎枷锁信马列，扬弃孔儒促创新。
去其糟粕取精华，崭新文化消愚蠢。
先进思潮奔腾急，革命运动重千钧。
敢教日月换新天，史证毛选是真金。
伟大思想指方向，铸就中华民族魂。
攀登文化新高峰，华厦崛起传福音。

注释：一个时期，有一帮人大力提倡尊孔读经，鼓吹“儒学是国学、国学高于共产党的党学”的谬论，公然否定“领导我们事业的核心力量是中国共产党，指导我们思想的理论基础是马克思列宁主义”。2011 年春，有人竟然非法在天安门广场上竖立起孔子的巨大铜像，终于在人民的愤怒声讨中被拆除。

启示录

毛泽东《新民主主义论》："在中国，又有半封建文化，这是反映半封建政治和半封建经济的东西，凡属主张尊孔读经、提倡旧礼教旧思想、反对新文化新思想的人们，都是这类文化的代表。帝国主义文化和半封建文化是非常亲热的两个兄弟，它们结成文化上的反动同盟，反对中国新文化。这类反动文化是替帝国主义和封建阶级服务的，是应该被打倒的东西。"

欢乐之源

——读白居易《对酒》诗感想

人民解放争大事，夺取政权寄此身；
共同富裕皆欢乐，抚慰安贫是痴人。

注释：白居易《对酒》："蜗牛角上争何事，石火光中寄此身；随富随贫且欢乐，不开笑口是痴人。"

启示录

郑板桥："衙斋卧听萧萧竹，疑是民间疾苦声。些小吾曹州县吏，一枝一叶总关情。"

23

人　生

梅因雪侵花更娇，兰随风吹香愈飘。
人生壮丽攀险峰，逆境磨难著风骚。

启示录

爱因斯坦：“人生的价值，应当看他贡献什么，而不是取得什么。”

伏尔泰：“不经巨大的困难，不会有伟大的事业。”

杨格：“荣誉不是依仗名位得来的，一个人尽管职位很低，无钱无势，但他的名誉可驾于千万人之上。”

小蛮腰

——为王国庆同志拍摄“小蛮腰”题照

多情又见小蛮腰，俯瞰南粤竞妖娆。
珠江新潮正澎湃，高唱凯歌奔明朝。

启示录

爱因斯坦：“科学绝不是也永远不会是一本写完了的书。每一项重大成就都会带来新的问题。任何一个发展随着时间的推移都会出现新的严重的困难。”

夕阳红

光华集聚西太空，彤云娇艳夕阳红。
多少危难当阶梯，为民谋利攀高峰。
人生能有几回搏，跌宕起伏露峥嵘。
走过坎坷崎岖路，无数挫折铸成功。
风霜雨雪常扑打，铸就犟劲白头翁。
安逸享乐并非福，唯有奋斗最光荣。

启示录

莎士比亚："仅仅一个人独善其身，那实在是一种浪费。上天生下我们，是要把我们当火炬，不是照亮自己，而是普照世界；因为我们的德行倘不能推及他人，那就等于没有一样。"

深秋思念

如今毛衣多好买，何必费工又劳累？
她在灯下思念谁，手织毛衣针线飞？
尺寸大小心里明，力求精美用智慧。
一针一线一颗心，盼君远方平安归。

注释：20 世纪 80 年代前，中国大多数居民穿的毛衣是手工编织的。

启示录

薄伽丘："纯洁的爱情是人生中的一种积极的因素，幸福的源泉。"

友人祝福感怀

奇特妙言，百读不厌。穷其奥秘，感动万千。
乐以修身，至老幸运。文以养性，和合得春。
——理解万岁！
立春开幕，恒久法则。春夏秋冬，轮回往复。
顺其自然，必得其乐。力争上游，永生幸福。
——灵犀通玄！

启示录

法捷耶夫："当一个人遇到一个诺言、信念、勇敢、忠诚等方面都是始终不渝的朋友，他的内心会充溢着多么使人难以言传的由衷的感激和多么难以抑制的汹涌澎湃的力量啊！你在世界上已经不是孤独的，在你身旁还有一个人的心在跳动！"

品茶悟道

品茶聚友人，君子情至深。
举杯激微澜，幽香溢纯醇。
气味沁肺腑，润喉启音韵。
笑谈论古今，清淡酿极品。

启示录

爱默生："友谊能增进快乐，减轻痛苦；因为它能倍增我们的喜悦，分担我们的烦忧。"

茶道会友

以心驭茶可悟道，以茶融心悟性高。
淡雅清香入咽喉，知心话儿如珍宝。
句句珠玑动心弦，启迪智慧可开窍。
滋润肺腑真善美，出神入化心态好。
天人合一情飞扬，诗情画意赋风骚。
柔情净化新境界，日月无私千秋照。

启示录

张小莉："茶可静心，明智，观人，知心，悟道，得自在……以心驭茶，以茶融心，以柔入静，以净入敬，由敬化境，天人合一，为之茶道。茶道，一种修养，一种领悟，一种境界，一种心态的体现。可以使人心静，柔，和，雅，清，淡……"

长寿歌

——心地美好长寿来

长寿秘方寻千年，蓦然回首在眼前；
争名夺利伤肝脏，淡泊明志润心田。
权钱交易蚀灵魂，只给自身造锁链；
欲使人生消烦恼，唯为公明作奉献。
拥抱自然舒筋骨，劳动锻炼须勤勉；
青山绿水供富氧，正是怡神好源泉。
万般灵丹和妙药，不如戒奢和勤俭；
粗茶淡饭健体魄，超过宫廷诸盛宴。
岁月侵蚀人虽老，人情通达心花艳；
淡泊明志好心态，五脏六腑必康健。

启示录

毛泽东："我有个原则，遇事不怒，基本吃素，劳逸适度。""医生的话，不可不听，也不可全听；全听你的我就完了，全不听你的我也不行。"

达尔文："敢于浪费哪怕一小时的人，说明他还不懂珍惜生命的全部意义。"

郊游有感

——心灵感应联天地

都市烟尘闹喧嚣，京郊山林静悄悄。
友人相伴游壑谷，路旁野花露微笑。
草木迎风姿千万，树上松鼠蹦蹦跳。
飞鸟欢叫泉叮咚，鱼儿戏水尽逍遥。
溪边石岩似有情，千奇百怪展俊俏。
知心话儿如泉涌，涓涓细流汇波涛。
心灵感应联天地，胸怀广宇生奥妙。
天涯比邻增温馨，海内知己数珍宝。
疲倦消除精神爽，热血沸腾著风骚。
人与自然求和谐，日月旋转照明朝。

启示录

巴尔扎克：“精神生活与肉体生活一样，有呼有吸：灵魂要吸收另一颗灵魂的感情来充实自己，然后以更丰富的感情送回给人家。”

秋月情诗

秋月默默梳好妆，山泉汩汩叮咚响。
天籁传来催眠曲，反叫情人思绵长。
静坐凝视红蜡燃，遥想夫君体安康？
生日之夜烛泪流，百看婚照心激荡。
只为祖国愈强盛，保卫边疆志昂扬。
再过几天中秋来，仰望明月诉衷肠。
酸甜苦辣酿成蜜，憧憬未来吟歌唱。
欲知幸福何处寻，共为理想奔前方。

启示录

莎士比亚：“我的慷慨像海一样浩渺，我的爱情也像海一样深沉；我给你的越多，我自己也越富有，因为这两者都是没有穷尽的。”

天平倾斜

比翼齐飞甜蜜家，哪知天平生倾斜。
小秘媚笑心旌动，可怜鬓霜凋谢花。

启示录

亚当·斯密：“婚姻像一把剪刀一样，结合无间，但当它有相反动向时，那介于中间的人就要受到惩罚了。”

“三陪”之害

昔日明月共枕头，如今反目鲠在喉。
一旦入宫玩三陪，唯见眸子泪水流。

启示录

恩格斯：“如果说只有爱情为基础的婚姻才是符合道德的，那么也只有继续保持爱情的婚姻才合符道德。”

席恩：“与一个好女人结婚，你是在暴风雨中找到了避风港；和一个坏女人结婚，你是在港中遇到了暴风雨。”

议爱恋

天下美女千万人，姿色丰韵集一身。

常临明镜独自怜，傲视才子如浮云。
明眸秋波正躁动，梦中天上降财运。
哪知时光是杀手，酒窝磨灭失青春。

注释：报刊有信息披露，有一个亿万富翁向全国发征婚启事广告，并在宾馆举办大型征婚仪式，金钱作诱饵，美女趋之若鹜，甚至中断高考，由母亲陪同去面试与体检，真是媚态丑态百出。

启示录

燕妮："没有爱情的婚姻是不会幸福的，而爱情又无法以金钱财物所能换取。"

为嫦娥平反

嫦娥久居在寒宫，吴刚玉兔常陪同。
长恨寂寞想不通，品尝药丹进樊笼？
何患无辞加其罪，平等埋葬冤狱中！
日思夜梦能平反，还伊清白得公正。
忽闻神舟访长河，采撷桂花喜相迎。
千古冤屈终洗尽，同回神州见光明。

启示录

萧伯纳："如果一个人不能正确地直视恶，他就不会搞清楚恶实际上是什么，因而也就不能与它进行有效的斗争。"

爱情是参天大树

——略论爱情的真谛

（一）

爱情是一棵参天大树，

枝叶上凝结着晶莹露珠。
在阳光下闪耀迷人风采，
新生活拉开壮丽的序幕。
迈开坚实步伐奋力前行，
用奋斗书写恩爱的诗赋。
月光以诚挚的丰富情感，
慰藉年轻人温润的肺腑：
将理想构成爱情的基石，
在激情理智中相互追逐；
以体贴入微传递着柔情，
让甜蜜笑靥表露着爱慕。

（二）

爱神时而似脱缰的野马，
在辽阔草原上放纵奔驰；
时而如猛烈的暴风骤雨，
挟持闪电光芒摇曳树枝；
时而像狂风掀起波涛，
翻江倒海撼动着天地。
顿时恢复此前的安宁，
一切都那样娴静如意。
夜幕渐渐地笼罩着田野，
万籁俱寂时已如醉如痴。
爱情在征途中酣然入睡，
沉浸诗情画意的美梦里。

（三）

黎明里爱神格外专注，
披着朝霞更加楚楚娇羞。
江河卷起了无尽浪花，
让绵绵情思环绕着自由。

像凤凰一样展翅翱翔，
风云变幻仍是紧紧携手。
青春迸发火焰般热情，
让热血在爱河之中奔流。
结婚并非爱情的坟墓，
而是爱情的起点和追求。
用热血浇灌爱的树苗，
真诚挚爱不会任何保留。

（四）

忠贞是爱情的密友，
放荡会种下爱情的忌仇。
糟糠夫妻患难与共，
富贵变心就会如鲠在喉。
摒弃喜新厌旧念头，
避免那幽灵纠缠的忧愁。
爱情若是为了铜臭，
钱色交易哪里会有温柔？
爱情倘若攀附权势，
权色交换怎能没有鸿沟？
貌合神离争风吃醋，
同床异梦引起钩心恶斗。

（五）

爱神钟情高山上的雪莲，
对傲霜斗雪的梅花格外爱慕。
追求奉献而不图求回报，
做燃烧自己照亮他人的蜡烛。
温存伴侣疲倦的身躯，
谅解对方难以避免的失误。
让心灵可以自由飞扬，

让行动能够减少一些拘束。
尽力承担家庭的职责，
忠实履行社会和谐义务。
让互谅互帮铸就温馨，
爱情之树将永不会干枯。

（六）

春风吹绿无垠的原野，
凤凰在蓝天下相互追逐。
以道德和情怀的高尚，
维持忠贞使之相沫以濡；
用深邃而理智的经纬，
编织婚姻永远美满如初；
让勤劳双手施展天赋，
努力营造家园美好幸福；
让智慧光芒照耀前途，
潜心培育子女壮美和觉悟。
在阳光雨露的沐浴下，
爱情终于长成参天的大树！

启示录

柏拉图："爱情是一棵长到天上的树。""爱情造就人类的创造精神。爱情作为一种内在驱动力以性或其他形式的爱推动一个人与另一个人的结合，还激发人对知识的渴望，推动他追求真理，与真理结合。"

歌德："爱情若不是产生于社会共同信念与事业志趣的基础上，那是浮萍的爱，极易随风而去；只凭感情行动所造成的爱，有如建筑在沙滩上面的塔，总不免要倒塌下来。"

24

赏菊感怀

重阳时节登高峰，别样美好体验中。
秋风萧瑟百花凋，留下菁华有碧丛。
试看菊花多奇志，凌霜挺立傲苍穹。
绿叶翠枝托花朵，蓓蕾绽放露笑容。
花儿含情寓意深，专为寒秋添华浓。
人生进取须领悟，行动把握好时空。
“时来天地皆同力，运去英雄不自由。”
洞察风云起变幻，适时冲锋战鳌头。
天时地利与人和，聚焦目标统筹谋。
乘势东风来发力，集中全力去奋斗。
要学菊花惜深秋，凌寒斗霜出清秀。
浪迹天涯志不移，挥洒热血写春秋。

注释：罗隐（唐）《筹笔驿》：“抛掷南阳为主忧，北征东讨尽良筹。时来天地皆同力，运去英雄不自由。千里山河轻孺子，两朝冠剑恨谯周。唯余岩下多情水，犹解年年傍驿流。”

启示录

萧伯纳：“人生不是一支短短的蜡烛，而是一支由我们暂时拿着的火炬，我们一定要把它烧得十分光明灿烂，然后交给下一代的人们。”

中秋情愫

——贺神舟十一成功

秋寒菊花溢芳菲，枫叶凝霜多妩媚。
玉盘如水传温馨，月光情深梦想飞。
遨游太空访宫阙，品尝桂酒心陶醉。
嫦娥吾刚喜开怀，欢送神舟凯旋归。
航天事业大飞跃，伟业功成立丰碑。
中华自有回天力，引领创新靠智慧。

启示录

贝多芬："那些立身扬名出类拔萃的，他们所凭借的力量是德行，这也正是我们的力量。"

中秋赏月

中秋登上万寿峰，一轮夕阳沉云中；
西天金光铺锦缎，昆明湖水火样红。
上苍瞬间巧导演，拉开云幕敞碧空；
群星簇拥玉盘出，天上湖里两月宫。
万里清光恋水波，宫阙人间两相通；
同伴下山到石舫，品尝月饼望苍穹。
举杯盛情邀明月，吴刚酹酒兴致浓；
嫦娥醉舞百媚生，幸福团圆情意融。

启示录

米开朗琪罗："像热不能从火中分离一样，美不能离开永恒而存在。而我的思想是来自永恒的，燃烧着和永恒类似的东西。"

中秋思念

中秋桂花竞芳芬，长空繁星织锦雯。
谁向明月作保证，夫妻恩爱定纯真？
网屏咫尺去触摸，苍穹万里觅知音；
诗意激扬襟怀开，窃窃私语系灵魂；
和盘托出无保留，热血奔腾涌脑门；
说到深处难自控，两对明眸泪纷纷。
真情话儿涌心头，电波闪烁传真韵：
物欲横流能阻挡，方有如此爱忠贞！

启示录

艾弗蒙：“没有一种激情比善良的爱情更能激发我们向往高尚和慷慨事物的心情了。”

清明节

清明时节百花开，天地有情表大爱。
先贤受慰永安息，生者深沉要节哀。
继承遗志化行动，风波浪里长成才。
承前启后创大业，敢来茔前行跪拜。

启示录

罗曼·罗兰：“真正伟大的人物，常剔除私情私欲，以身献诸者，报酬则待千载之后。”

万里共婵娟

群星捧月天地旋，清光普照人世间。
中秋桂花溢芬芳，情感汩汩流心田。
遥想婵娟方妙龄，谁说沧桑亿万年？
原是超凡好心态，青春活力有源泉。
焦虑拂去神情爽，身心康健乐无边。
常与朋友互联网，万里长空共婵娟。

注释：地球月亮的天文年龄，从原始的太阳星云中积聚形成星体到现在的时间，目前科学家对地球年龄和月亮年龄的最佳估计值分别为45.5亿年和45.27亿年。

启示录

高尔基："人类一切最美好的东西都来自太阳之光。没有太阳，花就不能开放；没有爱情，就没有幸福；没有女性，就没有爱情；没有母亲，就没有诗人和英雄。"

巴尔扎克："真正的爱情像美丽的花朵，它开放的地面越是贫瘠，看来就格外悦眼。"

中秋追月

君乘神舟追明月，凝望嫦娥舞长袖；
沧桑岁月经历练，青春妙龄万世留。
豪情满怀朝前走，心花怒放竞自由；
端庄清雅多情感，总将秋波送挚友。
捧出月饼共品尝，圆润香甜皆兼有；
情诗缠绵溢温馨，同饮亿年桂花酒。
一年三千多万秒，只择佳节叙新旧；

知心话儿重千钧，倾吐心迹咏中秋。
今宵陶醉怀抱里，万籁俱寂乐悠悠；
晨曦唤醒追梦者，江山多娇人风流。
号角嘹亮催人急，奋勇当先神抖擞；
穿越日月和星辰，脚踏实地去奋斗。

启示录

莎士比亚：“啊！不要指着月亮起誓，它是变化无常的，每个月都有盈亏圆缺；你如果指着它起誓，你的爱情就很可能像它那样无常。”

花蝶恋

花蝶之恋美，相互紧伴随。
欢舞噙热泪，尽情昼夜飞。
真诚不保留，筑巢倾智慧。
艰辛含幸福，奉献凝蓓蕾。
风卷花儿飞，蝶追力加倍。
亲吻传心语，梦中已陶醉。
日月永旋转，爱情花不坠。
偎依渡风霜，吟诗溢芳菲。
诗章含大气，挚爱最珍贵。
携手奔万里，征程闪光辉。

启示录

莎士比亚：“我的慷慨像海绵一样浩渺，我的爱情也像海绵一样深沉；我给你的越多，我自己也就越富有，因为两者都是没有穷尽的。”

为嫦娥吴刚贺喜
——略谈婚姻以爱情为基础

中秋月亮圆，繁星愈璀璨；
遥远望月宫，秘密可发现。
嫦娥和吴刚，恋情早彰显；
长久在一起，居住桂花园。
朝夕同耕耘，智慧开新篇；
花蕾酿美酒，醇味入心田。
劳动建情感，亲密肩并肩；
甘苦能与共，智勇有双全。
志同又道合，艰辛久磨炼；
爱情极纯真，不谋权和钱。
权利与义务，早已无界线；
两位年轻人，怎能不爱恋？
众人心比心，不可有偏怨；
襟怀应豁达，尊重新姻缘。
天下有情人，终于成亲眷；
和美过日子，节俭又勤勉。
纯粹护高洁，恩爱增源泉；
忠贞永不渝，千秋作经典。
自古千万年，是非不分辨；
褒扬从来无，贬斥常听见。
公正何时有，期盼如云烟；
终于有一天，世道已变迁。
纵观发展史，社会渐康健；
与时应俱进，舆论随改变。
爱情为基础，和合到永远；
夫妻应平等，自由胜神仙。

今朝重审视，树立新观念；
冤案得平反，万众齐纠偏。
嫦羿分离久，岁月心常牵；
各自有新家，安乐体康健。
世态争和谐，百花竞奇艳；
正道是沧桑，今贤同心愿。
电讯传月宫，殿堂闹喧阗；
桂花忽怒放，芬香漫无边。
白兔喜蹦跳，欢乐笑开颜；
琴声愈悠扬，动地又感天。
嫦娥携吴刚，敬立含腼腆；
微笑三鞠躬，高歌谢人间。
天地同庆贺，跨进新纪元；
前程无限好，勇往直向前！

注释：神话传说，美丽的嫦娥是射下九个太阳的神射手后羿的妻子，偷吃了后羿的仙药，成为仙人，奔入月宫。她住进了广寒宫里，十分寂寞，李白有诗云："白兔捣药秋复夏，嫦娥孤栖与谁邻?"她只有与捣药的玉兔和砍伐桂树的吴刚相处。每年农历八月十五，寂寞的嫦娥会从广寒宫遥望人间。

启示录

燕妮："没有爱情的婚姻是不会幸福的，而爱情又无法以金钱财产所能换取。以金钱财产建筑起来的爱情，只能像河边的沙滩，越挖越浅，以革命孕育起来的爱情，才能像岩石一样永远牢不可破。"

莫里哀："不会相思，幸福就没有你的份。把爱情赶出了生活，你就赶出欢乐。一帆风顺的爱情，其实寡味。"

创新在月宫

月宫旋转至古今，光明万丈照比邻；

地球与她最亲近，天长地久成知音。
嫦娥顺时增自信，施展睿智立功勋；
勇立潮头怀热忱，引领月宫搞创新。
玉兔捣药含桂芬，制造医药成极品；
万次实验求精准，疗效明显可治根。
吴刚伐木悔穷尽，勤奋植树护桂林；
桂花酿液千万吨，芳香飘逸献黎民。
循环经济要遵循，绿色环境胜黄金；
共同致富得民心，干起生产越有劲。

启示录

钱谦益：“人生天地间，能观天地变化之机，知时识势而不失者，乃为大丈夫。”

屈原颂

屈原爱国倾热血，一跃波涛惊日月。
离骚句句动心弦，忠心字字有气节。
星辰精华滋万物，山川灵秀育豪杰。
英魂光华照神州，千秋纪念愈热烈。

注释：战国时代，七国鼎立，其中以秦、齐、楚最强。楚怀王听信贤臣屈原建议，联齐抗秦。但秦施离间计，令楚怀王与齐绝交，屈原力劝无效，被贬为三闾大夫，逐出京城。楚顷襄王继位，更疏远屈原。屈原长仍力谏不果。秦军趁顷襄王开城迎亲，攻入楚京郢都。屈原目睹国破家亡，终在农历五月五日，在汨罗江投河自尽，结束其忧患的一生。2017 年 6 月 22 日，笔者拜谒屈原故里。

启示录

塞万提斯：“历史孕育了真理，它能和时间抗衡，能把轶事旧事保藏下来；它是往古的迹象，当代的借鉴，后世的教训。”

端午节

粽馅棕叶紧拥抱，糯米红枣情感好。
缅怀历史说屈原，学习前贤气节高。
力谏楚王遭贬逐，疾愤挥毫书离骚。
只将公理昭天下，冲向汨罗万里涛。
为国捐躯振民心，纪念绵延如浪潮。
自由理解各千秋，崇高美德作引导。

启示录

列宁：“首先能帮助人类社会升到更高水平，使人类社会的劳动摆脱剥削。”

给琴霞复信

芳草祭礼端午节，粽馅红枣含情烈。
天南海北话柔情，交友娱悦入新界。
老汉眼前书成山，望洋兴叹何时学。
但愿琴声飞云霄，染红晚霞更高洁。

启示录

莎士比亚：“既然爱情永远必须受折磨似乎是命运的一条规律，那么让我们学习忍耐吧，因为折磨正和意念、迷梦、叹息、希望和哭泣一样，都是可怜的爱情缺少不了的随从者。”

元 宵 节

元宵节庆续千年，今夜玉盘格外圆。
爆竹烟花映长空，繁星如雨落人间。
欢呼家和万事兴，男女欢笑喜开颜。
汤圆甜蜜牵美梦，愿随神舟上九天。

启示录

海涅：“人类最悲哀的错误，是愚蠢得不愿一顾自然赋予之礼物与礼物的价值，反而认为，不可能得到手的财富才是贵重的。”

25

初春的魅力

三月里来是春天，南北景色各异颜。
走南闯北观奇景，祖国萦怀在心间。
南方细雨霏蒙蒙，穿梭田野有群燕。
远山原野一派绿，草木葱茏百花艳。
北国冰雪正消融，千岩万壑莹可怜。
银装素裹渐逝去，万物萌动露惊羡。
期待春风快荡漾，人与天公同心愿。
时过四旬惊雷动，掠过高山恋田园。
长城内外发生机，春意盎然天地变。
迎春花儿笑粲然，草木嫩芽舞翠烟。

绿波茫茫侵平原，席卷峪壑攀高山。
千条冰河迅解冻，流水湍湍激漪澜。
景致变幻太神速，各露窈窕真耀眼。
心灵震荡难平静，令人昼夜思万千。
聚集顶级大画家，难绘江山多娇妍。
请来著名歌唱家，难颂神州好壮观。
为了祖国更富强，自强不息勇攻坚。
创造世界新楷模，中华崛起永向前！

启示录

毛泽东："江山如此多娇，引无数英雄竞折腰。""我们中华民族有同自己的敌人血战到底的气概，有在自力更生的基础上光复旧物的决心，有自立于世界民族之林的能力。"

春天来了

春雨飘洒柳丝稠，叩开少女绣花楼。
奔走旷野舞东风，激情飞扬伴杨柳。
人声鼎沸春潮动，苦干巧干撸起袖。
青春希望在田野，心血汗水换丰收。

启示录

奥斯特洛夫斯基："生活赋予我们一种巨大的和无限高贵的礼品，这就是青春，充满着力量，充满着期待、志愿，充满着求知和斗争的志向，充满着希望、信心的青春。"

春之梦

心随春雷怦怦动，情伴春风舞长空。
泪含春雨意绵绵，爱在春光明媚中。

感恩春晖立志向，珍惜春潮争建功。
我为春天鼓与呼，不负春梦攀高峰。

启示录

郭小川："在青春的世界里，沙粒要变成珍珠，石头要化作黄金……青春的魅力，应当叫枯木长出鲜果，沙漠布满森林……这才是青春的美，青春的乐，青春的本分！"

春　耕

惊蛰挟电送惊雷，南方燕子喜来归；
草木萌醒春潮动，微风常叫细雨飞。
人声鼎沸号子吼，平整水田知何累；
一片秧苗化星点，万顷碧波泛翠微。
织女巧手撒秧苗，田园变得无比美；
科学种田展宏图，夺取高产靠智慧。

注释：1970—1971 年两年，8231 部队北大清华学生连在农场种田，当时有三种插秧方式：机插秧苗、手插苗和抛秧苗；主要是机插，抛苗仅做试验。

启示录

捷连斯基："在学习中，在劳动中，在科学中，在为人民的忘我服务中，你可以找到自己的幸福。"

留住春天

梅花情怀喜春雪，徐徐春风吹山岳。
长空万里响春雷，绵绵春雨洒原野。

万物复苏春花开，浓浓春色改世界。
一年希望在春季，煦煦春光情感烈。
不失时机抱春梦，伴随春意共昼夜。
分秒必争惜春天，一片春心勤创业。
永葆神州满春情，珍爱春景情更切。
发愤图强写春秋，感恩春晖献热血。

启示录

毛泽东：“世界是你们的，也是我们的，但是归根结底是你们的。你们青年人朝气蓬勃，正在兴旺时期，好像早晨八九点钟的太阳。希望寄托在你们身上。”

基度：“噢，春天啊！一年生的草木，急不可待地开放脆嫩的花朵。在人的一生中，春天只能有一次。”

春夏交融

万花凋谢并非悲，花瓣纷纷漫天飞。
疑是彩蝶漫天舞，镌刻春景留心扉。
电闪雷鸣送春归，初夏仿佛响春雷。
东风抚摸每寸土，长城内外尽芳菲。
万物蓬勃发生机，春夏交融显神威。
诗情画意绘天地，萦回脑海永陶醉。
情丝万缕催奋进，敢教江山更壮美。
祖国顶天立大地，犹如旭日闪光辉。

启示录

富兰克林：“‘美’的欣赏，是可以会意而不可以言传的；这虽然随个人的心境志趣嗜好而不同。”

民工

四季忙碌难休息，工地搭架展手艺。
酷暑严寒住木棚，路边吃饭填肚皮。
汗水浇铸混凝土，高楼栋栋顶天立。
劳动付出何其多，获取报酬太偏低。
讨薪怪圈年复年，谁成弱势大群体？
按劳分配要施行，出路在于公有制！

注释：中国宪法确立中国的社会主义制度，工人阶级是国家的领导阶级，实行公有制为主体、国有经济为主导的和按劳分配为主体的社会主义初级阶段的经济制度。因此，坚持社会主义制度，是实现平等、公平、正义和有效解决讨薪等社会不公问题的根本途径。

启示录

恩格斯："传统是巨大的阻力，是历史的惰力。但它是消极的，因此一定要被摧毁。"

桑拿天

——希望凝聚十八大

烈日当空火辣辣，树丛知了鸣桑拿。
蜻蜓低飞气氛闷，黄狗吐舌喘哈哈。
泥土干裂张大口，禾苗卷叶垂头下。
奄奄一息只叹息，收成肯定大下滑。
农民忙碌夜继日，咬牙挑水护庄稼。
一家一户拼命干，兴修水利没办法。
无钱购买农机具，何以抗旱机械化？

仰望苍天能得救，星星只是眼眨眨！
豪华山庄有大户，权贵迪拜去度假。
悠闲自在心不急，偶对干旱只咒骂。
人算不如天来算，突然暴雨噼呖哒。
洪水竟把农田毁，千顷庄稼被扼杀。
可悲危房遭袭击，贫民哪里去安家？
农舍一下被冲倒，破旧家具全遭劫。
虽然灾情受救济，穷人挺腰来挣扎。
集体经济已瓦解，贫富两极出分化。
人民想念共产党，立党为公最伟大。
公有经济奠基石，铲除剥削和压榨。
集体力量有威力，组织起来穷根拔。
万众一心搞建设，天灾人祸都不怕。
抗旱防涝显神威，东风劲吹开百花。
柳暗花明迎红日，希望凝聚十八大。
大寨南街葆青春，塘约道路众人夸。
群情激越撸袖干，集体经济将发达。
全国人民跟党走，无穷力量正爆发。
中华复兴势无敌，社会主义闪光华。

启示录

毛泽东：“只有社会主义才能救中国。”

邓小平：“这个历史经验告诉我们，中国走资本主义道路不行，中国除了走社会主义道路没有别的道路可走，一旦中国抛弃社会主义，就要回到半殖民地半封建社会，不要说实现‘小康’，就连温饱也没有保证。”“某些人所谓的改革，应该换个名字，叫作自由化，即资本主义化。他们‘改革’的中心是资本主义化。我们讲的改革与他们不同，这个问题还要继续争论的。”

游易水湖

春风荡漾易水凉，畅游乘艇激波浪。
湖光山色动心弦，深吸富氧肺腑爽。
遥想未来新境界，陶情冶性奔前方。
欢声笑语出友谊，天人感应永留芳。

启示录

车尔尼雪夫斯基："现实中的美，不管它的一切缺点，也不管那些缺点有多大，总是真正的美而且能使一个健康的人完全满意的。"

农场劳动

背朝烈日躬下身，面对土地热气闷。
耗草拔稗护稻苗，浑身汗水湿淋淋。
再苦不知什么苦，只为丰收勤耕耘。
金浪滚滚迎秋收，天道酬勤重千钧。

注释：8231部队北大清华学生连1970—1971年在部队农场，种植600多亩水稻，由于科学种田，亩产达800多斤，约为当地亩产量的3倍。当时同学们意气风发、斗志昂扬、坚忍不拔、苦干巧干、战胜困难，谱写了一曲振奋心灵的凯歌，给自己留下发奋图强、艰苦奋斗的宝贵精神财富。

启示录

爱迪生："我始终不愿抛弃我的奋斗生活，我极端重视由奋斗得来的经验，尤其是战胜困难后所得的愉快；一个人要先经过困难，然后踏进顺境，才觉得受用、舒适。"

油 菜 花

——农友恩情说不尽

万顷金波迎风闪，满目繁星黄璀璨。
小花集聚成海洋，春风吹拂起波澜。
芳菲飘逸情窦开，人在画中情无限。
防涝抗旱迎硕果，不负农友洒热汗。

启示录

艾略特：“天上永远不会掉下，如果想更多的玫瑰，必须自己种植。”

泰戈尔：“人类永久的幸福不在于获得任何东西，而在于自己给予比自己更伟大的东西。”

白 云

——禾苗的渴望

烈日中天白云立，泥土蒸发升热气。
地上禾苗半卷叶，焦炙万分直叹息；
遥看云朵变奇峰，渴望即时化为雨；
千呼万唤不应答，梦想消失长空里。
哀叹嘘唏何时止，人定胜天仅开始。
引水挖渠筑水库，渠道网络趋合理。
防涝抗旱善调节，风调雨顺助胜利。

启示录

波德莱尔：“没有想象力，一切官能，无论多么健康敏锐，都等于乌有。”

赫克斯利：“有许多不可思议的东西，但绝无一样东西，能比人类更不可思议。”

抚琴吟咏

农夫怡情胡子长，湖边抚琴曲悠扬。
鱼儿闻声欢跳跃，树上鸟儿伴歌唱。
荷花激情忍不住，蓓蕾绽放喜洋洋。
行人驻足听乐韵，希冀安泰永流芳。

启示录

穆勒：“祈祷是从太空拿来祝福。劳动是从大地拨出祝福。祈祷是天上的车轮，劳动是地上的车轮，这两者的选择，会替你的家庭带来许多幸福。”

星　河

——30 年来的巨变

夜幕笼罩北荒原，驰骋轿车接天边；
谁将街灯织锦带，又让星河落人间？
改革春风荡大地，人民力量是泉源；
创新科技壮实力，乘坐飞船遨九天。

注释：1986 年 9 月，笔者带领中国司法代表团访问美国，夜晚，惊奇地看见公路上无数轿车的车灯闪烁着，像一条闪光发亮的巨龙。与中国比较，天差地别。而如今有无数这样的巨龙已经在祖国广袤的大地上奔腾。

启示录

雨果：“想象说是深度。没有一种精神机能比想象更能自我深化，更能深入对象，这是伟大的潜水者。”

26

燕园秋景

深秋飞霜染燕园，层林斑斓姿万千。
院壁藤茎展英姿，凌寒多彩争奇艳。
银杏落叶金灿灿，造化地毯镶林苑。
枫林耸立红彤彤，辉映古屋如宫殿。
青松怎能甘寂寞，苍绿挺拔泛翠烟。
未名湖水多妩媚，博雅塔影动心弦。
湖心岛林拥琼阁，石舫傍水荡潋滟。
南岸林木红黄绿，簇拥钟亭临湖轩。
瑶池残荷沁幽香，无数胜景入画卷。
如梦似幻未必是，阙疑隐世桃花源。
钟灵毓秀真超凡，人才辈出创鸿篇。
景致纷呈激壮志，放飞梦想冲九天。

启示录

李大钊：“为世界进文明，为人类造幸福，以青春之我，创建青春之家庭，青春之国家，青春之民族，青春之地球，青春之宇宙，资以乐其无涯之生。”

跨世纪聚会

——北大法律系64级同学入学50周年纪念

金秋轮回五十载，今朝如约燕园来。
沧桑日月存知己，温馨脉脉暖胸怀。

忽来乍见不相识，只缘两鬓已斑白。
牵手灵犀通肺腑，往昔英姿浮脑海。
未名湖畔常漫谈，为国争光志不改。
久别重逢实难得，思潮起伏心花开。
相聚三天一刹那，倾吐心声叙友爱。
对酒当歌话传承，玉树代代放异彩。

注释：北京大学法律系 1964 级同学为纪念入学 50 周年，献给法学院一尊刻“传承”二字的玉化木作留念。

启示录

薄伽丘：“友谊真是一种最神圣的东西，不光是值得特别推崇，而值得永远赞扬。它是慷慨的荣誉的最贤惠的母亲，是感激和仁爱的姐妹，是憎恨和贪婪的死敌。它时时刻刻都准备舍己为人，而且完全出于自愿，不用他人恳求。”

学友情谊

——北大法律系 64 级同学入学 50 周年纪念

世纪过半忆当年，同窗苦读肩并肩。
未名湖畔互勉励，豪情满怀志高远。
笃学慎思觅真经，明辨尚行永向前。
历尽风雨见肝胆，相识相知情无限。
毕业天涯各一方，遥望长空共婵娟。
常想学友事顺意，祝愿诸君体康健。
今朝有缘喜约会，欢声激荡满燕园。
希冀十载再欢聚，友谊花开更鲜艳。

启示录

马克思："人的生活离不开友谊，但要得到真正的友谊是不容易的。友谊需要忠诚去播种，用热情去灌溉，用原则去培养，用谅解去护理。"

时光流逝情更浓

——纪念北大法律系64级同学毕业50周年

穿越时光将终身，忽见青丝变灰银。
同学乍见觉陌生，究竟是他存疑问？
瞬间回想呼姓名，紧紧握手格外亲。
五十年前同窗学，幕幕情景记忆深。
学习锻炼同游玩，未名湖畔留足印。
青春韶华飞驰过，沧桑皱纹刻光阴。
回首毕业奔四方，下足功夫奋力拼。
披星戴月惜时光，峥嵘岁月勤耕耘。
诚心甘作孺子牛，为国建业立功勋。
各条战线竞风流，不负人民养育恩。
笑谈曲折和挫折，雪压梅花添丰韵。
无怨无悔度人生，甘当蜡烛燃烧尽。

注释：陈亨光献给北大同班微信群同学的诗："古稀年轮微信梦，六四同窗情谊浓。事业有成文传世，身体康泰梅芬荣。如铁真言哲理寓，以琴清音知识融。莫道黄昏桑榆晚，共赏最美夕阳红。"孙绍有点赞："亨光入群，亮相诗妙，寓名写意，构思奇巧。同窗真情，溢于言表。夕阳虽晚，风景独好。"

启示录

卡洛隆："当你走了漫长的一段人生旅程时，以前认为不过是偶然同道的许多人，忽然意会到竟是诚实的盟友。"

友谊与思念

五十周年回燕园，风云际会忆当年。
同窗友爱手足情，并肩学习两千天。
毕业各自赴前程，情谊令人梦常牵。
天南海北可适宜，春夏秋冬何康健？
风云变幻经历过，复杂局面怎应变？
喜闻诸君多建树，踏尽坎坷做贡献。
家事国事天下事，勤勉奋斗乐无边。
今朝聚会话语多，铭记母校思源泉。

启示录

毛泽东：“世界是你们的，也是我们的，但是归根到底是你们的。你们青年人朝气蓬勃，正在兴旺时期，好像早晨八九点钟的太阳。希望寄托在你们身上。”

举杯贺年

——读学友贺年词有感

君怀诚意举杯酒，盛情难却吾深嗅。
醇美诗韵入肺腑，知心话儿倍温柔。
岁月悠悠望明月，思念绵绵情丰厚。
穿越时空今同饮，安康快乐赠学友。

注释：袁志荣同学的贺年诗：“晚来天欲雪，能饮一杯无？雪花飘，迎新年，与君促膝共举盏，千杯可干！怎能奈是，路途远，只堪持酒遥向尔，邀同饮，莫惦念。念！念！念！”

启示录

爱默生："友谊能增进快乐，减轻痛苦；因为它能倍增我们的喜悦，分担我们的烦忧。"

泰山热情

蓝天白云恋泰山，骄阳似火保平安。
空气湿润利肺腑，出汗排毒利康健。
今日正值端午节，粽子红枣口中含。
愿君青春永常驻，热爱生活襟怀宽。

注释：卢泰山同学 2015 年 6 月 20 日在微信中祝各位老同学端午节愉快！并发邀请：海南旅游正火红，此时盛夏汗水溶，恭候同学来体验，享受生活乐无穷。

启示录

伊壁鸠鲁："在智慧供给整个人生的一切幸福之中，以获得友谊最为重要。"

愿景

——为太升、绍有的诗句连接

般若依春风，花影书心经。
杭城绘春色，丹青伴花红。
瑶池映倩影，诗韵动心灵。
思古发幽情，未来怀愿景。

注释：2017 年 3 月，本诗是将太升摄影诗句与绍有评论诗句串联起来的，表达共同的感想。

启示录

西塞罗："没有友谊，世界仿佛失去太阳。"

木 荷 花

——欣赏太升木荷赋诗及书法作品

曾见木荷翠烟起，万顷绿波滚滚来。
今看东风造奇景，千树万树雪花开。
阙疑鹭鸶戏树冠，更似繁星落碧海。
冲天香气润肺腑，心旷神怡登琼台。

注释：牛太升游西溪桃源岭，望碧波荡漾，木荷怒放，璀璨异常，拍照美景，感慨万千，激情赋诗："方念西湖红莲妆，未料西山木荷放。擎天高冠满珠玉，翠谷绿波翻银浪。"

启示录

莎士比亚："爱是一颗星，一切迷途的船只，虽然不懂得天文，却靠它引导。"

怡 然 自 得

——为泰升书法与摄影作品题赞

任凭股市惊跌落，欣赏流霞山顶游。
西庄瑶池荷莲艳，铁树开花吸眼球。
怡情自然连广宇，挥洒笔墨神韵留。
人间沧桑亦旷远，天地玄黄竞自由。

注释：2015 年中国发生股灾，一些股民心情浮躁。

启示录

亚里士多德：“古往今来人们开始哲理探索，都应起源于对自然万物的惊异。”

心　境

——为泰升三幅书法作品和西溪玉照点赞

（一）

行云流水舞毫笔，心驰神往忆赤壁。

怀古通今抒豪气，西溪绿荫沐晨曦。

（二）

诗情画意抒衷肠，龙飞凤舞跃纸上。

梅花凌寒婷婷立，丹青挥洒更豪放。

（三）

静心苦练结硕果，谋篇构字重特色。

俊秀飘逸创风格，感人肺腑含魂魄。

注释：牛太升同学在公务繁忙中，挤出时间，研读诗词，练习书法，步步升华，尽情挥洒，创出佳作；他还情注自然，对摄影也别有情趣，常拍一些优美风景照，与微信圈朋友共享。

启示录

德谟克利特：“使人幸福的不是体力，也不是金钱，而是正义和多才。”

云　台　山

——阅陈亨光同学游云台山景照感怀

峻峰深壑胜名画，奇岩怪石露风华。

耳听瀑流哗啦啦，脚踏栈道走悬崖。
无数景致汇幽雅，莫非仙境出奇葩。
自然奥妙真惊诧，天工为何此造化？

启示录

毛主席："江山如此多娇，引无数英雄竞折腰。"

端午有感

榴花杏果真有情，花红果绿迎英灵。
竞舟萱草敬先贤，怀抱离骚日月明。

注释：牛太升于2017年端午节在微信圈发花果照和书法作品，并赋诗一首《端午假日》："榴花火红青果小，竞舟渡口摘萱草。大学大同圣教序，不逊屈子赋离骚。"孙绍有赞太升三幅书法："大学之道通古今，大道之行展雄浑；大唐圣教济天下，大我中华有宏文。"

启示录

文天祥："臣心一片磁铁石，不指南方不肯休。"

刘禹锡："昔贤多使气，忧国不谋身，目览千载事，心交上古人。"

团支部合影题照

照片蕴藏半世纪，依然清晰永珍惜。
风华正茂勤学习，待时翱翔新天地。
沧桑岁月经砥砺，冲锋陷阵争第一。
无私奉献志不移，甘为中华增壮丽。
自强不息永奋进，风波浪里练毅力。

千难万险创业绩，霜雪圣洁染青丝。
回首历程千万里，无怨无悔存豪气。
诸君安康摆第一，夕阳艳红更旖旎。

注释：莆田二中61级高中班团支部集体合影留念（1964年7月）。

启示录

柯林斯：“在欢乐时，朋友会认识我们；在患难时，我们会认识朋友。”

（清）黄宗羲：“大丈夫行事，论是非，不论利害；论顺逆，不论成败；论万世，不论一生。”

27

为不平凡的联谊会讴歌

——8231部队北大清华学生连战友联谊会

“你们为什么不在京城欢聚，
却要到那息县农村去联谊？”
有人对我们行动不可思议，
这里到底蕴藏着什么奥秘？
从前的营房已变成养猪圈，
昔日的操场已是树木挺立；
还是那再普通不过的土地，
有什么可以令人眷恋着迷？

因为那里我们洒下了汗水，
镌刻我们艰苦奋斗的足迹！
因为那里我们创造了丰收，

融进我们青春智慧的血液！
因为那里我们收获了希望，
彼此间凝结着深厚的友谊！
因为那里我们锻造了意志，
任凭惊涛骇浪仍坚强无比！

就是那片土地呈现出神奇，
赋予我们改造世界的志气！
就是那场战天斗地的砥砺，
给了我们英勇前进的毅力！
艰难困苦玉汝于成的道理，
从此在我们心中永恒铭记！
追忆我们过去艰辛的付出，
与今朝成功有着必然联系！

我们千里迢迢来寻访故地，
出于深沉怀念感恩的诚意！
我们热烈拥抱着这片土地，
不是追逐任何地位和名利！
我们真情向大地母亲倾诉，
为祖国和人民永坚定不移！
我们相聚纯粹是为着友情，
敞怀叙谈时光穿梭的往昔！

经历四十年来的峥嵘岁月，
我们圣洁心灵变得更美丽！
晚宴上欢声笑语深情无限，
久别重逢的话语一泻千里！
海内存知己的魅力在荡漾，
大爱在我们胸中澎湃不息！

兄弟姐妹加上战友的情谊，
万里长空飘扬着这面旗帜！

注释：1970 年 2 月至 1972 年 2 月，8231 部队北大清华学生连在河南息县训炼。大家离开息县已经 40 年了，于 2011 年 5 月 15 日从四面八方聚集到息县，寻访战斗过的地方，举行联谊会，深情厚谊激荡心弦。赋诗以记之。

启示录

歌德："真诚、活跃而富有成果的友谊表现在生活的步调一致，表现在我的朋友赞成我的目标而我也赞成他的目标，因此无论我们的思想和生活方式有多大差异，都始终不渝地共同前进。"

战友情谊千秋在

——8231 部队北大清华学生连战友联谊会

（2011 年 5 月 15 日）

八方战友聚集来，联谊序幕喜拉开；
寻访营房所在地，面貌变化出意外。
营房改变成猪圈，宽阔操场不存在；
田埂道路变模样，一片林木私人栽。
眼前一切皆陌生，从前记忆无法改；
风华正茂显身手，曾将此地当舞台。
贫瘠土地勤耕耘，创造丰产受青睐；
劳动思想双丰收，造就建设新人才。
学军学农仅两年，抚今追昔四十载；
紧跟祖国向前进，无愧伟大新时代。
四化建设勇献身，坎坷人生多精彩；
韶华消逝存童心，休管两鬓已斑白。

时空旋转虽无情，内心充满无比爱；
今宵灯红宴席时，纵酒哪能再徘徊？
欢歌笑语情真挚，激动心潮起澎湃；
回想痛失六同伴，摧肝裂胆泪满腮。
话说明天将分别，心中五味实难耐；
欢聚不易别更难，此别何时再团拜？
抓住时光夜长谈，情愫缠绵叙友爱；
争取十年能再会，美好未来有期待。
长江奔腾万古流，学友情谊千秋在；
时光凝固这一刻，心静神怡永开怀。

启示录

马克思：“真诚的，十分理智的友谊是人生的无价之宝。你能否对你的朋友守信不渝，永远做一个无愧于他的人，这就是你的灵魂、性格、心理以至于道德的最好考验。”

难忘的岁月

——为8231部队北大清华学生连学友祝福

岁月峥嵘，永生难忘，襟怀博大，学友情长；
心有灵犀，思念永芳，情丝万里，举世无双；
品味人生，何必惆怅，酸甜苦辣，酿成蜜糖；
路途坎坷，斗志昂扬，踏破障碍，夺取辉煌！
苍茫宇宙，思绪飞扬，鹤发童心，豁达开朗；
电波传讯，祝贺安康，夕阳光芒，编织华章！

启示录

奥斯特洛夫斯基：“友谊、诚恳、集体主义——这是我们的朋友。培养英勇果敢的精神，对革命无限忠诚，痛恨敌人——这是我们的法则。”

读学友之诗

——读吴柏春《农场记事》有感

燕园秀木沐东风，百花绽放竞艳红。
山重水复疑无路，雄鹰展翅击长空。
春寒昂首赴中原，学军学农又学工。
科学知识付实践，广阔大地练真功。
多才多艺显身手，施展智慧为大众。
励志图强经风雨，奋斗征程见彩虹。

启示录

巴金："友谊在过去的生活里，就像一盏明灯，照彻了我的心灵，使我的生存有了一点点光彩。"

人生壮丽须拼搏

——赞吴柏春《从牛鞭到教鞭——从教生涯记》

自古英才多磨难，岁月沧桑襟怀宽。
走过坎坷曲折路，砥砺身心意志坚。
卧睡天桥抚银河，自嘲逍遥比神仙。
逆境当作上天梯，勇向高峰猛跻攀。
毕业北大进社会，坚持勤学和苦练。
农场实践执牛鞭，未知领域要钻研。
耕地劳动不省心，凭借科学来种田。
中学执教受欢迎，仍不满足去考研。
苦学知识渐丰富，登上大学执教鞭。
笃学慎思加拼搏，明辨尚行有创见。
围绕教学搞研究，多部论著已涌现。

教学科研和管理，三项工作皆勤勉。
办理公事高标准，埋头苦干作奉献。
心血汗水铸荣光，迎来幸福度晚年。

注释：吴柏春同学从部队分配到武汉工作，初期有一段时间，居住一间小房，不得已在凌空街巷架一“天桥”睡觉。他历尽艰辛，励志图强，在平凡工作中做出骄人的成就。

启示录

巴尔扎克：“苦难对于天才是块垫脚石，对能干的人是财富，对弱者才是一个万丈深渊。”

王安石：“夫夷以近，则游者众；险以远，则至者少。而世上奇伟、瑰怪、非常之观，常在险远，而人之罕至焉。非有志者不能至也。”

战友的思念

——祝王镇棣同学吉祥幸福

他常常奔波于五大洲，搏击长空犹如那海鸥，
把密布乌云层层穿透，汗水酿蜜而不知忧愁！
他用地球经纬来穿梭，索取漫天彩霞织金波，
收获无数幸福新成果，走向壮丽人生多洒脱！
遥望大洋彼岸时间多，战友牵挂时常生寂寞，
愿将美好吉祥之祝福，随着电波传到他心窝！

启示录

纪伯伦：“友谊永远是一个甜蜜的责任，从来不是一种机会。”

为“农场抛砖诗”题照

——读刘喜正同志40年前在部队农场写的诗有感

抛出金砖很耀眼，蕴含功力大无边。
诗情画意融一体，描绘英雄学生连。
青春热血在沸腾，豪情激荡满胸间。
迎风冒雨挑重担，战天斗地在田园。
回首岁月峥嵘稠，不知不觉四十年。
挥洒昭华为祖国，襟怀坦荡无忧怨。

启示录

汉斯：“获得友谊的途径很多，其中最不可缺少的是自己的气质与坦诚相融汇。”

赞《月圆人团圆》动画贺卡

——向刘喜正和夫人致中秋祝贺

刘君多才气，婵娟心系你；
伉俪手挽手，形影不分离。
周游遍环球，风光收眼底；
景致看不尽，实在太美丽。
秋风拂面来，神思身飘逸；
深情叙浪漫，娱悦叫人迷。
心花续怒放，情谊酿成蜜；
鹤发染冰霜，童心藏怀里。
朝气仍蓬勃，谈笑风生起；
岁月催人老，奉献志不移。
幸福度晚年，健康摆第一；

但愿人长久，永远紧相依。

启示录

莎士比亚："我的慷慨像海一样浩渺，我的爱情也像海一样深沉；我带给你的越多，我自己也越富有，因为这两者是没有穷尽的。"

琴韵传心声

姥爷弹琴胜丝竹，外孙勤学有天赋。
天伦感应情感深，曲韵悠扬入肺腑。
音乐节奏及脑波，启迪心灵晓天书。
提高思维敏捷度，触类旁通迈阔步。

注释：刘喜正女儿刘琳在所发的微信录像上风趣写道："姥爷教外孙学钢琴，我小时候怎么没有这个待遇啊？"

启示录

柏杨："没有教育，就没有人才，没有人才，就啥也没有。"

为晋卿《陈年杂忆》题照

陈年杂忆藏书中，挚友有幸知真情；
怀抱友谊同分享，品尝陈酒味醇浓。
雄心壮志开金花，智慧积淀经时空；
为国争光作奉献，非洲大地立新功。

启示录

雷娜："宽宏的气度，镇静的神态，是吸引朋友爱护自己、亲近自己、仰慕自己的法宝，更是个人事业成功的基础。"

寄语宝庭

坦然塑胸襟，头脑特清醒：
喝酒若开车，违法绝不行；
步行虽可以，还是不安宁；
钱命哪重要，舍财保生命；
选择人代驾，避免事故惊。
顺利回到家，平安值庆幸。
糊涂最难得，板桥作明镜。
劝君放酒量，可喜亦可敬！

注释：一位同学以纯真的心态在微信群上写道，因聚会饮酒，坐地铁后，离家很近，却请代驾员代开车，回家后才想起来："我为什么要找代驾？车存地铁站一晚才 4 元，第二天免费乘公交车去取不是挺好吗？可见喝糊涂了。"此引起朋友的热议，谈笑风生。

启示录

郑板桥："难得糊涂"，自注："聪明难，糊涂难，由聪明转入糊涂更难，放一步，退一步，当下心安，非图后来福报也。"

为定雄游览题照

情怀浪漫游澳洲，登峰远望竞自由。
一览众山似泥丸，浩瀚汪洋眼底收。

天地有情鼓与呼，心潮澎湃精神抖。
陶情怡性乐悠悠，青春作伴回神州。

注释：2017 年春节，汪定雄同学携家人登上澳大利亚南山最高峰，抒发一览众山小、太平洋收眼底的壮阔情怀，并转发一组照片。

启示录

罗曼·罗兰：“凡是天性刚强的人，必定有自强不息的力量。”

28

《岁月寻芳》赞

——读陈福今同志诗作感怀

佳作幽远叙寻芳，岁月峥嵘铸华章。
诗篇壮丽志恢宏，襟怀坦荡德高扬。
忆昔跻身中南海，勤政廉政沐阳光。
夜阑静听萧萧叶，情系民众敢担当。
胸有经书自淡泊，经险历变奔前方。
古今英才爱江山，甘掷昭华慨而慷。

注释：陈福今同志《岁月寻芳》的诗集，是他人生的真实而生动的写照，他曾在中南海瀛台之北的西八所办公 8 年，经险历变，追求真理，忧国忧民之情跃然纸上。

启示录

狄德罗：“精神的浩瀚、想象的活跃、心灵的勤奋：就是天才。”
保罗：“人生犹如一本书。愚蠢的人把它草草翻过，聪明的人指导它细细阅读。”

怀念沈因洛同志

霙落时节正清明，光芒一道如陨星。
鞠躬尽瘁为人民，含笑九泉留英名。

注释：湖北省政协原主席沈因洛同志2016年2月20日逝世，获得“中国人民抗日战争胜利70周年”纪念章。他一生全心全意为人民服务，生命终点时还坚持把遗体捐献给医学研究事业，“让生命散发出人生最后一道光芒”，中央电视台对他的光辉事迹做了系列报道。我怀念起他在武钢工作期间，受到工人的广泛赞誉，谨以此诗对他的逝世表示怀念。

启示录

奥斯特洛夫斯基：“人生最美好的，就是在你停止生命时，也还能以你所创造的一切为人民服务。”

情系祖国

——读科学家黄永年事迹有感

爱国为公，壮士凌云。施展才华，举世创新。
甘洒热血，支撑国运。崇高品德，情系民心。

启示录

马克思：“科学绝不是一种自私自利的享受。有幸致力于科学研究的人首先应该拿自己的学识为人民服务。”

布鲁诺：“科学是我心中的温暖和愉快，你使我无所畏惧、视死如归。入狱者难见天日，你却能把锁链和铁窗粉碎。”

巴甫洛夫：“科学是没有国界限的，但科学家是有祖国的。”

书 华 章

——记罗锋同志一幅题词

椽笔飞舞动心弦，多少明眸聚焦点。
书写华章振士气，警民同心保平安。

启示录

巴尔扎克：“一个能思想的人，才真是一个力量无边的人。”

怀念黄文灶先生

君乘黄鹤临九泉，音容笑貌存世间。
厚道博爱系民心，才华横溢乐奉献。
前天畅谈甚温馨，今日悼念真遗憾。
愿君异域永安祥，留下美德红如丹。

注释：北京大学教授黄文灶 2017 年 5 月 7 日逝世，享年 81 岁，9 日在八宝山殡仪馆举行追悼会。

启示录

歌德：“希望是生命的灵魂，心灵的灯塔，成功的向导。”

谚语：“炼铁需要烈火，交友需要诚心。”

续《活力颂》
——敬贺老傅八十寿辰

超越古稀值庆贺，陶情怡性积善德。
余热释放可持续，夕阳燃烧红似火。
青春风韵仍犹存，活力四射为祖国。
智慧超常志高远，书法创新心常乐。

注释：傅西路同志2016年述怀诗《活力颂》：“古稀之年迎来我，入木养心讨快活。余热有温徐徐降，智能增生熠熠火。薄发终显厚积力，深功轻展忘年学。宜将活力化顺通，年高唯有心常乐。”

启示录

马克思：“一种美好的心情，比十副良药更能解除生理上的疲惫和痛苦。”

师表风范
（冠头诗）

林中秀木成奇才，
文思奔腾含博爱。
泉水雨露泽学子，
恩师献身在讲台。
深刻道理通俗讲，
似那云雾顿时开。
海纳百川襟怀宽，
洋通五洲向未来。

注释：本诗写于2012年，收入《九华丹枫——林文泉从教六十周年纪念文集》。林老师1959年出席全国群英会，受到党和国家领导人的接见。

启示录

王安石：“传之以心，受之以意，切问近思，而资所学，以施于世。”

孙中山：“教养有道，则天无妄生之才；鼓励以方，则野无抑郁之士；任使得法，则朝无幸进之徒。”

红烛颂

——为林玉华先生给林文泉师祝寿画题诗

龙腾四海添绚烂，师泽九州育人才。
红烛有心愿点燃，桃李芬芳寄未来。

启示录

亚里士多德：“国家的命运，有赖于对青年的教育。”

柏拉图：“子女教育，是社会的基础。”

卢梭：“在所有一切有益于人类的事业中，首要的一件，即教育人的事业。”

为林玉华先生画册题照

挥洒丹青绘天地，群龙跃然波涛里。
飒爽仙姿飞神韵，翔游四海抒浩气。

启示录

孟德斯鸠：“因为感情真，所以美；因为感情美，所以善；因为感情善，所以写出来的东西自然要高。”

风花雪月

——为林志亮《月下幽香》画作题诗

风花雪月肩并肩，犹闻幽香觅知音。
心领神会情无限，耳听天籁迎祥云。

启示录

培根："爱情不仅会占领开旷坦阔的胸怀，有时也能闯入壁垒森严的心灵。"

为伉俪芳游点赞

心有灵犀游瑞丽，花红树绿动心仪。
山美水秀尽妖娆，火热真情化蒸汽。

注释：张兵义夫妇乘着夕阳正红的时光，游览祖国美好河山，他从云南发来火山热海的一组照片，有一张照片中，"热海大滚锅"中蒸汽升腾，扶摇直上，似云雾缭绕，如素绢洁白，令人感到爱情的忠贞与纯洁，为此赋诗一首，以表祝愿。

启示录

李斯特："一个富有创造力的人和一个技术熟练的人结婚，不能在艺术中看到有比这更大的幸福、更高的和谐和一致的了。"

不愧为局长

唯物主义入脑髓，宗教管理靠智慧。
信仰自由要遵循，追求无神更完美。

注释：宗教管理局局长张元坤在微信上说：“把生命交给神灵的，完全是糊涂蛋。”这一大胆的说法完全符合马列主义关于宗教的论述。

启示录

列宁：“宗教是人民的鸦片——马克思的这一名言是马克思主义在宗教问题上的全部世界观的基石。”

费尔巴哈：“人在国家之中的任务，并非只要相信他所要信的，而是要相信合理的东西。否则，信仰自由就成了‘各人都自愿去做一个呆子的自由或权力’。”

读《诗为民所歌》

才华横溢小虎哥，激情澎湃吟诗歌。
亲民爱民献丹心，文雅高雅情炽热。
只向实际索诗章，亲切易懂塑鲜活。
如梦似幻含婉约，喜闻乐见彰特色。

注释：网络上以“诗为民所歌”为题报道张元坤（微信用名小虎哥）同志的事迹，他经常深入基层，深入民众，体验生活，用生动活泼的语言，为民写诗，讴歌新时代新生活，使人读起来倍感亲切。

启示录

歌德：“所有真正的智慧，都是曾经被人考虑过千百次；但要想它们成为我们自己的，一定要再经过我们自己再三思考，直到它们在我们个人经验中生根为止。”

筑美梦

——为刘琳小镇设计摄影题照

身居天堂有体验，美因慧眼而出现。

神思飞扬筑美梦，小镇将成桃花源。

启示录

康德：“美的艺术是一种境界，它本身虽然没有目的，但却具有内在的目的性。为了社会交流的利益，它推进各种精神力量的修养。”

复《自勉》

人生征程莫彷徨，欲达彼岸须起航。
搏击惊涛千万里，付出艰辛迎朝阳。
襟怀崇高天地宽，无私无畏即豪放。
爱过恨过拼搏过，青春绽放志昂扬。

注释：一友《自勉》诗曰：“执迷不悟暂迷航，身临其境自知难。悬崖勒马回头岸，迷途知返犹未晚。”

启示录

雨果：“世界上最宽广的是海洋，比海洋宽广的是天空，比天空宽广的是人的胸怀。”

登山颂

——献给攀登珠穆朗玛峰的英雄们

危峰崔嵬冲天极，雪崩坍塌震大地。
灵猴攀岩丧魂魄，葬身悬崖悲抽泣。
神鸟欲从山顶过，不幸碰壁折断翅。
唯有登山英雄汉，敢跻巅峰插红旗。

启示录

哥伦布："世界是属于勇者的。"

普照林尼："在希望与失望的决斗中，如果你用勇气与坚决的双手紧握着，胜利必属于希望。"

读书放眼量

树木汇聚成森林，全书饱含史春秋。
人言书山本无路，勤奋为径知宇宙。
通晓古今重实践，攻克必然争自由。
今朝经济全球化，竞争战火燃五洲。
铭记落后挨史打，奋发图强争上游。
前沿科技须领先，不断创新占鳌头。
警惕霸权来袭击，反对侵略敢拼搏。
依法治国能安邦，服务人民应为首。
公有经济作基础，共同富裕深筹谋。
领导核心共产党，乘风破浪当舵手。
社会主义明方向，红旗飘扬耀九州。

启示录

爱因斯坦："科学永远不会是一本写完的书，每一项重大成就都有会带来新的问题．任何一个发展随着时间的推移都有会出现新的严重的困难。"

泰戈尔："知识是智慧的结晶，是文化宝石放出的光辉。"

祝君康健

时光脚步在飞动，老友深情记心中。

人生岁月得知己，白首苍茫望长空。
量子卫星传电波，衔接友谊万古青。
往昔并肩齐战斗，只为祖国更繁荣。
风雨过后呈彩虹，坎坷登高总动容。
今祝赵君体康健，欢度晚年夕阳红。

启示录

歌德："真诚、活跃而富有成果的友谊表现在生活的步调一致，表现在我的朋友赞成我的目标而我也赞成他的目标，因此无论我们的思想和生活方式有多大差异，都能始终不渝地共同前进。"

复信迎新春

神州龙腾九霄去，华厦蛇舞大地来。
三山五岳迎新春，万里江山鲜花开。
人逢盛世精神爽，忧国忧民抒情怀。
呼风唤雨争平等，改天换地为博爱。

启示录

郭小川："在青春的世界里，沙粒要变成珍珠，石头要化作黄金……青春的魅力，应该叫枯树长出鲜果，沙漠布满森林……这才是青春的美，青春的快乐，青春的本分。"

贺友人乔迁

乔迁新居来正好，天道酬勤记功劳。
放眼湖光恋百花，山景叠翠伴芳草。
四季秀色尽怡神，心潮难平激情高。
泼墨丹青绘世界，画出江山尽妖娆。

启示录

席勒：“美的最高理想要在内在与形式的尽善完美的结合与平衡里才可以找到。”

29

红　　叶

——寻觅美丽出灵感

秋霜飞扬似胭脂，一夜竟将青山染。
叠嶂层林尽斑斓，枫叶经霜红如丹。
山峰枫林映晨曦，竟使彤云璀灿灿。
天工造化集奇景，叫人怎能不震撼。
抚摸红叶激脑波，诗情画意动心弦。
典籍辞海皆寻觅，难索词句描壮观。
疑是万幅红旗飘，崔嵬凌霄火炬燃。
初心激情被引发，拥抱美丽出梦幻。
我欲乘风奔万里，跟随红叶逐超凡。
无限情愫播天下，敢教环球红烂漫。

启示录

贝多芬：“把‘德性’教给你们的孩子，使人幸福的是德性而并非金钱。这是我的经验之谈。在患难中支持我的是道德，使我不致自杀的除了艺术之外，就是道德。”

秋之梦

——秋情依恋青春梦

一叶飘落知秋风，鸿雁南飞上长空。
暮色苍茫洒秋霜，枫叶侵染露秀容。
长城内外添秋色，千山万壑展恢宏。
遍野硕果增秋景，劳动大军来庆功。
玉盘如水恋秋波，窗前斑竹情意浓。
夜阑枕上入秋思，菊花芳华咏幻梦。
适逢古稀迎秋分，壮士暮年攀高峰。
哪怕坠崖在秋末，晚霞依然映天红。

启示录

恩格斯："须知，马克思首先是一个革命家……斗争是他得心应手的事情。而他进行斗争的热烈、顽强和卓有成效，是空前的。"

秋愿

——我看江山多明媚

秋风萧瑟青松翠，玉露情深枫叶飞。
凝霜淡抹菊花开，香山峻峭入崔嵬。
蓝天白云恋天地，千山万岭多明媚。
夕阳西下近黄昏，彤云殷红令人醉。
回首岁月七十载，白发纯净自然归。
踏破铁鞋觅真知，微得灼见含热泪。
幸福不会从天降，艰辛奋斗须加倍。
一心为公崇高尚，实践方有真体会。
还愿登峰观远景，风云滚滚涌心扉。

待时春雷动大地，万花绽放争芳菲。

启示录

苏格拉底：“世界上最快乐的事，莫过为理想而斗争。哲学家告诉我们，‘为善至乐’的乐，乃是从道德中产生出来的。为理想奋斗的人，必能获得这种快乐，因为理想的本质就含有道德的价值。”

追　　梦

——血洒沙漠鲜花开

家住岸边望碧海，红日喷薄照村寨。
庭院垂柳任摇曳，丹青墨韵溢砚台。
挥洒激情画天地，托起梦想绘时代。
放眼环球抒豪气，胸怀壮志朝前迈。
人生能有几回搏，敢教青春放异彩。
百折不挠增自信，知难奋进乐开怀。
只争朝夕踏征程，血洒沙漠鲜花开。
劈波斩浪立潮头，高歌四化奔未来。

启示录

雨果：“未来将属于两种人：思想的人和劳动的人，这两种人，实际上是一种人，因为思想也是劳动。”

王安石：“夫夷以近，则游者众；险以远，则至者少。而世上奇伟、瑰怪、非常之观，常在险远，而人之所罕至焉。故非有志者不能至也。”

秋之情

——年轮飞转意志坚

秋山叠嶂衔远天，晚霞沉香升紫烟。
万木落叶萧萧下，化作泥土沃故园。
尽管两鬓染秋霜，敢洒汗水比童年。
身体衰弱志如钢，坚持学习勤修炼。

启示录

马克思：“体力劳动是防止一切社会病毒的伟大的消毒剂。”

李时珍：“身如逆流船，心比铁石坚；望父全儿志，至死不怕难。”

燧石

——无私无畏求真理

任何真理发现时，认识之人并不多。
香花竟被当毒草，受尽围攻葆本色。
真理犹如是燧石，愈受打击愈闪烁。
光明终于驱黑暗，翻天覆地势磅礴。
真理威力大无边，只缘大众所掌握。
欲让人生放光华，投身时代去奔波。

启示录

布鲁诺：“为真理而斗争是人生最大的乐趣。”

狄德罗：“真理喜欢批评，因为经过批评，真理就会取胜；谬误害怕批评，因为经过批评，谬误就要失败。”

人生之路

人生之路，深入浅出。刻画入微，列数脚步。
良莠碰撞，惊心触目。警戒人生，反贪拒腐。
防微杜渐，不踏迷途。激浊扬清，谨防失误。
警钟长鸣，催人觉悟。人民至上，为我父母。
坚守理想，共同致富。为民奋斗，全力以赴。
廉洁奉公，勤政实务。严以律己，艰苦朴素。
斗私批修，消除病毒。洁身自好，永不玷污。
襟怀坦荡，无比幸福。鞠躬尽瘁，光华如璞。

注释：友人祝福笔者几十年宦海颠簸奔突、狂壑争流，终于平安着落，本诗答谢友人祝福。

启示录

苏霍姆林斯基：“没有良好的教养，没有牢固的知识，没有丰富的智力素养和多方面的智力兴趣，要把一个人提高到道德尊严感的高度是不可思议的。”

波尔维：“人生所缺者不是才干，而是志向；换言之，不是成功的能力，而是勤劳的意志。”

人生正道

时常行走云雾中，不怕坎坷路泥泞。
电闪雷鸣风烟起，辩明是非须从容。
服务人民为宗旨，一切原则可掌控。
定海神针存心胸，任凭东西南北风。
宦海商洪相激荡，极端病毒来进攻。
灯红酒绿侵蚀时，严守清贫抗毒虫。

权利名位有逆变，宠辱不惊戒虚荣。
淡泊明志最值得，其乐无穷善始终。

启示录

佚名：“哲理是石，敲出星星之火；哲理是火，是点燃熄灭的灯；哲理是灯，是照亮夜行的路；哲理是路，引你走向光明。”

巴尔扎克：“荣誉是死者的太阳。”“黄金的枷锁是最重的。”

莎士比亚：“贪财乃万恶之源，名誉的坟墓。”

雨果：“如果我用阿谀奉迎的办法换取上司的提拔，我早就得志了。但这不是我的道路。”

严以律己

身守深山一湖区，不可擅自去钓鱼！
反思人生有顿悟，名利缠身必空虚。
钩心斗角蚀心灵，争权夺利毁声誉。
淡泊明志拂尘埃，个人得失莫忧虑。
解愁饮酒愁更愁，宁与书籍交挚友。
人民至上牢记住，崇高宗旨永追求。
奔波时代维正义，只为黎民常担忧。
绵薄奉献于社会，人民伟业耀千秋。

启示录

高尔基：“你要记住，永远要愉快地多给别人，少从别人那里索取。”

奥斯特洛夫斯基：“幸福，就在于创造新的生活，就在于为改造和重新教育那个已经成了国家主人、社会主义时代的、伟大的、智慧的人而奋斗。”

忆往事

曾经沉浮宦海间，风霜雨雪经历练。
殿堂瑶池百花艳，心无旁骛勤钻研。
精益求精校文件，无端斥责来眼前。
混淆是非迷蒙蒙，争辩终究消云烟。
纠缠绊脚多少次，胜券在握心地欢。
立党为公铸风骨，告别红墙再体验。
浪迹天涯知深浅，人生跌宕可自勉。
搏击风波鬓毛衰，无怨无悔度晚年。

注释：校核文件是指中共中央文件在发布前，要对文件稿进行校核修改，即要从理论、政治、政策、法律、事实、文字、逻辑等方面进行严格把关，谨防出错，最后报批签发。

启示录

马克思："不学无术在任何时候，对任何人，都无所帮助，也不会带来利益。"

歌德："目标越接近，困难越增多。但愿每一个人都像星星一样安详而又从容地不断沿着既定的目标走完自己的路程。"

人生追求

学海无边击浪波，日月星辰未数过。
步伐匆匆往前走，挫折铺路成功多。
韶华掷尽满首雪，怎忍余生成蹉跎。
难忍宦海泛混浊，怒向腐朽动干戈。

启示录

布鲁诺："我认为胜利是可以得到的，而且勇敢地为它奋斗，我的后代将会说：'他不知道死的恐惧，比任何人都刚毅，并认为为真理而斗争是人类最大的乐趣。'"

于谦《石灰吟》："千锤万击出深山，烈火焚烧若等闲。粉骨碎身浑不怕，要留清白在人间。"

观　花

有心观花系情结，花落花魂不凋谢。
并肩携梦到天涯，风雨人生闯世界。

启示录

莎士比亚："倘若没有理智，感情就会把我们弄得精疲力尽，正是为了制止感情的荒唐，才需要理智。"

品　茶

我常忙碌忘记你，你又闯入我眼里：
婉约一笑送杯茶，让我品出新诗意。

启示录

马克思在给燕妮的诗中写道："要知道世界上唯有你，对我是鼓舞的源泉，是天才的慰藉，照亮心灵深处的希望的光辉。"

雪莱："午夜忽梦回，梦中与君语；微风正轻吹，星光何灿烂。"

知　己

事业艰辛逢知己，共同奋斗夺胜利。
仿若溪流奔大海，彩虹拥抱举起你。

启示录

毛泽东："与天奋斗，其乐无穷；与地奋斗，其乐无穷；与人奋斗，其乐无穷。"

荀子："岁不寒，无以知松柏，事不难，无以知君子。"

屈原："路漫漫其修远兮，吾将上下而求索。"

百　合　花

花白圣洁吸眼球，沁入心灵知春秋。
清纯相伴到永远，荣华富贵无所求。

注释：秀榕培植一硕大的百合植株，绽放一串罕见的硕大而洁白的花朵，花香异常，沁肺神怡。

启示录

梅叶："我在人间就找不到任何东西像宁静、善良、大公无私、正义和真理那样使人愉快、动心、可爱和合乎希望；我觉得，如果人们在自己身上珍惜地保存着如此可爱的德行，那么，这些德行对于人们本身就应当是幸福和福利的无穷无尽的源泉。"

30

考　研

正是准备考研时，照顾病儿夜难眠。
除了请假去考试，上班下班都准点。
业余时间搞备考，剩下睡眠极有限。
争分夺秒狠拼搏，不怕艰辛勤苦练。
一本巴掌小词典，词语摘贴满房间。
攻破外语此短板，就能超过分数线。
其他学科无大碍，总分名列最前面。
复试面试将来临，守护岳母病床前。
送终葬礼刚完毕，进京复试迎挑选。
虽然顺利被录取，但与得意并无缘。
襟怀浩茫连广宇，思绪当下沉甸甸。
两地分居增困窘，艰难接踵至身边。
夫妻同心咬紧牙，发愤克难又攻坚。
不知吃尽多少苦，春风吹拂有今天。

注释：笔者1978年报考上中国社会科学院研究生院法学专业。

启示录

毛泽东："知识的问题是一个科学的问题，来不得半点的虚伪和骄傲，决定地需要的倒是其反面——诚实和谦逊的态度。"

人生感悟

——投身时代做贡献

天生我材应尽用，莫使年华似水流；
珍惜时光夺分秒，成就事业紧追求。
人生得意须谨慎，莫使骄傲栽跟头；
掌声鲜花来激励，戒骄戒躁更优秀。
人生挫折难避免，莫因一蹶坠深沟；
愈挫愈奋当天梯，敢攀险峰志抖擞。
人生面临困难多，莫畏艰险往回走；
古来圣贤识时务，踏尽万难去奋斗。
人生幸福有选择，莫为权钱名声臭；
亲民为民且欢乐，挥洒热血写春秋。
人生贡献总有限，莫将自己当宇宙；
滴水汇入大海中，方能澎湃到永久。

启示录

毛泽东：“革命的或不革命的或反革命的知识分子的最后的分界，看其是否愿意并且实行和工农民众相结合。”

秋游所思

——成功多在挫折中

枫叶悄悄染凝霜，层林多彩朝霞流。
秋风萧瑟草木枯，菊花凌寒争俊秀。
江水滚滚撞礁石，聚精会神泛小舟。
铁骨铮铮渡宦海，回首峥嵘岁月稠。
异议如实当面说，上司恼怒鲠在喉。

哪知正道遭斥责，高官怒令我调走。
据理力争仍无用，只将光明留心头。
常疑眼前已无路，逢危转机得自由。
调换单位虽无奈，多个部门愿接收。
真是天无绝人路，红专结合不须愁。
跌宕起伏经磨砺，呕心沥血白了头。
人生不怕坎坷多，凝聚智慧是报酬。

启示录

鲁迅："愿中国青年都摆脱冷气，只是向上走，不必听自暴自弃者流的话。能做事的做事，能发声的发声。有一分热，发一分光，就令萤火虫一般，也可以在黑暗里发一点光，不必等待火炬。"

（清）刘鹗《老残游记》："赃官可恨，人人皆知；清官尤可恨，人多不知，盖赃官自知有病，不敢公然为非；清官则自以为我不要钱，何所不可，刚愎自用，小则杀人，大则误国。吾人亲目所睹，不凡几矣。"

我的人生音符

（一）

儿时落难旧社会，生活痛苦极甚忧。
东方升起红太阳，翻天覆地得自由。
吾辈逢时上学校，牢记三好争优秀。
五爱铭刻脑海里，爱憎分明知恩仇。
吃苦耐劳勤工作，朝气蓬勃争上游。
年复一年懂真理，人民至上万事首。
家事国事天下事，摆正关系悬心头。
心怀理想闯南北，乐为黎民去战斗。

（二）

生活本身矛盾稠，自省觉悟须解剖。

忠诚人民不可渝，违心之话勿兜售。
闻过则喜应纠正，自我批评去污垢。
千锤百炼要自觉，百炼成钢铸忠厚。
凡事大小有轻重，勇挑重担要做够。
精益求精追卓越，将勤补拙求首优。
坎坷历程敢探索，愈挫愈奋愈抖擞。
不屈不挠永坚持，成功法宝不可丢。

（三）

电闪雷鸣经风雨，追求真理批荒谬。
挫折磨砺成阶梯，勇攀高峰夺丰收。
成功皆从失败来，转败为胜精神抖。
对立统一求优化，乘势而为善筹谋。
纲举目张布好局，轻重缓急须统筹。
时空条件应厘清，内因外因握在手。
量变渐进很狡猾，质变择优要具有。
揭开现象防上当，抓住本质可成就。

（四）

与时俱进拓视野，新鲜事物要研究。
知行统一经反复，攻克必然争自由。
突出重点弹钢琴，刚柔相济善运筹。
不懂绝不硬装懂，否则必将露丑陋。
终身学习不松懈，开拓进取防保守。
遨游书海舍精力，明辨是非理解透。
虚心请教工农兵，求教专家和教授。
知识转化为智慧，重在实践中索求。

（五）

鲜花簇拥掌声响，忘乎所以必落后。
谦虚谨慎戒骄傲，人民养育永恩酬。
冤枉受辱蒙悲哀，愿让历史洗污垢。
偶尔磕碰生误会，同志友情仍依旧。

悲伤日子来临时，心怀坦荡解苑囿。
忧郁阴云笼罩来，研读书籍排孤独。
廉洁自律净心灵，严防名利生毒瘤。
奋起利剑斩特权，著书立说反腐朽。

（六）

暮年生活真知足，不享清福无愧疚。
艰苦朴素成本色，勤俭节约乐悠悠。
生命已经倒计时，珍惜光阴不遗漏。
人生尽头要闪烁，为民谢恩须低头。
永葆忠贞情怡然，革命晚节应坚守。
缅怀先贤为祖国，功勋永远垂宇宙。
愿教子孙学楷模，承前启后至千秋。
无悔无怨跟党走，绵薄力量献神州。

启示录

马克思：“如果我们选择了最能为人类幸福而劳动的职业，那么，我们就不会被任何重负担所压倒，因为这是为全人类所作出的牺牲；那时，我们感到的将不是一点点自私而可怜的快乐，我们的幸福将属于千百万人。我们的事业并不显赫一时，但将永远存在。面对我们的骨灰，高尚的人们将洒下潸潸热泪！”（卡尔·马克思在中学毕业前夕发表的一篇文章《青年在选择职业时的考虑》）

夕阳红

年轮飞转随日月，青丝何时变白雪。
一生勤奋争分秒，甘为伟业做细节。
七十年华一瞬间，青春早与我告别。
顺其自然陶怡性，托起夕阳追卓越。

启示录

贝多芬："在生命的冬季里，我的须发灰白了，生命也活够了，那时，我希望自己有这样的幸福——我的安息和冬季时自然的安息一样，是荣耀的，是裨益于人的。"

雪莱："我誓必正直、明慧、自由，只要我具有此种力量，我誓不与自私者、权势者为伍共谋害人之事，而且我必须加以抨击。我誓将我整个生命贡献于美的崇拜。"

返璞归真

投身事业正青春，艰辛挫折练坚韧。
多少岗位受锻炼，实践方知工农心。

崇高宗旨作灵魂，亲民爱民渐纯真。
常想自己穷苦来，傲视平民实愚蠢。

慎独律己激奋进，廉洁从政塑人品。
每走一步定三思，小事微薄连国运。

文件起草和校核，一丝不苟必认真。
失之毫厘谬千里，损害国家重千钧。

繁杂小事如烟云，服务人民为感恩。
磨难当作攀天梯，追求真理激奋进。

日月如梭人衰老，顺其自然合乾坤。
返璞归真最自豪，白发老翁是平民。

注释：笔者曾在中央办公厅、中央纪委工作时，做了一些文件起草和校核工作，深感责任重大，时常战战兢兢，如履薄冰，在工作中要倾听赞成与反对的不同声音，深入思考，不敢有丝毫懈怠和马虎。

启示录

毛泽东：“我们的责任是向人民负责。每句话、每个行动、每项政策都要适合人民的利益。如果有了错误，定要改正，这就叫向人民负责。”

与民同忧乐

明知征途坎坷多，追随时代去奔波。
常遇逆境遭刁难，胸中激荡国际歌。
糖衣炮弹常袭击，随时谨防拒诱惑。
宦海沉浮严律己，清正廉洁志磅礴。
青丝早已染雪霜，庆幸安全已着落。
告别官职何处去，仍与庶民同忧乐。
同忧乐，平等多，论天下，喜磋磨。
掏心窝，实话说，崇理想，爱祖国。

注释：笔者接到中组部关于作者2013年8月退休的通知，中央纪委领导和中央组织部领导分别与我谈话，我说：“我只感到平安着落，安然无恙，既没有反差，也没有落差，从群众中来，回到群众中去，始终是百姓。”他们听后补充道：“因为你没有搞特权，没有搞腐败。”我听后，很受感动。

启示录

马克思：“历史认为，那些专为公共谋福利而自己也高尚起来的人物是伟大的。经验证明，能使大多数人得到幸福的人，他本身也是幸福的。”

孟子：“尊德乐义，则可以嚣嚣矣。故士穷不失义，达不离道。穷不失义，故士得己焉；达不离道，故民不失望焉。古之人，得志，泽加于民；不得志，修身见于世。穷则独善其身，达则兼善天下。”

议荣华富贵

登上高山望大海，彩霞浪涛奔涌来。
苍茫大地流万象，浩瀚蓝天云峰白。
人生顿悟生睿智，恩波浩荡施博爱。
为公崇高得民心，心地宽广好自在。
自私枷锁得粉碎，自由翱翔抒豪迈。
奢求富贵太渺小，追随日月襟怀开。
何愁生命有尽头，投身开创新时代。
我愿化作小水滴，汇入汪洋起澎湃。

启示录

奥斯特洛夫斯基：“我们时代的青年男女正在成长着人类最高尚的感情，这就是友谊，建立在互相尊重的基础上的出色和美丽的友谊；这就是关切他人和对他人成就没有丝毫的妒嫉心；这就是培养自己意识到集体利益高于一切，而集体并不埋没人的个性，恰恰相反，它能使人的个性更加完美。”

母亲的教诲

母亲时常教诲我，一言九鼎塑根本。
“招财进宝如进土，人间情义重千金。”
时光穿越七十年，此言激荡我胸襟。
做人应讲忠诚信，对友秉承一片心。
助民为乐精神爽，一生追求最幸运。
为了正义情谊故，须视金钱若烟尘。

注释：笔者孩儿时，母亲常对我说：“招财进宝如进土，人间情义重千金”，这句话一直铭记在孩儿的心坎儿上，成为我做人的准则。尤其是母亲2006年97岁去世后，这句话时常在我脑海中萦回，给我鞭策。

启示录

薄伽丘：“友谊真是一样最神圣的东西，不光值得特别推崇，而是值得永远赞扬。它是慷慨的荣誉的最贤惠的母亲，是感激和仁慈的姐妹，是憎恨和贪婪的死敌。它时时刻刻都准备舍己为人，而且完全出于自愿，不愿意他人恳求。”

茔前再沉思

——真情尽孝应及时

父母爱儿胜自身，恩情万丈比海深。
儿来拜谒泪满襟，牢记情义重千金。
风雨常梦天下事，首选宗旨为人民。
践行教诲闯宦海，休管险恶敢争论。
金钱诱惑能抵挡，廉洁奉公为国运。
功名利禄视粪土，敢来茔前表寸心。
时光飞逝儿古稀，父母音容永铭记。
尽孝未全悔已迟，遗憾将带九泉时。

注释：2014年7月20日，笔者三代人回故乡，在父母坟墓前拜谒，回想母亲对我孩儿时的教诲：“招财如进土，情义值千金”以及讲述许多勤奋读书和劳动的故事。

启示录

马克思：“还有什么比父母心中蕴藏着的情感更为神圣的呢？父母的心，是最仁慈的法官，是最贴心的朋友，是爱的太阳，它的光芒照耀温暖着凝集在我们心灵深处的意向！”

祭父母

——父母英魂伴我身

孩儿三代来坟前，鞠躬尽意祭亲贤。
无限哀思说不尽，泪水汩汩流心田。
父母先后仙逝了，各去七十与十年。
孩儿奔走在远方，父母英魂随身边。
事业成功靠自强，谆谆嘱咐付实践。
家事国事多少事，人民伟业摆在前。
坎坷险境经常走，挫折之中做贡献。
今日以此表孝敬，丹心依偎父母间。

注释：父亲林兆昌 1946 年去世，享年 36 岁；母亲黄玉珠 2006 年去世，享年 97 岁。

启示录

爱迪生：“我从未见过一个早起、勤奋、谨慎、诚实的人抱怨命运不好；良好的品格、优良的习惯、坚强的意志，是不会被假设的所谓命运击败的。”

思念母亲

慈母教诲记心间，国家大事摆最前。
嘱咐相互少牵挂，安于国事应勤勉。
母子相隔千公里，唯有梦中情常牵。
日月飞转催人老，母亲逝后儿晚年。
岁月多情鬓霜染，悲喜时日三万天。
多少挫折挺身立，公务认真工作狂。
虽无伟业可列数，绵薄事情有万千。

但愿汗水一滴滴，湿润沙漠生寸田。
公私分明当为首，克己奉公维清廉。
青春忙碌事缠身，夕阳作伴好还乡。
离家岁月六十载，少陪慈母真抱歉。
今在茔前泪满襟，孩儿思母泣无言。

注释：笔者1964年离家乡到北京上学五年多，因路途遥远，路费昂贵，没有回家探亲；1970年工作后，工作繁忙，几乎也三五年回家一次看望母亲。当母亲90多岁时，还嘱咐我少想念她，用心做好工作。

启示录

泰罗：“谁在我跌倒时将我扶起？谁对我讲述美丽的故事？谁给我创作的地方一吻？——我的母亲！”

马卡连柯：“父母对自己爱的不够，子女就会感到痛苦，但是过分的溺爱虽然是一种伟大的情感却会使子女遭到毁灭。”

母亲节

母亲养育尽全心，恩情无限比海深。
每忆慈爱艰辛事，热泪潸潸直飞奔。

启示录

亚里多德士：“母亲比较更爱自己的孩子，因为她们在生育孩子时受过很多痛苦。”

忆文谦大哥

大哥文谦十七岁，积极投身搞土改。
青春热血涌胸腔，认真负责不懈怠。

丈量土地无差错，公正无私插标牌。
男女老少齐动手，热火朝天好气派。
大哥入党解放初，正派办事受拥戴。
光荣当上副乡长，统管征粮理好财。
征收公粮经公议，实事求是做明白。
体贴穷苦老百姓，救济穷人消悲哀。
五十年代调离乡，组织供销搞买卖。
服务生产摆第一，集体经济促起来。
热情秉公为群众，亲疏无别同对待。
任职供销数十年，不谋特权不懈怠。
清正廉洁勤劳作，直到退休全清白。
大哥心地多宽广，一心培养我成才。
节约分钱和粮票，助我上学十七载。
关心周全无不至，让我紧跟新时代。
若是大哥少支持，命运定是另形态。
涌泉报答滴水恩，我心愧疚难自在！
时间不能再倒转，遗憾悔恨也是爱。
痴想天堂相见时，和盘托出叙情怀。
感恩图报虽晚矣，我为长兄而豪迈。

注释：文谦长兄2012年12月17日逝世，享年81岁。

启示录

巴尔扎克：“精神生活与肉体生活一样，有呼有吸；灵魂要吸收另一颗灵魂的感情来充实自己，然后以更丰富的感情送回给人家。”

31

雄鸡立山冈　一鸣天下知

红黄凝奇石，斑斓似琉璃。
多彩衬彤云，温润添神怡。
坚韧不平凡，纹理极怪异。
巧雕夺天工，艺苑留珍稀。
雄鸡立山冈，英姿动天地。
举世数无双，天生含丽质。
红绫披身上，华贵又旖旎。
花冠映鸡冠，寓意深无比。
项翎闪金黄，神采令人迷。
气宇呈轩昂，俯瞰新世纪。
啼唱报拂晓，一鸣天下知。
前程似锦绣，东方露晨曦。
自强不停息，执着追美丽。
吉祥耀千秋，流芳续万世。

注释：该奇石艺术品，质地坚韧，纹理超凡，色彩斑斓，加上以“冠上加冠”为主题的巧雕，红黄色的雄鸡和鸡冠花与红血丝的褐色山冈连成一个整体，结构奇特，巧妙精致，屹立山冈，神采飞扬，寓意深邃。

启示录

贝弗里奇：“如何辨别有希望的线索，是研究艺术的精华所在。具有独立思考能力，并能按其本身的价值而不是根据主宰当时的观念去判断佐证的科学家，最有可能认识某种确属新东西的潜在意义。”

咏红奇石

红霞穿透过云朵，激情迸发一团火。
美轮美奂总多情，原是红石现魂魄。
疑似神女献寿桃，含情脉脉泛光波。
目光不由一接触，热血沸腾满心窝。
天赐良辰倍珍惜，知心话儿尽情说。
传说奇石作镇宝，蓬荜生辉频闪烁。
机不可失紧抓住，莫被幻影所诱惑。
梦想前程有宏运，时来运转靠拼搏。
愿将红石当火炬，冲锋陷阵为祖国。
相知相识相呵护，吉祥如意幸福多。

注释：本红奇石是灰色雾层与红色辰砂相聚合，桃子形状，重量20500克。

启示录

罗丹："我一生追求的是温柔和优美，只有温柔优美才是万物的灵魂。"

金黄和田玉

金黄霓裳裹白瑜，丽质天生惊世俗。
姝姝巧手织网络，情丝万缕连广宇。

注释：此块玉外皮金黄色，内质洁白，雕有一只蛛蛛（蜘蛛的通称）编织一面若大的网络把此石籽裹起来，仔细端详，浮想联翩，是美女姝姝巧织万缕情丝，将世界连通在一起。

启示录

贝弗里奇："想象既是一切希望和灵感的源泉，而且同时也是沮丧的缘由。忘记这点就会招致悲观绝望。"

旭日东升

遥望波涛浪花开，簇拥旭日出水来。
金光万道连海天，浪打岸礁起澎湃。
近看和田一籽玉，沧桑质朴放光彩。
圣洁温润沁心扉，吉祥如意充满爱。

注释：一块和田玉籽料（外皮橘黄色，大小 23 × 11 × 5cm，重量 2500g）不加雕琢，安放在雕有劲松、岸礁和波涛的底座上，犹如一轮旭日迎着无垠波涛喷薄欲出。

启示录

德谟克里特："永远发现或发明某种美的东西，是一种神圣的心灵的标志。"

鱼戏芙蓉

万顷碧波映彩霞，芙蓉荡漾开红花。
鲤鱼跳跃呈祥瑞，芳香飘溢满华厦。

注释：此块玉为青白玉，质地纯净，色泽温润，雕有鲤鱼戏荷花，生动可人，是中国民俗风情的写照。

启示录

培根："顺境中的好运，为人们所希冀；逆境中的好运，则为人所惊奇。"

九龙砚

九龙吸水腾空起，喷洒雨露润大地。
今朝钟情守砚池，敢教毫笔创新奇。
意到形似激磅礴，体完神全出浩气。
斯透肝腑动心弦，落笔通玄美无比。
中华书法是艺术，千变万化守本义。
千秋万代续传承，心高志远创壮丽。

注释：此砚为空雕九龙，环绕砚池，腾空起飞，穿梭翱翔，追逐明珠，井然有序，别致异常，气势非凡，令人玄想，天人感应，挥毫泼墨，表达心志，描绘宏图，泽国江山，太平世界。

启示录

王羲之："意到形须似，体完神亦全，斯能透肝腑，落笔自通玄。"

九龙砚新思

九龙戏水逐明珠，砚池翻腾起云雾。
泼墨丹青通心灵，思潮奔涌化甘露。
千秋功过可评说，挥舞妙笔作新著。
书写人民创历史，预示改革开新路。

启示录

塞万提斯："历史孕育了真理，它能和时间抗衡。能把轶闻旧事保藏起来；它是往古的迹象、当代的鉴戒、后世的教训。"

史密斯："国家的进步是个人的勤勉、奋斗、向上的总汇，正如国家的衰落是个人的怠惰、自私和恶习的总汇一样。"

仙女砚

砚池波纹连海天，仙女凌空舞蹁跹。
撒下鲜花漫天飘，芬芳洋溢满人间。
风花雪月情炽热，心有灵感一线牵。
文思奔腾挥椽笔，书写大爱谱鸿篇。

注释：此砚利用天然石眼特点，雕有仙女手提花篮，飞舞长空，撒下的无数花朵迎风飘扬，给砚台增添盎然春色，给人温馨和激情！

启示录

岸田："文明是人类精神锻炼的场所，考验的器具。"

观世音（木雕）

龙凤呈祥荷花开，观音细步翩跹来。
伊生印度男子身，憔悴干瘪尽悲哀。
伊到中国变圣女，营养足够多富态。
身姿稍微一摇曳，衣带飘逸生丰采。
脸面红润多明朗，唇角微笑情满怀。
柳眉微皱眸子闪，眼睑低垂含慈爱。
祥光瑞气罩浑身，端庄文雅上佛台。
手持如意喃喃语，俯念佛经赐安泰。
众生祈祷千百年，希冀有朝出苦海。
梦想破灭不间断，命运究竟谁主宰？

注释：（1）观世音菩萨号称万能救世主，发源于印度，魏晋时期传入中国，为男观音，唐代逐渐转变为女观音。唐玄奘译为观自在，简称为观音，是佛教中慈悲和智慧的象征。（2）本诗描写一尊木雕观音，雕刻品异常精致生动。

启示录

马克思：“宗教是人民的鸦片。”

拿破仑：“宗教是控制人心的东西，所以它对政府是有利的。”

基辛：“宗教强化了人类应付人生问题的能力，这些问题即死亡、疾病、饥荒、洪水、失败，等等。在遭逢悲剧、焦虑和危机之时，宗教可以抚慰人类的心理，给予安全感和生命意义，因为这个世界从自然世界而言，充满了不可预料、反复无常和意外的悲剧。”

菊花石

秋风劲吹草木枯，秋霜飞扬红叶落。
秋雨一阵寒冷来，秋菊生机正蓬勃。
每逢秋天来观花，爱它胜于爱名模。
情愫无限思不尽，多少情感有寄托。
何时岩石长菊花，春夏秋冬皆鲜活。
酷暑严寒不畏惧，暴风骤雨更洒脱。
花枝招展恋黑石，辉映洁白无污垢。
历尽沧桑来世间，美丽动人多婆娑。

注释：菊花石是形成于2.7亿年前的浅海地质中的天然花卉。花瓣形状逼真，层次丰富，质地坚硬细腻，玉洁晶莹，酷似迎霜怒放的秋菊；色彩斑斓，其中白色被黑色映衬得奇异，真是“大千世界，无奇不有”。

启示录

海涅：“人类最悲哀的错误，是不愿一顾自然赋予之礼物的价值，反而认为，不可能得到手的财富才是贵重的。”

32

咏画

——中央美术馆书画展

画作幅幅如珠玑，出自画家舞妙笔。
瀚墨丹青魂飞扬，绘出江山呈壮丽。
为何画卷春常在，灵感自然接地气。
风霜雨雪炼丹心，凝聚智慧创新意。
无穷景物入襟胸，形象升华更高级。
厚积薄发深思虑，跃然纸上显神奇。

启示录

中石《咏画》:“赤橙黄绿青蓝紫，抹染勾涂四季花。山水人情皆入画，形形色色展才华。”（摘自2013年中央美术馆书画展）

群龙写意图

——为画家林玉华先生十二幅画题照

（一）

群龙奋力四海游，心旷神怡乐悠悠。
任凭风浪乍作起，宠辱不惊竞自由。

（二）

彩云飞扬风雷动，灵龙畅游碧浪中。
淡泊明志抒豪气，搏击惊涛仍从容。

（三）

祥光瑞气霓虹飞，群龙碧海来聚会。

今日欣赏波浪奇，各显神通去夺魁。

（四）

晨曦熠熠放光彩，群龙劈波去南海。

挥洒激情护金瓯，甘献热血表大爱。

（五）

祥龙轩昂赴东海，波澜不惊展风采。

乘风破浪达彼岸，唯见鲜花在等待。

（六）

微曦闪烁浪花开，虾群翻腾撼大海。

若非哪吒闹龙宫，定是喜事从天来。

（七）

波涛汹涌连晓雾，神龙翱翔浪花舞。

鹏程万里归何方，直奔蓬莱仙境处。

（八）

英龙展肢任畅游，怡然自得何所求？

随心所欲激涟漪，志为湖海添锦绣。

（九）

祥龙奔腾迎春晖，一带一路彩云飞。

穿越四海出惊艳，敢教五洲更壮美。

（十）

群龙两岸来回游，齐心击浪写春秋。

志在两岸成一统，共襄盛世耀五洲。

（十一）

群龙得意迎朝霞，吉祥如意聚一家。

五十六朵花最红，奔波四海为中华。

（十二）

旭日东升临大海，百龙奔腾浪花开。

阅览波澜尽情舞，喜迎中华盛世来。

启示录

达·芬奇："你如果要做一个艺术家，你要牢记：必须开拓你的胸襟，务使心如明镜，能够照见一切事物，一切色彩。"

阿奎那："美有三个要素：第一是一种完整或完美，凡是不完整的东西就是丑的；其次是适当的比例或和谐；第三是鲜明，所以鲜明的颜色是公认为美的。"

为林志亮画作题照

《山居图》写照

嵯峨山林露红屋，满崖增辉有感悟。
不怕崎岖攀仙境，春夏秋冬襟怀舒。

《瑞景和美》写照

繁花簇拥向日葵，鸳鸯欢歌戏流水。
天鹅翱翔恋胜景，紫气东来彩云飞。

启示录

爱迪生："我始终不愿抛弃我的奋斗生活，我极端重视由奋斗得来的经验，尤其是战胜困难后所得的愉快；一个人要先经过困难，然后踏进顺境，才觉得受用、舒适。"

阿奎那："美有三个要素：第一是一种完整或完美，凡是不完整的东西就是丑的；其次是适当的比例或和谐；第三是鲜明，所以鲜明的颜色是公认为美的。"

沉香艺雕

（一）镇山之宝

群峰崔嵬冲云天，宛若宝剑耀人间。
攀登巅峰英雄汉，改天换地志高远。

（二）节节高升

沉香竹笋藏岩中，何时破石冲长空？

芬芳瑰宝永耸立，欲试高低比天公。

注释：邹开森艺术雕刻大师对一形状群山的天然沉香进行巧雕，镌刻成一座巍峨群峰的《镇山之宝》；还将一天然竹笋形沉香木，镌刻成一尊节节高升的美妙竹笋，令人心旷神怡。

启示录

车尔尼雪夫斯基：“一切真正美好的东西是从斗争和牺牲中获得的，而美好的将来也要以同样的方法来获取。”

为木雕点赞

（一）仙女骑狮

神情怡然骑雄狮，温文尔雅含魄力。
坚毅果敢静沉思，待时扬鞭勇奔驰。

（二）木中神童

你从汪洋走出来，曾居山洞和林海。
依恋自然求和谐，艰辛奋斗千百代。
沧桑岁月经砥砺，心潮怎能不澎湃。
辉煌未来在召唤，自强不息朝前迈。

注释：高金山木雕大师的作品《神女骑狮》将女神温雅、坚毅、果敢的神情与驾驭雄狮的姿态刻画得惟妙惟肖，栩栩如生；而另一创品《木中神童》，则是把原木进行巧雕，将人与自然的和谐，融成浑然一体。

启示录

苏格拉底：“美，节奏好，和谐，都由于心灵的聪慧和善良。”
培根：“顺境是美德的节制，逆境是美德的坚韧，后一种是较为伟大的品德。”

学 篆 刻

——方寸天地奥秘深

神思构字出灵魂，巧夺天工留刀痕。
方寸篆刻新天地，横空出世山万仞。

启示录

冈察洛夫：“科学家不创造任何东西，而是揭示自然界中现成的隐藏着的真实，艺术家创造真实的类似物。”

博 宝 园

东方有个博宝园，琳琅满目藏瑰宝。
天涯海角难寻觅，宫阙殿堂难找到。
民间工匠智慧多，巧夺天工艺高超。
精雕细琢创极品，融进时代激新潮。

启示录

德谟克里特：“永远发明某种美的东西，是一种神圣东西的标志。”

柏拉图：“只有美才富有一种能力，使显现出色而且最可爱。”

书 画 怪 象

跪拜行礼显威权，崇古复辟当固顽。
书画阵地兴妖风，愚昧教育赐桂冠。

注释：某国画院在开学典礼大会上，院长接受学员向某院长行跪拜礼，以示院长之威风、师道之尊严。

启示录

萧伯纳："我们必须使世人能够诚实。我们才能诚实地对我们的孩子说：诚实才是上策。"

龙虾腾飞

眼闪电，角似箭；身如弓，箭在弦；
两巨爪，若钢钳；迎拼搏，备齐全；
足划动，尾稳健；勇跳跃，善应变；
闯波涛，常凯旋；任遨游，赛神仙。

启示录

米别林斯基："活生生的现实里有很多美的事物，或者，更确切地说，一切美的事物只能包括在活生生的现实里。"

雄鹰颂

鹰击长空任盘旋，俯瞰大地永眷恋。
高瞻远瞩胸成竹，明察秋毫知忧患。
锐眼巡视展健翅，对准猎物扑向前。
巨爪钩喙试锋利，捕捉毒蛇逞强悍。

启示录

恩格斯："在一切斗争中，应战的人都有被击败的危险，但这难道能作为不抽刀应战就承认失败、甘受奴役的理由吗？"

翠　鸟

谁说翠鸟有福分，常居金屋享好运？
哪知终日笼里转，积怨多年成仇恨！
梦中寻思千百回，自由翱翔览彩云；
有朝樊篱能冲破，扶摇九天离红尘！

启示录

桑多尔·裴多菲《自由与爱情》：“生命诚可贵，爱情价更高；若为自由故，两者皆可抛。”

翠鸟歌唱

皇冠翠衣金项链，嘴唇含红呈鲜艳。
放声展示金嗓子，音韵婉转动心弦。
虽无举办演唱会，百鸟倾听聚林间。
不管乌鸦嘎嘎叫，翠鸟歌唱格外欢。

启示录

布郎：“嫉妒是一种恨，此种恨使人对他人的幸福感到痛苦，对他人的灾殃感到快乐。”

偃莲与灵虾

偃莲花儿尽情开，灵虾欢心会聚来。
协同争艳筑和美，瑶池欢腾放异彩。

启示录

柏拉图："只有美才富有一种能力，使其显得出色而且可爱。"

33

纽约世贸大厦

哈德逊河奔腾急，自由女神亭亭立。
资本攫取高利润，全球财富来聚集。
得天独厚有此地，世贸大厦冲天起。
站在楼顶俯瞭望，无数美景收眼底。
引来全球巨无霸，超级垄断商战激。
财源滚滚汹涌来，一个惊喜接惊喜。
得意忘形只赚钱，不管世界分两极。
天有不测之风云，泰极否来正当时。
各种矛盾被激化，潘多拉盒遭撞击。
不幸发生九一一，大厦埋葬火海里。
多少怜悯慈悲人，事后祷告来不及。
为了预防找原因，抓住根本作分析。
世界震惊受启迪，贫富畸形应灭迹。
劳动尊严有希望，解放斗争搞到底。

注释：（1）1986 年 9 月和 1998 年 7 月，笔者访问美国时参观世界贸易大厦。（2）2001 年 9 月 11 日，纽约世贸大厦不幸被恐怖袭击所摧毁。

启示录

列宁于1921年写道："因为他们不会忘记，怎样为了金子的缘故，在1914—1918年的'伟大解放的'战争中，为了解决是布列斯特和约坏些，还是凡尔赛和约坏些这个重大问题的战争中，使1000万人死于非命，3000万人变成了残废；怎样又由于金子的缘故，或者在1925年前后还是在1928年前后，在美日之间或者英美之间的战争中，或者诸如此类的战争中，一定会使2000万人死于非命，6000万人变成残废。"

纽约美联储金库

联储金库有实力，高踞全球排第一。
海底岩层作地基，金库入地廿五米。
酷似城堡不平凡，武装警卫显重地。
走进库内眼缭乱，金锭光芒灿熠熠。
黄金储备很震撼，竟占世界四分一。
警戒森严全天候，视频监控极严密。
夜有火警或盗贼，十秒抽尽库中气。
硬件软件都齐备，确保万全无一失。
回顾两次大战史，争夺金钱危岌岌：
终朝只恨聚无多，及至多时国窒息。

注释：1998年7月，中国经济全球化考察团访问美国时参观美联储银行金库和五角大楼（代表团由中办、中纪委、中军委办、中央研究室人员组成，笔者为负责人之一）。

启示录

莎士比亚："黄金对于人的灵魂较诸任何毒药更有毒，而且在这个邪恶的世界上杀人更多。"

科里："黄金使兄弟们仇恨；黄金使家庭争吵；黄金使朋友分散；黄金使战争爆发。"

纽约市警察局访问记

案件多发难思议，一年枪杀数百起；
社会治安问题多，依靠警察来治理。
警员违规非罕见，因而自身须整治；
警察局里设法庭，专审警员违纪律。
侦查材料从何来，单线秘密作联系；
警员违纪被开除，所有待遇全失去。
另说骑警巡大街，威严无比依强势；
感觉新奇又困惑，主人耐心作答疑：
对付群体闹动乱，骑警冲散最得力；
人们普遍不怕警，最怕马队来冲击。
宾客受邀乘巡艇，哈德逊河闲游弋；
摩天大楼两岸立，航母战舰岸边栖。
心潮随着海鸥飞，祖国大事牵情思；
中美两国可比较，知己知彼要崛起。

注释：1986 年 9 月，笔者率中国司法部代表团访问纽约市警察局，参观警察局设置的法庭，该法庭只审理警察的违纪案件。据介绍，当时纽约市年均发生枪杀案件 700 多件。

启示录

拿破仑："法律禁止造反，但是，'在君主违犯法律之后，也就不可能存在法律了'。"

夏威夷访问记

今朝访问夏威夷，快艇奔驰海天蓝；

浪涛声声在诉说，此地曾遭大灾难。
二战日寇极疯狂，烽火多处被点燃；
胆敢偷袭珍珠港，军舰战机被炸残。
虎视眈眈相对抗，双方暴怒卷激战；
对准广岛和长崎，美国投下原子弹。
蘑菇烟云冲天起，瞬间伤亡三十万；
日寇狂妄到极点，瞬息闻风却丧胆。
垂头丧气挂白旗，龌龊丑态倍难堪；
俯首帖耳听主子，认敌为父当靠山。
不共戴天两仇敌，战后勾结为哪般？
各有野心都不死，狼狈为奸壮贼胆。
旨在瓜分全世界，侵略掠夺越贪婪；
走狗主子结联盟，各为私利打算盘。
主子急需有帮凶，唆使走狗去窜犯；
又防复仇核报复，绳套走狗听使唤。
美国一超要独霸，武装威慑舞核弹；
为得主子好眼色，走狗叫嚣逞凶顽。
中华腾飞正崛起，美日昼夜都不安；
反霸旗帜高举起，历史重任敢承担。

注释：（1）1986 年 9 月，笔者率中国司法部代表团访问夏威夷。（2）1941 年 12 月 7 日，日本法西斯在 2 小时出动 354 架飞机偷袭珍珠港美军基地，击毁美国全部战列舰（击沉 4 艘、击伤 4 艘）、6 艘巡洋舰、1 艘驱逐艘和 272 架飞机，美军伤亡 3400 人。美国 1945 年 8 月 6 日、8 月 9 日分别在广岛、长崎各投下一颗原子弹，共死亡 15.8 万余人，负伤和失踪共 12 万余人；以上统计数字不含军人 4 万人左右。

启示录

马克思在《资本论》中引用托·约·邓宁的一段话：“一旦有适当的利润，资本就胆大起来。如果有10%的利润，它就保证到处被使用；有20%的利润，它就活跃起来；有50%的利润，它就铤而走险；为了100%的利润，它就敢践踏一切人间法律；有300%的利润，它就敢犯任何罪行，甚至冒着绞索的危险。如果动乱和纷争能带来利润，它就会鼓动动乱和纷争。”

拉斯维加斯赌场

美丽拉斯维加斯，集成全球嫖赌毒；
机场宾馆到商店，几乎无处不设赌。
金碧辉煌大赌场，全球赌徒若趋鹜；
七彩霓虹醉心窍，小姐媚笑勤服务。
硬币铿锵响满堂，仿佛只赢没有输；
那边赌盘在旋转，下注金额无限度。
自由平等和人权，竟在金钱中角逐；
犹如吞食迷魂药，神经错乱狂赌注。
赌徒张狂遭厄运，倾家荡产难以数；
巧取豪夺拼死命，个别赢家妄自负。
赢家欣喜胆愈壮，输者丧魂生恐惧；
赌博诱惑胜毒品，吞噬灵魂丧前途。
资本贪婪攫金钱，狼奔豕突图暴富；
私有制度造渊薮，设赌犯罪是死路。

注释：1986年9月，笔者率中国司法部代表团访问美国，参观拉斯维加斯大赌场。1998年7月，中国经济全球化考察团访问美国时，参观两个大赌场包括一艘大轮船上的赌场。

启示录

莎士比亚："金子！发光的金子！宝贵的金子！黄黄的，只这么一点儿。可使黑的变成白的，丑的变成美的，错的变成对的，卑贱变成尊贵，老人变成少年，懦夫变成勇士。这黄色的奴隶可以使异教联盟，同宗分裂；它能使受诅咒的人得福，使害灰白色癞病的人为众人所敬爱；它可使窃贼得到高爵显位，和元老们分庭抗礼。"

访美奇异记

（一）白　宫

清雅素缟饰白宫，外表纯白示公众。
两次参观无安检，总统房间走一通。
几届总统情趣异，听其介绍似半懂。
首访惊讶无围栏，安保如此之放松？
再访白宫围铁栏，应是防暴敲警钟？

（二）五角大楼

不方不圆五角楼，此次参观似自由。
惊诧走廊人嘈杂，军事机密何无忧？

（三）联邦众议院

访客被准听会议，议员讨论一主题。
女子因父而怀孕，可否堕胎有分歧？

（四）联邦最高法院

法院威严却轻松，审判自主掌控中。
九大法官各设计，九把靠椅皆不同？

（五）夏　威　夷

长官介绍讲事实，首批华人来此地。
说因麻风须隔离，全送孤岛见上帝？

注释：（1）笔者1986年9月参观白宫，白宫前面没有外围围栏；1998年7月参观时，白宫前面有部分铁围栏（另悉，2001年"9·11"

之后，白宫前面有高大围栏）。（2）1998 年 7 月，中国经济全球化考察团成员参观五角大楼。（3）1998 年 7 月，中国经济全球化考察团成员旁听联邦众议院会议关于一女子因生父而怀孕是否可以堕胎的问题所进行的辩论。（4）1986 年 9 月，笔者和代表团人员参观联邦法院，发现台上摆放的九把靠椅各异，主人介绍，中间一后靠背最高的椅子是首席大法官的，其他大法官依自己的爱好制作不同样式的靠椅，法院有木工为其制作。（5）1986 年 9 月，笔者和中国司法部代表团访问夏威夷首府，长官向我们介绍夏威夷开发史，其中讲到首批华人是麻风病人全部被送到大海中一个孤岛上而死亡。

启示录

塞万提斯："历史孕育了真理，它能和时间抗衡，能把轶闻旧事保藏下来；它是往古的迹象、当代的鉴戒、后世的教训。"

占领华尔街运动

——美国民主的阶级本质

神化美国民主好，群众使用就糟糕。
武装镇压血肉飞，专对贫民施强暴。
统治阶级享民主，蔑视百姓如小草。
民主等同于专政，谁说美国民主好？

注释：（1）2011 年 9 月，发生在美国的民众"占领华尔街"和平反对政府运动，被美国警察以"恐怖主义"为由予以镇压。（2）2017 年 8 月，弗吉尼亚州夏洛茨维尔市中心，工人撤除一尊南北战争时期南方邦联军队的总司令罗伯特·爱德华·李的雕像，遭到白人种族主义者和三 K 党集会的强烈反对，引发了烧杀打抢的严重社会动乱。

启示录

列宁："被压迫阶级如果不努力掌握武器、获得武器，那它只配被人当作奴隶。如果我们不想作资产阶级和平主义或机会主义者，就不能忘记，我们是生活在阶级社会里，除了进行阶级斗争以外，我们没有而且也不可能有其他摆脱这个社会的出路。"

卢浮宫

塞纳河岸卢浮宫，奇伟壮丽举世雄。
金字塔形玻璃门，结构独特添英容。
展厅四壁和穹顶，皆用雕绘来填空。
馆藏顶极艺术品，涉及世界古文明。
收藏数量四十万，绘画雕塑露峥嵘。
闻名惊世三大宝，蒙娜丽莎笑含情。
仙姿难比维纳斯，胜利女神施幻梦。
件件瑰宝凝智慧，魅力无穷动心灵。
虽然游览大半天，仅限一孔之见中。
中国故宫收藏品，大都本国尽不同。

注释：(1) 2000 年 4 月，中国监察部代表团访问法国。(2) 卢浮宫是世界四大博物馆之一，该宫始建于 1204 年，是法国文艺复兴时期最珍贵的建筑物之一。它的整体建筑呈"U"形，占地面积为 24 公顷，建筑物占地面积为 4.8 公顷。卢浮宫共分希腊罗马艺术馆、埃及艺术馆、东方艺术馆、绘画馆、雕刻馆和装饰艺术馆 6 个部分。(3) 中国故宫收藏品 180 多万件几乎全是本国的产品，这是与卢浮宫的最大不同之处。

启示录

培根："历史的真正职责是，只留记述人生的事实以及它们的教训，至于仁者见仁，各抒己见，则让人们运用才力，自由判断好了。"

凯 旋 柱（法）

野心扩张刮邪风，百万铁蹄踏欧东。
两军决战滑铁卢，昔日英雄进樊笼。
历史是非载史册，牧师祷告也不中。
公社曾毁凯旋柱，正义壮举气概宏。

注释：（1）2000 年 4 月，笔者随中国监察部代表团访问法国。（2）1810 年，法国元老院为纪念拿破仑征服欧洲，用在战争中缴获的 1250 门大炮熔化后铸成凯旋柱，并使它耸立在旺多姆广场。1871 年 4 月 12 日，巴黎公社委员会通过法令，决定拆除凯旋柱，并于 5 月 16 日在雄壮的马赛曲中举行了拆毁仪式，予以拆除，充分表明了巴黎公社的国际主义精神。1875 年凯旋柱又被资产阶级政府所恢复。

启示录

列宁：“法国大革命的战争其实就是解放战争，而且也确实需要这样的战争。这些都是革命，保护了伟大的革命运动，反对反革命君主专制的联盟。正当拿破仑建立起拿破仑帝国，奴役着欧洲许多早已形成的、有生存能力的民族、国家的时候，法兰西的国家民族主义战争便成为帝国资本主义战争，而这种侵略扩张战争又变成了反对拿破仑帝国体系的自卫反击战争。”

悉尼帕拉玛塔河

乘艇游览帕拉河，船舶有序竞穿梭；
蓝天白云映碧水，欢声笑语激浪波。
心随海鸥任翱翔，放眼胜景无数多；
山丘碧丛衬红瓦，大厦栉比聚山坡。
宏伟单孔大拱桥，矗立两岸势磅礴；

横贯海湾若长虹，俊秀壮丽托巍峨。
港边有座歌剧院，仿佛帆船正停泊；
天生浪漫显英姿，瑰玮贝壳展特色。
大桥剧院互眷恋，隔海相望情炽热；
两全其美相辉映，神工鬼斧巧组合。
今日芳游得丰收，衷心感激存心窝；
爱国侨领邱维廉，陪同我们来观摩。

注释：（1）2005 年 8 月，2012 年 11 月，笔者率中国国务院侨务办公室代表团访问澳大利亚。（2）悉尼最主要的河流叫帕拉玛塔河；在悉尼的杰克逊海港有一座号称世界第一单孔拱桥，就是著名的悉尼海港大桥；悉尼歌剧院是悉尼市地标建筑物，是一座贝壳形屋顶下方结合剧院和厅室的水上综合建筑。

启示录

罗丹："我从书籍的东西中发现真，从昔日未能领会的形态中发现美，这是自己用功的赐与物。在精励的研究中，将逐渐热心地爱它，并能抓住其精髓。"

汉堡圣彼得教堂

教堂古朴而壮丽，塔尖崔嵬冲天际。
华丽穹顶出梦幻，玻璃彩窗呈迷离。
四壁雕绘堪奇巧，殿中椅子摆整齐。
神像威严却慈祥，氛围庄严又静谧。
苍天凝眸施法术，萧萧钟声仍低迷。
信徒虔诚祈和平，口念经文举槐枝。
人塑神像保护人，个中奥妙含诡异。
横祸飞来非偶然，两次大战策源地。
血腥屠杀起狼烟，战场遍野横尸体。

思索和平从何来？民众觉醒维正义。
信仰自由得尊重，祈祷仅表好动机。
世界人民反侵略，保障和平立真谛。

注释：2007 年 5 月，笔者率中国国务院侨务办公室代表团访问德国。

启示录

古兰经：“凡作下尘世之善者的，将来必得见此善；凡作下尘世之恶的，将来必得见此恶。”

裴斯泰洛齐：“啊，我的兄弟，我所造的那个神，和所有的神明一样，是人类的作品，是人类的疯狂。”

荷兰海堤游览记

一条恢宏大海堤，一千八百多公里；
公元四纪始奠基，经过千年完建立。
堤坝功能全备齐，防止暴潮来冲击；
储蓄淡水贵如金，围海垦滩造田地。
此举至少有三利，远见卓识了不起；
堤坝延绵高峻立，守护安全势无敌。
惊涛屡次来进袭，堤坝坚固已无疑；
确保家园不毁弃，荷兰建设更美丽。
处处风光呈旖旎，水流充沛激涟漪；
草地田野泛翠微，水陆交通很便利。
劳动人民创奇迹，劳工塑像屹海堤；
与其合影有运气，谨向劳动致敬礼。

注释：（1）2008 年 12 月，笔者率中国国务院侨务办公室代表团访问荷兰。（2）荷兰海堤位于荷兰沿海地区，是为抵御风暴潮及围海造田而兴建的，由海堤、围堤、拦河坝和挡潮闸等组成的防洪系统。公元4世纪始建海堤，10世纪时渐多，20世纪建成须德海工程和三角洲工程。今有海堤1800余千米。除围海造田和缩短防潮堤线外，还可增加淡水资源，改善农田灌排条件及水陆交通状况。

启示录

爱因斯坦："雄心壮志或单纯的责任感不会产生任何真正有价值的东西，只有对于人类和对于客观事物的热爱与献身精神，才能产生有价值的东西。"

阿姆斯特丹

秀美阿姆斯特丹，名声如钟早传扬。
世界第一装卸港，千轮竞发运输忙。
风景无处不绮丽，泽国水乡波荡漾。
河流纵横多交错，乘艇游览喜若狂。
两岸景致生诱惑，大厦琼楼多堂皇。
夜色降临来街区，霓虹闪烁真迷茫。
流光溢彩多姿色，鲜花簇拥竞怒放。
主人设宴款待后，穿越花街未及想。
资本畸形真荒唐，娇女裸露摆橱窗。
不管嫖客多丑陋，唯独金钞配用场。
钱色交易创利润，无烟工厂成时尚。
人体一切皆商品，道德沦丧标金榜。
眼观为实无异议，见到龌龊莫慌张。
认真再读资本论，革命真理闪光芒。

注释：2000年4月，中国监察部代表团出席在荷兰召开的联合国反腐败会议并访问荷兰。

启示录

马克思、恩格斯《共产党宣言》:“资产阶级在它统治的地方……使人和人之间除了赤裸裸的金钱关系，除了冷酷无情的‘现金交易’，就再没有别的关系了。”

新西兰蓝山

——奥克兰蓝山仙女峰

蓝山三座仙女峰，若隐若现雾霭中。
万缕阳光穿云层，翠绿身姿展襟胸。
犹抱琵琶半遮面，有时偶尔露真容。
乘坐览车下山谷，仰望崖峰冲苍穹。
壑深山高林又密，奇藤异木水叮咚。
幽静凉爽加温润，富氧离子沁心灵。
览胜未半即返程，更美景致留幻梦。
欲识蓝山真面目，深度拥抱不放松。

注释：2012 年 11 月，笔者率国务院侨务办公室代表团访问新西兰时，参观蓝山。

启示录

爱因斯坦:“没有想象力的灵魂，就像没有望远镜的天文台。”

丹麦美人鱼

来时恰逢天阴暗，浓云密布雨漫漫。
忌妒美丽从哪来，惊悉人鱼被摧残！
妩媚多姿暂未见，遗憾几多添思念。

大海女儿永多情，青春靓影留心间。
恬静娴雅望波澜，悠闲自得顺天然。
神情忧郁何幽远，冥思苦想为哪般？

注释：2003 年 11 月，笔者率中国社会科学院代表团访问丹麦，在此不久前哥本哈根的小美人鱼再次被毁身。

启示录

亚里士多德：“人，在最完美的时候是动物中的佼佼者，但是，当他与法律和正义隔绝以后，便是动物中最坏的东西。……他在动物中就是最不神圣的、最野蛮的。”

韩国新加坡之鉴

廉政借鉴新加坡，此地寻觅得无多。
官僚家庭大经商，合法垄断实掠夺。
反贪欲学南韩国，离开首尔失望过。
多个总统走马灯，皆因贪贿食其果。
私有基础何廉政？贫富悬殊酿罪恶。
反腐倡廉达目的，巴黎公社有原则。

注释：1996 年 10 月，笔者和中国监察部代表团访问新加坡、马来西亚、印度尼西亚和韩国四国；2002 年 11 月，笔者率中国社会科学院代表团出席在韩国召开的“第十次中韩论坛”大会作主旨发言。

启示录

马克思：“公社的真正秘密在于：它实质上是工人阶级的政府，是生产者阶级同占有者阶级斗争的结果，是终于发现的、可以使劳动在经济上获得解放的政治形式。”

34

克里姆林宫

巍峨宫殿屹山岗，金碧辉煌慨而慷。
宏大楼宇超精致，凝聚智慧放光芒。
收藏瑰宝千万件，琉璃溢彩满殿堂。
雕塑绘画妙绝伦，艺术神功塑华章。
帝王马车极豪华，威严烜赫逞张狂。
军官服饰很威仪，利剑晃晃闪寒光。
惊视炮王和钟王，犹闻杀声响战场。
千军万马奔腾急，反复征战拓边疆。
悠悠千载血和火，历史沉淀可彰扬。
无数珍品掠眼前，疾走一天看少量。
今日参观经特许，幽静氛围走一趟。
能记事件少可怜，时而回忆更向往。

注释：（1）2000 年 4 月底 5 月初中国监察部代表团访问俄罗斯，参观克里姆林宫。（2）克里姆林宫位于俄罗斯首都的博罗维茨基册岗上，朝向莫斯科河，占地 28 公顷，始建于 1156 年。保持至今的围墙长 2235 米，围墙上有塔楼 18 座，其中最壮观的是带有鸣钟的救世主塔楼；5 座最大的城门塔楼和箭楼装上了红宝石五角星，即克里姆林宫红星。钟楼的左侧有重达 40 吨的炮王，右侧是重达 200 吨的钟王。

启示录

车尔尼雪夫斯基："历史的道路不是涅瓦大街的人行道，它完全是在田野中前进，有时穿过尘埃，有时穿过泥泞，有时横渡沼泽，有时行经丛林。"

阿芙乐尔巡洋舰

——十月革命光照千秋

涅瓦河水光粼粼，承载记忆犹弥新。
阿芙乐尔巡洋舰，英勇壮举环球闻。
光辉战绩有史记，武装起义立功勋。
列宁演讲惊天地，指挥若定真如神。
十月炮声震全球，冲锋陷阵是红军。
建立工兵苏维埃，人民掌权重千钧。
开辟人类新纪元，全靠马列来指引。
伟大壮举像灯塔，穿越黑暗照民心。
世界工农大觉醒，风起云涌闹共运。
中国诞生共产党，领导革命向前进。
社会主义得胜利，红旗高举气象新。
第三世界受鼓舞，革命精神大振奋。
民族运动蓬勃起，共运高潮正来临。
倏忽寒流袭大地，天空阴沉聚乌云。
国际共运遭重创，民族独立亦停顿。
修正主义搞背叛，触目惊心留教训。
阶级斗争仍激烈，和平演变日渐侵。
这场战争不打胜，亡党亡国若自焚。
反修反腐反复辟，中共能够操国运。
依靠人民齐努力，民心所向定乾坤。
中国崛起震天地，百折不挠增自信。
试看将来之环球，共运凯歌传福音！

注释：（1）2000 年 4 月 28 日，中国监察部代表团参观停泊在涅瓦河畔的阿芙乐尔巡洋舰。（2）列宁演讲，是指列宁 1917 年 6 月到舰上给官兵做革命演说，领导十月革命。

启示录

毛泽东1964年指出："帝国主义预言家们根据苏联发生的变化，也把'和平演变'的希望寄托在中国共产党的第三代或第四代身上。我们一定要使帝国主义的这种阴谋彻底破产。我们一定从上到下地、普遍地、经常不断地注意培养和造就社会主义事业的接班人。"

列宁墓前的沉思

拜谒红场列宁墓，知他英名震五洲。
创造伟大苏维埃，劳工解放得自由。
开辟历史新纪元，丰功伟业垂宇宙。
睿智非凡善洞察，英明预见出他口：
历史可能倒跳跃，预防在前要筹谋。
预警未能受重视，修正主义搞恶斗。
社会主义被颠覆，资本主义来复仇。
剥削阴风重卷起，民众悲愤大怒吼。
呼唤列宁轰妖邪，劳工定要重出头。
共产公有共富裕，实现平等须奋斗。

注释：2000年5月1日，笔者和中国监察部代表团成员拜谒列宁墓。

启示录

列宁："修正主义恰巧在最主要之点不承认有阶级斗争，即不承认在资本主义向共产主义过渡的时期，在推翻资产阶级并完全消灭资产阶级的时期有阶级斗争。实际上，这个时期必然是阶级斗争空前残酷、阶级斗争空前尖锐的时期，因而这个时期的国家就不可避免是新型民主的（对无产者和一般穷人是民主的）国家和新型专政的（对资产阶级是专政的）国家。"

红场的纪念

红场西边设坟墓，安放伟人忠魂骨。
工农集会庆五一，千呼万唤列宁出。
杜鹃啼血声声泪，九泉有知听见得。
凛冽寒流卷东欧，期盼马列守中国。
无产阶级大联合，反帝反修反压迫。
革命火种扑不灭，社会主义定复活。

启示录

毛泽东：“阶级斗争，一些阶级胜利了，一些阶级消灭了。这就是历史，这就是几千年的文明史。拿这个观点解释历史的就叫历史的唯物主义，站在这个观点的反面的是历史的唯心主义。”

伊瓜苏瀑布

瀑布水珠满天空，烟雨雾气急升腾。
俯瞰天幕亮晶晶，阳光抚爱绘彩虹。
下山乘艇去探险，追逐波涛越浪峰。
接近洪流奔泻处，滔滔水势更汹涌。
氤氲弥漫逐缤纷，万斛珠玑从天倾。
奇丽多姿胜瑰宝，缥缈迷离进梦境。
激流漩涡造惊险，舵手临危善驭行。
波涛突兀扑过来，乘客淋漓喜冲冲。
浪声欢笑惊叫声，声声入耳兴奋中。
惊涛骇浪激脑波，一颗丹心怦然动。
身在异域弄潮头，怀抱祖国在心胸。

采撷浪花千万朵，遥祝故国东方红。

注释：（1）2004年10月，笔者率中国海外交流协会代表团访问巴西。（2）伊瓜苏大瀑布是世界上最宽的瀑布，位于阿根廷与巴西边界上伊瓜苏河与巴拉那河合流点上游23千米处，为马蹄形瀑布，高82米，宽4千米，平均落差75米。

启示录

黑格尔：“是什么样的头脑研究现实，这对于经验具有巨大的意义。伟大的头脑做出伟大的试验，在五光十色的现象中看出有意义的东西。”

亚马逊雨林

热带雨林何神秘，碧绿浩瀚无边际。
无数未知需探索，多少游客想进去。
顺着蜿蜒长路线，钻进莽莽丛林里。
沿途树高林又密，遮天蔽日存缝隙。
林木种类繁其多，斑斓缤纷呈旖旎。
藤茎为享点阳光，攀附高树争一席。
一些花朵作点缀，雨林更显有活力。
偶尔小鸟欢歌唱，穿梭密林演特技。
沿途没遇大河流，只有小溪水汩汩。
清澈明净水灵灵，弥漫氤氲变凉气。
此时当地真舒适，并无闷热可稀奇。
猛兽毒蛇食人鱼，早从这里已逃避。
任何险情未遇着，毁林严重也不知。
仿佛一切都和谐，彩蝶纷飞展俏丽。
原来今览旅游区，安全保障摆第一。

所见不到万分一，雨林博大难思议。
科学保护此雨林，调节气候创奇迹。
地球环境得改善，寄托人类新希冀。

注释：（1）2004 年 10 月，笔者率中国海外交流协会代表团访问巴西。（2）亚马逊热带雨林，位于南美洲的亚马逊盆地，占地 700 万平方千米。雨林横越了 8 个国家：巴西（占森林 60% 面积）、哥伦比亚、秘鲁、委内瑞拉、厄瓜多尔、玻利维亚、圭亚那及苏里南，占据了世界雨林面积的一半，占全球森林面积的 20%，是全球最大及物种最多的热带雨林。亚马逊雨林被人们称为“地球之肺”。

启示录

莎士比亚：“没有欣赏力的人，乌鸦的歌声也和云雀一样，要是夜莺在白天能在鹅群的噪叫声中歌唱，人家决不会认为它比鹪鸪唱得更美。多少事情因逢到有利的环境，才能达到尽善的境界，博得一声恰当的赞赏。”

亚马逊河垂钓记

亚马逊河藏神秘，奔腾流淌不停息。
每秒流量难计算，约有廿万立方米。
梦中河海啥模样，今日会见好时机。
雨量超常河水溢，雨林河床并一起。
有幸乘坐小游船，穿梭高大树林里。
林木如伞挡烈日，凉风吹拂真神怡。
树木间隔很适宜，水碧浪静好钓鱼。
伙伴垂钓兴致浓，只盼鱼儿来觅食。
心想事成自然有，愿者上钩作奖励。
每钓一条欢声起，荡漾微澜表爱意。
告别此地几千日，博大温顺常回忆。

故国长江和黄河，愿与河海同美丽。

注释：(1) 2007 年 5 月，笔者率中国国务院侨务办公室代表团访问巴西。(2) 亚马逊河全长 6400 多公里，流经 8 个国家，大部分在巴西境内，上源地区山高谷深，坡陡流急，平均比降 5.2%，进入平原地势平展，河口宽达 240 千米，水量终年充沛，河口年平均流量最高每秒达 21 万立方米，是世界水流量最大的河流，巴西人自豪地称为“河海”。有时受暴雨影响，亚马逊河横溢，被淹的热带雨林与河床连在一起。

启示录

居里：“对于某种新奇的现象，给它一种解释之后，许多人便接受了，但有思想的人却不满足，他们说一定还有可研究的地方。”

委内瑞拉马拉开波湖

马拉开波湖水清，碧波浩渺连天边；
湖底蕴藏聚宝盆，世界超级新油田。
井架林立在湖面，油管延绵都连贯；
几多油塔高昂首，直指青天好壮观。
湖岸耸立大木棉，花开时刻红艳天；
站在此地心潮涌，顿时浮想又联翩。
反霸英雄查韦斯，人民拥护夺政权；
没收油田归国有，经济状况有变迁。
对于贫民施救济，免费供给水油电；
教育医疗快发展，改变落后待时间。
国家一穷又二白，十年巨变谈何难；
油田开发逐高潮，民众幸福有期盼。
抵抗霸权施高压，确保人民掌政权；
艰苦卓绝继奋斗，预祝贵国创纪元。

注释：(1) 2007 年 5 月，笔者率国务院侨务办公室代表团出席中南美洲反独促统大会并访问委内瑞拉。(2) 委内瑞拉石油湖——马拉开波湖位于委内瑞拉的西北部，总面积 1.43 万平方千米，石油储量约 50 亿桶，是世界独一无二的特大油田，现有 1.6 万口油井，日产 200 万桶以上，占全国总产量的 80%。

启示录

列宁："承认保卫祖国，就是承认战争的正当性和正义性。从什么观点出发来看这种正当性和正义性呢？只有从社会主义无产阶级及其争取解放的观点出发：其他的观点，我们是不承认的。"

牙买加 DUNN 瀑布

经过碧蓝大海边，已到繁茂丛林前；
未闻惊雷轰然响，却见瀑布挂九天。
看她姿态好幽雅，翎衣万丈舞翩跹；
看她温柔又婆娑，踏歌下山水涟涟。
玉布垂帘非悬空，潺潺清流山坡漫；
梯级坡石经磨砺，光滑溜溜有孤圆。
男女穿上游泳衣，拥抱瀑布去磨炼；
神采飞扬斗志昂，搏击浪波学神仙。
排成一行手拉手，奋力登坡往上攀；
人们一旦不小心，滑倒惊呼而无险。
险峰风光够诱人，爬到高处尝艰难；
手足并用若不当，如坐滑梯落浅潭。
欢声笑语伴水音，遇点险情添好玩；
戏水淋漓全身爽，筋骨砥砺出眷恋。
死亡之旅虽夸张，尽情欢乐防隐患；

欲知瀑布有多情，穿梭其中去体验。

注释：2004年9月，笔者率中国国务院侨务办公室代表团访问牙买加。

启示录

赫胥黎："充满欢乐与战斗精神的人们，永远带着欢乐，欢迎雷霆与阳光。"

斯特恩："痛苦与欢乐，像黑暗与光明，相互交替，只有知道怎样使自己适应它们，并能聪敏地逢凶化吉的人，才懂得怎样生活。"

巴拿马运河

运河横穿巴地峡，连接东西两大洋。
航运缩短万公里，号称世界之桥梁。
全球运货百分五，功勋永久可赞扬。
站在运河闸门处，观看轮船忙通航。
辉煌奇迹之背后，权益争夺却肮脏。
法国开建失败后，美国取代饰堂皇。
策动独立巴拿马，强占河区正中央。
哥伦比亚实无奈，以卵击石只遭殃。
美国继往来开凿，运河建成即开张。
建造运河全过程，三万劳工致死亡。
美国主宰百年中，巴人不断作反抗。
美于一九九九年，运河移交巴主掌。
为了提升通航力，拓宽运河换新装。
沧桑历尽有今朝，祝愿运河永通畅。

注释：（1）2004年9月，笔者率中国海外交流协会代表团访问巴拿马，参观运河。（2）巴拿马运河处于中美洲，横穿巴拿马地峡，连接太平洋和大西洋，重要航运要道，1880 年开凿，1914 年竣工，全长 81.5 千米。运河 1920 年正式通航，使太平洋和大西洋之间的航运缩短 1 万多千米，运河承担着全世界 5% 的贸易货运。运河开凿通后，运河区成为美国的“国中之国”。1964 年 1 月 9 日，巴拿马人民奋起抗争，遭到美国血腥镇压。1977 年 9 月 7 日，美巴签订新条约。新条约于 1999 年 12 月 31 日期满后，美国按期正式将巴拿马运河全部控制权交给巴拿马。如今巴拿马政府已历时 9 年对运河进行扩建，于 2016 年 6 月完成了任务，运力纵向提升至少 1 倍以上。

启示录

马克思：“美洲金银产地的发现，土著居民的被剿灭、被奴役和被埋葬于矿井，对东印度开始进行的征服和掠夺，非洲变成商业性地猎获黑人的场所：这一切标志着资本主义生产时代的曙光。”

马来西亚云顶山

车行盘山路，九曲十八弯。
晓岚静升腾，山头雾漫漫。
谜团悬心中，云顶知了然。
殿堂超豪华，赌场优神坛。
博弈生磁力，赌徒战犹酣。
越输眼越红，越赌心越贪。
有一大富豪，瞬成穷光蛋。
老板作保证：此徒无后患，
衣食和住行，由他全负担。
众徒更迷惘，多少陷深渊。
犯罪有需求，恶习必传染。

注释：1996 年 10 月，笔者随中国监察部代表团访问马来西亚。2008 年 7 月，笔者率中国海外交流协会代表团访问马来西亚时参观云顶。

启示录

朗吉努斯：“金钱的贪求（这个毛病，目前我们大家都犯得很凶）和享乐的贪求，促使我们成为它们的奴隶，也可以说：把我们整个身心投入深渊。唯利是图，是一种痼疾，使人卑鄙，但贪求享乐，更是使人极端无耻、不可救药的毛病。”

莎士比亚：“黄金对于人的灵魂较诸任何毒药更有毒，而且在这个邪恶的世界上杀人更多。”

访问某些国家的感想

异国富区不必夸，豪宅别墅甲天下；
挥金如土穷极欲，名车游艇顶呱呱。
再看地狱贫民窟，乌烟瘴气脏乱差；
饥寒交迫猛于虎，觅食垃圾有娃娃。
一个地域两重天，究竟谁家之天下？
资本积累无止境，贫困积累最大化。
曾经殖民统治过，留下灾难仍复发；
如今霸权逞凶狂，侵略干涉又欺压。
内忧外患未减轻，贫民时常受践踏；
两极对立运动中，剥削本性是压榨。
悲惨实景触心灵，支持正义和反霸；
日思夜梦常忐忑，多少事情总牵挂。
浪迹天涯常想家，万般情思系中华；
心中大家十三亿，甘做高山雪莲花。
紧跟我党干革命，消灭两极大分化；
铲除剥削争平等，社会主义最伟大。

注释：2004 年 9 月、2006 年 5 月和 2007 年 5 月，笔者分别率中国国务院侨务办公室代表团、中国代表团和中国海外交流协会代表团出席中南美洲中国和平统一促进大会，并访问中南美洲数个国家。

启示录

哈克斯雷："石头至少还能雕刻成乳房或是面孔。然而，吾人辛勤工作的五千年文明的结果，岂不是只有那些贫民窟、工厂和市府吗?"

联合国预防犯罪大会

——出席 1983 年联合国预防犯罪大会感想

大赦国际真无知，常与中国作对立；
万封信件来指责，打击犯罪受抨击。
我团出席此大会，反驳指责凭事实；
重在介绍真实情，获得大会好赞誉。
惩罚犯罪保人民，办案严格依法律；
惩治罪犯重教育，改造成功高效率。
多数罪犯成新人，感恩政府表心意；
劳动教育和挽救，改造罪犯创奇迹。
综合治理为根本，预防犯罪新创举；
全民组织总动员，预防落实各领域。
违法犯罪受遏制，混乱现象狠治理；
社会治安得加强，预防惩治相统一。
惩防并举防为主，综合治理是大计；
大会肯定此经验，作为推荐之特例。

注释：第七届联合国预防犯罪和罪犯待遇大会亚洲和太平洋区域会议，于 1983 年 7 月 4—8 日在联合国亚太经济社会委员会总部举行，有 50 多个国家代表团和一些国际组织参加。笔者作为中国代表团副代表在大会发言。负责本次大会的联合国官员在总结报告中说："中国的'综合治理'的经验，特别是发动全社会预防犯罪的经验值得在本地区交流。"

启示录

欧文："预防犯罪远胜于惩罚罪行。"

美洲反独促统大会

——参加大会有体会：反独促统须反霸

世界华侨爱祖国，反独促统举旗帜；
举办大会在美洲，声讨台独促统一。
正是跨进新世纪，霸权张狂炫武力；
掠夺中东伸魔爪，战火至今未停息。
又搞亚太再平衡，遏制中国新崛起；
武装大部移亚太，拉拢打手聚一起。
围攻中国出狂想，妄图置其于死地；
再与台独相勾结，阻挡中国搞统一。
认清霸权其本性，反抗斗争志不移；
软硬两手相配合，高举红旗维正义。
时刻警惕备好战，横祸到来不畏惧；
全球反霸大联合，粉碎侵略必胜利。

注释：2006 年 5 月和 2007 年 5 月，笔者分别率中国代表团和中国国务院侨务办公室代表团出席在智利和委内瑞拉召开的中南美洲中国和平统一促进大会；2012 年 11 月，笔者率中国国务院侨务办公室代表团出席在纽约召开的美国华侨华人反独促统大会。

启示录

马克·吐温在一次演讲中讲了一句"美国议员中有些人是婊子养的"话，结果惹得议员们群起而攻之。次日，马克·吐温被逼登报公开道歉："本人不慎说了一句'美国议员中有些人是婊子养的'的话，此话不妥，现慎重纠正为'美国议员中有些人不是婊子养的'并公开向不是婊子养的议员先生们致歉。"